À PROPOS DE L'AUTRICE

La passion de Jeanine Englert pour les histoires d'amour a commencé avec Nancy Drew, ainsi qu'avec les bibliothèques fournies de sa grand-mère. Quand elle ne se querelle pas avec ses propres personnages, elle essaie de convaincre son mari de regarder sa dernière série préférée. Elle aime parler d'écriture, des animaux qu'elle recueille, et bien sûr, de romance.

L'enfant secret du Highlander

JEANINE ENGLERT

L'enfant secret du Highlander

Traduction française de
PIERRE ALEXIS

Les Historiques

HARLEQUIN

Collection : LES HISTORIQUES

Titre original :
THE HIGHLANDER'S SECRET SON

HARPERCOLLINS FRANCE
83-85, boulevard Vincent-Auriol, 75646 PARIS CEDEX 13
Service Lectrices — Tél. : 01 45 82 47 47 - www.harlequin.fr
ISBN 978-2-2804-6175-7 — ISSN 1159-5981

Composé et édité par HarperCollins France.
Imprimé en décembre 2021 par CPI Black Print (Barcelone)
en utilisant 100% d'électricité renouvelable.
Dépôt légal : janvier 2022.

FSC www.fsc.org MIXTE Papier issu de sources responsables FSC® C159065

Pour limiter l'empreinte environnementale de ses livres, HarperCollins France s'engage à n'utiliser que du papier fabriqué à partir de bois provenant de forêts gérées durablement et de manière responsable.

Chapitre 1

Glencoe, Écosse, mai 1743

— Les mains en l'air, toi ! Voleur ! rugit Brandon Campbell en fixant le jeune homme.

Celui-ci se figea. Les eaux sombres du loch Leven lui arrivaient presque jusqu'à la taille. Lorsque Brandon approcha son étalon du bord, ce fut tout juste s'il ne se sentit pas désolé pour ce petit morveux. À l'évidence, il était bête comme ses pieds. Autrement, il ne se serait pas arrêté pour prendre un bain juste après avoir volé des œufs de poule et du bœuf séché. D'autant qu'il ne se trouvait qu'à une demi-journée de marche du col du Glencoe.

Une sorte d'avertissement résonna dans la tête de Brandon, et un léger frémissement lui parcourut la colonne vertébrale tandis qu'il clignait des yeux dans le soleil levant.

Pourquoi, en effet ?

D'un geste de la main, il fit signe aux deux hommes qui le suivaient de le rejoindre puis quitta sa monture et sortit sa dague de l'étui fixé à son ceinturon. S'il s'agissait d'un guet-apens, il serait le seul que le garçon éliminerait. Il n'y aurait pas de victimes supplémentaires. Le clan Campbell avait déploré assez de pertes au cours de l'année précédente. Les MacDonald y avaient veillé…

Chaque pas qui rapprochait Brandon du loch lui serrait le

ventre. Des cicatrices plissaient et barraient le dos du jeune homme dont la peau balafrée et rose révélait trop bien une chair qui avait été meurtrie en profondeur avant de guérir… pour se faire de nouveau meurtrir avec la même violence. Il s'arrêta pour mieux observer. Le garçon n'avait pas bougé. L'eau clapotait tranquillement autour de sa taille. Il était mince, doté de muscles longs et déjà un peu développés. Ses cheveux mouillés lui frôlaient à peine le bas de la nuque. Avait-il au moins vingt et un ans ? Brandon en doutait.

Dieu du ciel. Il n'avait vraiment pas envie de s'en prendre à un gamin sans même de poil au menton. Surtout après avoir tué tant d'hommes que ses rêves en étaient hantés. Non, nul besoin d'ajouter cette prise à son tableau. Mais tout de même, on ne pouvait se permettre de laisser les voleurs en liberté.

Une simple couverture grise gisait dans l'herbe. Éparpillées dessus, des écailles beiges d'œufs de poule et quelques petites tranches de bœuf séché semblaient faire signe à Brandon.

Il fallait mettre de l'ordre dans tout cela, en tirer des conséquences et distribuer des punitions si nécessaire. Or, en tant que nouveau laird, c'était à lui de s'atteler à ces tâches même s'il ne le voulait pas.

— Tourne-toi ! ordonna-t-il.

Le garçon ne bougea pas.

— Tourne-toi, voleur. Sinon, c'est moi qui viens te chercher.

Le garçon se déplaça un peu et entoura son buste de ses bras.

— Non, pas comme ça, gamin. Déplie tes bras, laisse-les aller le long de ton corps et garde les mains bien ouvertes. Puis retourne-toi. Je veux voir le visage du voleur qui dérobe ce qui m'appartient.

Brandon crut entendre un juron venant du garçon, mais sans en être certain. Celui-ci laissa aller ses bras comme demandé, ouvrit les paumes de ses mains et pivota sur lui-même.

La vue de deux petits seins parfaits coupa la respiration de Brandon.

— Retournez-vous, grogna-t-il à l'adresse de ses hommes.

Ceux-ci s'exécutèrent. Comme Brandon fixait la jeune fille, un sentiment de perte doublé d'un élan de colère monta en lui telle une odeur de mauvaise bière. Il rengaina sa dague. De tous les corps qu'il aurait pu avoir envie de voir ce matin-là, celui de cette fille n'en faisait assurément pas partie.

Fiona MacDonald…

— Si je croyais aux fantômes, je dirais que tu es un affreux esprit, Fiona MacDonald.

La revoir après tout ce temps le déstabilisait et le rendait furieux tout à la fois. Comme avant. Brandon déglutit avec peine.

Inepties…

De son côté, au lieu de se couvrir, Fiona passait les mains dans ses cheveux mouillés, ce qui avait pour effet de soulever puis d'abaisser ses seins de la plus jolie manière. Ses yeux verts étincelaient de malice, exactement comme quand elle était petite. Puis ce fut la colère qui les envahit tandis que son sourire retombait.

— Je pourrais en dire autant de toi, my laird, repartit-elle en se posant les mains sur les hanches.

À sa vue, Brandon sentait son corps se tordre. Comme avant aussi, la beauté de Fiona le détendait. Mais aujourd'hui, il ne voulait pas de cela. Maintenant qu'il l'avait trouvée sur les terres Campbell en train de voler – rien de moins, et sans parler de la destruction ainsi que du chaos qu'elle avait déjà causés –, elle allait devoir s'expliquer. En ce moment, aucun Campbell n'éprouvait la moindre douceur pour aucun MacDonald. Alors d'autant moins pour cette brebis égarée depuis longtemps.

— Sors de ce fichu lac avant que je vienne t'y chercher. J'ai plus urgent à faire aujourd'hui.

— Puisque tu insistes…

Ce disant, Fiona commença à quitter le loch sans se soucier de se couvrir… du tout.

— Arrête, ordonna Brandon.

Elle s'arrêta. L'eau clapotait à présent juste au-dessous de son nombril. Ce nombril dont il avait tant rêvé.

La destinée était vraiment une méchante tentatrice.

Il détestait cette femme. Elle l'avait trahi, lui, ainsi que son clan. Elle lui avait brisé le cœur. Malgré cela, il ne pouvait réprimer un besoin basique de la protéger. En tant que femme, elle méritait un minimum d'égards. Même si elle était traîtresse jusqu'à la lie.

Brandon fouilla le sol des yeux. Où avait-elle mis ses vêtements ? Sans un mot, il se dirigea vers sa monture et retira de la sangle un plaid Campbell en surplus. Fiona ne méritait pas d'arborer les rayures de ce plaid. Pour autant, il le lui lança.

Elle l'attrapa au vol, et le sourire qu'elle lui offrit était tendu de poignards. Ce fut donc le même qu'il lui présenta en retour. Puis il l'étudia alors qu'elle sortait du loch et montait sur la rive tout en nouant le plaid à son épaule pour le maintenir en place. L'étincelle de malice resurgit au fond des yeux verts. Brandon serra les poings tandis qu'un certain malaise s'immisçait en lui. La jeune fille préparait quelque chose…

— Malcolm, commanda-t-il, attache-lui les mains.

Le soldat tourna la tête vers lui.

Le sentant hésiter, Brandon s'arrêta net. Malcolm était nouveau dans le clan. Il ignorait de quoi Fiona était capable.

— Elle a beau paraître douce, commença Brandon, tu ne la connais pas. Elle pourrait te tuer là où tu te trouves, essuyer ensuite ses mains pleines de sang et aller savourer tranquillement une pomme à l'ombre d'un arbre. Ne te laisse pas abuser par sa beauté. C'est une guerrière et une traîtresse. Attache-lui les poignets. Tout de suite.

Fiona lui adressa alors un sourire narquois. Il tressaillit.

Oh ! non...

Et il amorça aussitôt un pas en direction de Malcolm. Trop tard. Déjà, Fiona arrachait la dague du soldat et le contournait pour lui envoyer son pied dans le creux du genou avant de le frapper à la nuque de son coude replié.

Ce fut ainsi que l'un des meilleurs hommes de Brandon s'écroula à terre comme une poupée de chiffon. C'était bien la dernière chose dont il avait besoin en ce jour. Il soupira.

— Fi ! hurla-t-il en utilisant sans le vouloir son diminutif. Ne m'oblige pas à te mettre à terre.

— Qu'est-ce qui te fait penser que tu peux ? s'enquit la jeune fille en se balançant d'avant en arrière sur ses pieds nus comme une louve qui évaluerait sa proie. Tu me parais un peu moins musclé qu'avant, lâcha-t-elle enfin.

— My laird, voulez-vous que je... ?

— Non, Hugh, grogna Brandon. Je vois cela avec elle. Il est temps pour nous de régler nos comptes.

Et il le pensait. La colère l'envahissait, et il brûlait d'envie de punir Fiona pour ce qu'elle avait fait subir au clan Campbell, à lui et à sa famille.

Mais il ne la menacerait pas d'une lame.

Retirant son ceinturon, il le laissa tomber à terre, carra les épaules et se mit en position de combat.

— Tu refuses vraiment d'utiliser une dague ? demanda Fiona en secouant la tête.

— Oui.

Elle jeta alors la sienne dans l'herbe.

— Dans ce cas... Je ferai mieux que toi, sans arme également.

Comme elle appuyait son allégation d'un sourire, Brandon déclara :

— Je vais te battre à ce combat comme je le fais toujours.

— Ce nouveau rôle de laird te rend plus arrogant que tu l'étais resté dans mon souvenir.

— Si tu te rappelles bien, c'est un rôle vers lequel *tu* m'as poussé.

Le pas de Fiona se fit un peu incertain. Son hésitation n'avait pas duré une seconde, mais elle suffit à Brandon pour se jeter sur la jeune fille. Ensemble, ils touchèrent le sol, bras et jambes enchevêtrés. Avant qu'il ait réussi à la plaquer à terre, elle lui avait déjà distribué des coups dans les jambes et un autre sur le nez.

Haletant, il lui murmura à l'oreille :

— Renonce, Fi. Je ne voudrais pas te blesser.

— C'est déjà fait, répondit-elle d'une voix douce tout en s'immobilisant sous son emprise.

Brandon sentit sa peau parcourue d'un long frisson. La sensation du corps de Fiona sous le sien lui faisait remonter en mémoire des souvenirs d'un tout autre ordre. Ceux d'un temps où il aurait donné n'importe quoi pour pouvoir s'entraîner avec Fi sur un terrain.

— Toi aussi tu m'as blessé, lui retourna-t-il avant d'étouffer entre ses dents le juron qui lui montait aux lèvres.

Il se releva, la remit sur ses pieds et dit à voix haute :

— La corde !

Malcolm, qui attendait à quelques pas, rouge et l'air penaud, la lui lança.

Brandon l'attrapa d'une main et lia les poignets de Fiona devant elle. Il essuya ensuite d'un revers de manche le mince filet de sang qui s'échappait de son nez avant de se diriger vers la couverture où se trouvaient les œufs et la viande séchée. Juste à côté, il remarqua un petit paquet. Mais lorsqu'il se pencha dessus pour s'en saisir, celui-ci se mit à vagir. Brandon fronça les sourcils. *Dieu du ciel…*

Se passant la main sur le visage, il s'adossa au mur derrière lui et plongea dans les yeux turquoise d'un beau bébé aux fins cheveux châtains.

Cette matinée ne manquait décidément pas de surprises.

Avec un minuscule cri enchanté, l'adorable petite chose lui sourit en battant des mains.

Brandon ne put s'empêcher de lui rendre son sourire.

Avant de se tourner vers Fiona.

— Brandon, déclara-t-elle en baissant les yeux, je te présente William. Ton fils.

Chapitre 2

Son fils ?

Brandon posa le regard sur la belle petite créature qui l'observait en gazouillant. Le sourire du bébé respirait la joie. Et aussi *l'espoir.* Il n'en avait pas vu un semblable depuis longtemps. Déglutissant avec difficulté, il regarda l'enfant de tous ses yeux. Après avoir partagé plus d'une nuit clandestine avec Fiona, il avait prévu qu'elle deviendrait sa femme malgré l'objection que, il le savait, ne manquerait pas d'élever son père. Mais l'attaque des MacDonald contre le château d'Argyll en pleine nuit avait brisé son plan.

Le garçon était sûrement de lui. C'était même plus que probable, mais… s'il s'agissait d'un piège ? Fiona l'avait déjà trahi, et des gens qu'il aimait en étaient morts.

— Pourquoi te croirais-je ?

— Parce que je te donne ma parole.

Brandon eut un rire mauvais.

— *Ta parole* ? Il m'en faudrait beaucoup plus pour te croire. Après tout ce que tu as fait…

Se levant, il croisa les bras haut sur son torse.

— Malédiction ! gronda Fiona. Dans ce cas, vérifie par toi-même. Il porte la marque des Campbell sur son bras.

Ce disant, elle accompagna son regard furieux d'un signe de tête en direction du petit.

La vue de la tache de naissance ovale et rose sur l'avant-bras du bébé provoqua en Brandon une vague de reconnaissance qui se manifesta par un long frémissement. Cette marque était en effet absolument identique à la sienne et à celle de son frère aîné, Rowan.

Levant les yeux, il rencontra le regard de Fiona. Envolé, le masque d'indifférence, de colère et de malice de la jeune fille. À présent, la douceur de son expression et le désir contenu dans ses yeux confirmaient son affirmation. Le ventre de Brandon se serra.

Ce bébé était le sien.

Dans l'instant, il comprit que Fiona avait besoin qu'il les accepte, elle et leur enfant, autant qu'elle avait besoin de l'air qu'elle respirait. Mais il ne lui offrirait pas cela. Pas maintenant. Et peut-être jamais.

Les choix qu'il aurait pu faire un an plus tôt n'étaient plus les siens. À présent, il était le laird du clan Campbell. Les MacDonald y avaient veillé, et c'était Fiona qui les avait menés au but. Oui, lorsque sa famille et son clan avaient attaqué le château d'Argyll, sans motif, par l'entrée du tunnel secret, Brandon avait immédiatement compris que c'était elle qui l'avait trahi. En dehors des membres du clan Campbell, elle était en effet la seule à connaître l'existence de ce passage qu'ils utilisaient pour que leurs rendez-vous restent clandestins.

Ceux qu'il aimait avaient été si nombreux à disparaître... Parmi eux, la femme et le fils de son propre frère. Tout cela parce qu'il avait eu la folie d'accorder sa confiance à Fiona. Après l'attaque, si le clan Campbell avait réussi à survivre, la lourdeur des pertes subies l'avait tout de même entraîné dans une spirale de chaos. Écrasé de chagrin, le frère de Brandon, le laird du clan, avait peu à peu perdu l'esprit jusqu'à ce que ses décisions deviennent totalement erratiques. Pressé d'arracher son clan à ce bouleversement, Brandon avait fini par accéder à la demande des plus anciens : éloigner son frère aîné et endosser lui-même le rôle de laird.

Un rôle dont il n'avait jamais voulu.

Contre sa volonté, ce qui s'était imposé quelques mois plus tôt comme une solution temporaire s'officialisait à mesure que les semaines passaient et que la santé mentale de Rowan déclinait, obligeant Brandon à faire perdurer ses nouvelles responsabilités. Chacun de ses actes avait un retentissement sur sa famille, sur son clan et sur l'avenir de plus d'un millier de personnes tandis que, dans le même temps, ses envies, ses désirs et ses espoirs personnels ne comptaient plus guère.

Et à présent, voilà qu'il se découvrait père. Nouveau joug qu'il n'était pas prêt à assumer mais dont il ne pouvait nier l'existence. Il avait un fils, un beau garçon, et le sol mouvant qu'il foulait de son pas de laird se dérobait une nouvelle fois sous ses pieds.

Mon fils.

Prenant une profonde inspiration, Brandon plaça son bébé contre son torse et demeura ainsi. Garder ses distances avec Fiona jusqu'à ce qu'il ait trouvé une solution fiable s'imposait. Car, même s'il partageait un enfant avec elle, il ne pouvait l'épouser. Pas en ce moment. Pour autant, il ne pouvait bannir son fils et n'en avait du reste pas envie. Ce qu'il fallait, c'était gagner du temps pour réfléchir et trouver un plan. Tous ses agissements d'aujourd'hui auraient des répercussions sur William jusqu'à la fin de sa vie. Sans possibilité de seconde chance. Or plus Brandon sentait son enfant contre lui, plus son ventre se nouait. Décidément, ni le nouveau laird ni le nouveau père qu'il était devenu n'avait le droit à l'erreur.

— Ramène le garçon au château, Hugh, ordonna-t-il en s'approchant du robuste soldat auquel il tendit le bébé.

Hugh s'en saisit avec la douceur escomptée et emmitoufla le petit dans un pan de son plaid. Brandon réfléchit. Tant qu'il n'aurait pas lui-même recouvré son équilibre intérieur, son fils serait plus en sécurité avec Hugh, le soldat en qui il avait le plus confiance.

— Eh toi, gredin ! cria soudain Fiona en bondissant vers Brandon, c'est *mon* fils et tu ne me le prendras pas !

Malcolm l'attrapa par les épaules et la retint. Pendant qu'elle se débattait, Hugh s'éloigna.

Fiona regarda celui-ci disparaître finalement dans une anfractuosité.

— Je la tiens, Malcolm, déclara alors Brandon en la saisissant par le bras et en l'attirant vers lui. Pars devant et fais connaître notre... invité autour de toi. Demande à ma sœur Beatrice qu'elle s'en occupe jusqu'à notre retour. Parles-en aussi à Miss Emma. Dieu sait ce que l'enfant a pu attraper après être resté si longtemps dehors. Et fais tout cela avec soin.

— D'accord, repartit Malcolm en jetant, avant de partir, un regard aigu à Fiona.

Quand son garde fut hors de vue, Brandon serra plus fort les épaules de Fiona.

— Cesse de te débattre.

— Non ! Espèce d'idiot, cria-t-elle. William est ton fils, tu ne peux le nier. Sa marque de naissance le prouve !

Ce disant, elle lui écrasa le pied avec le sien.

Brandon poussa un grognement et baissa la main vers ses orteils, mal protégés par le tissu trop fin de ses bottes, tout en remerciant le ciel que Fiona fût pieds nus.

— Fi...

Il grimaça. L'énervement le gagnait.

— Je le sais bien. J'ai vu sa marque de naissance de mes yeux. Je ne nie pas qu'il soit de moi.

— Pourquoi ne pas me l'avoir dit tout de suite, alors ?

— Parce que le bébé ne change rien au passé. Ce que tu as fait...

Brandon s'interrompit, s'efforçant de ne pas céder à son envie de crier.

— ... a causé la mort de nombreuses personnes. Ma belle-sœur... Mon neveu... Tous deux morts cette nuit-là, parce que tu avais partagé le secret du tunnel, un secret qui ne regardait personne d'autre que toi. Je t'avais fait confiance, mais tu m'as trahi. Tu nous as tous trahis.

Tremblante, Fiona commença à parler.

— Arrête, l'interrompit-il tout de suite en levant la main. Je ne veux pas entendre un seul mot ni la moindre explication.

— Tu es toujours si têtu, repartit-elle d'une voix plaintive. Si seulement tu m'écoutais…

— Je ne peux plus te faire confiance. Pas après tout ce qui s'est passé. Quelle que soit la gentillesse qui s'était finalement introduite entre nous et entre nos deux clans quand nous étions enfants, après le massacre de Glencoe quelques décennies plus tôt, tout a de nouveau volé en éclats depuis l'attaque. Te rendre sur ma terre a été une erreur de ta part.

— Ta terre n'était pas le but de mon voyage. Mon idée était de rallier le Sud pour y retrouver les MacNab. Une de mes cousines s'est mariée avec un membre de leur clan. J'espérais qu'ils me recevraient dans la mesure où ils méprisent ma famille et la tiennent à distance autant que je le fais. Si j'ai marqué une halte ici, c'était juste pour me reposer un peu, me laver et… rassembler quelque nourriture.

— Tu veux dire voyager seule avec un bébé… Avec mon fils ? À quoi pensais-tu ? Les soldats britanniques se sont déployés le long de la frontière, à l'affût d'un nouvel assaut. Et toi… tu es une femme, Fi. Et tu sais bien ce qui pourrait arriver.

La jeune femme releva brusquement la tête.

— Je sais, oui. Inutile de me le rappeler.

L'avertissement qui brilla dans les yeux verts lui fit serrer les lèvres. Quelques années plus tôt, la sœur de Fiona avait été victime d'un assaut sauvage quand des soldats avaient pillé les clans, s'en prenant particulièrement aux femmes. Et aussi aux magasins et aux troupeaux. Cet affront, Fiona et lui l'avaient subi ensemble, comme les deux amis qu'ils étaient alors et comme ils avaient partagé, ensuite, les nombreux chagrins ayant ponctué les dix dernières années.

Aujourd'hui, il n'avait pas envie d'en vivre un nouveau.

— Laisse-moi partir, dit-elle. Je ne t'en demande pas plus.

Brandon croisa les bras.

— Non. Tu nous as trahis et tu viens d'être prise en flagrant délit de vol sur notre territoire. Tu devras répondre de tes actes délictueux.

Sans compter qu'il n'avait pas l'intention de la laisser s'aventurer seule chez les MacNab. Qui plus est avec leur fils.

Fiona fronça les sourcils.

— Ton rôle de laird te brouille l'esprit, Brandon…

— Peut-être, répondit-il en la menant par ses poignets liés vers le cheval qui broutait sur le flanc de la colline.

Il s'arrêta devant l'animal et la regarda :

— Maintenant, monte.

— Je ne serai la prisonnière de personne et surtout pas la tienne, dit-elle en essayant de lui résister.

Il la libéra alors de ses liens, visité par des souvenirs qu'il repoussa aussitôt.

— Tu n'es pas prisonnière, non. Et si tu refuses de répondre de tes actes, libre à toi de t'en aller. Mais pas avec mon fils.

Chapitre 3

— Je ne m'en irai pas sans *mon* fils ! riposta Fiona.

— Alors monte sur ce cheval et reconnais tes méfaits.

— Cesse plutôt de te montrer aussi buté et laisse-moi partir avec William, rétorqua-t-elle en lui jetant un regard furieux.

Les cheveux châtains de Brandon se soulevèrent dans la brise naissante, lui frôlant les joues sans que ses yeux noisette la quittent. Il n'avait pas changé, demeurant le même homme que celui qu'elle avait aimé jusqu'à la bataille nocturne d'Argyll.

Oui, jusqu'à cette terrible nuit, elle avait entretenu l'espoir de se retrouver liée à Brandon par la *cérémonie de l'union des mains* et non en tant que vulgaire voleuse. Sauf qu'entre-temps il était devenu laird et elle son ennemie. De plus, au fond de ses yeux sombres, la dureté régnait en lieu et place de la joie insouciante d'autrefois. Était-elle la cause de ce revirement ? La question se posait.

Fiona regarda au loin, peu désireuse de connaître la réponse.

Son plan pour s'échapper et trouver asile auprès de sa cousine s'évaporait comme la rosée du matin. Eût-elle disposé de dix minutes de plus qu'elle aurait trouvé le moyen de fuir.

Dix minutes de rien du tout.

Comme elle demeurait sans bouger, Brandon fronça les sourcils.

— Dois-je te mettre en selle moi-même ?

Avait-elle le choix ? Jamais elle n'abandonnerait son enfant. Il était tout ce qui lui restait en ce monde, la seule personne en qui croire encore et à qui s'attacher. Le sacrifier à cette brute était impensable.

Fixant Brandon, Fiona tenta de monter seule en selle, entravée par ses poignets liés, avant de se résoudre à accepter la main offerte et à se laisser aider. Elle le sentit ensuite se glisser derrière elle et lui entourer la taille de ses bras. Geste si familier… Brandon l'avait fait mille fois.

Cela n'empêcha pourtant pas Fiona de se mettre à trembler. Brandon lui avait manqué, et cette découverte lui était intolérable. Il était vrai que la force virile de cet homme et son air solide l'atteignaient comme un soleil. L'espace d'un instant, Fiona s'autorisa à s'en délecter. Après tous ces mois où elle avait lutté pour sa vie, sa sécurité et celle de son enfant, cette minute de répit était pour elle une bénédiction. Une bénédiction qu'elle avait longtemps tenue pour acquise avant de la croire perdue à jamais.

À présent, elle ne pouvait plus compter que sur elle-même. L'année qui venait de s'écouler le lui avait fait comprendre. Juste après que son père et le clan MacDonald avaient attaqué le château d'Argyll en passant par le tunnel secret, son avenir avait complètement basculé. D'une seconde à l'autre, Brandon l'avait laissée tomber. Exactement comme sa propre mère l'avait laissée tomber une décennie plus tôt.

Après l'assaut, elle avait envoyé à Brandon lettre sur lettre, le priant de lui pardonner, de l'aider à échapper à la brutalité de son père et de protéger leur bébé. Mais il n'était pas venu à elle. Puis c'était son propre clan qui l'avait bannie, la destinant à une mort certaine, celle que rencontrait fatalement toute femme livrée à elle-même au milieu des Highlands.

À présent, Fiona en était à préparer sa fuite loin de cet homme qu'elle avait pourtant aimé. Cette ironie du sort faillit lui arracher un rire involontaire tant elle était incroyable. Brandon venait de lui rappeler une terrible vérité : non, l'amour ne suffisait pas toujours. Bien plus tôt dans sa vie, celui qu'elle avait éprouvé pour sa propre mère n'avait déjà pas suffi à convaincre celle-ci de rester.

Fiona scruta les prairies familières qui s'étendaient, à l'horizon, entre les montagnes en pentes douces, et nota la douceur à peine perceptible du printemps qui pointait. La vallée de Glencoe ne se trouvait pas loin, route précieuse qu'elle utiliserait lors de sa fuite prochaine vers les MacNab.

Tandis que Fiona étudiait du regard les criques ombragées et les affleurements entourant le col, le doute s'immisça pourtant en elle. Pourrait-elle vraiment survivre, seule sur la route, avec son fils ? Surtout la nuit. Les MacNab se trouvaient au moins à deux jours de route, et le voyage s'annonçait aussi long que dangereux.

Malgré la légère protection que sa tante et son frère avaient pu lui assurer, n'avait-elle pas eu du mal à rester en vie dans son propre clan ? Dans ces conditions, comment pourrait-elle se débrouiller, seule au milieu des soldats britanniques et des rebelles acharnés à trousser toute personne étrangère qu'ils croisaient sur la route ?

C'était seulement aux hommes ayant perdu leur chemin ou à ceux sans aucune décence que les collines fournissaient un abri. Fiona tremblait encore en se remémorant comment sa sœur avait succombé à leurs assauts, tant d'années plus tôt.

La laine du plaid la grattait à l'endroit de ses cicatrices, traces de ce à quoi elle avait réchappé, à commencer par les flagellations répétées de son père lorsqu'il avait su qu'elle attendait un enfant, qui plus est celui d'un Campbell. Aussi était-ce la rage qui, à chaque coup de fouet, avait conduit sa main. Aujourd'hui encore, Fiona conservait dans l'oreille la voix de sa tante et de son frère Devlin quand ils imploraient son père d'arrêter et tentaient de le persuader que la punition était suffisante. Mais, sourd à leurs suppliques et clairement déterminé à lui faire perdre son bébé, le père de Fiona, le laird, ne s'était arrêté qu'après qu'elle était tombée sans connaissance sous ses coups.

Par bonheur, son garçon s'était accroché à la vie autant qu'elle-même l'avait fait. Après être passés par là, se disait-elle aujourd'hui, son petit William et elle étaient capables de relever tous les défis.

Redressant le dos, Fiona prit la ferme décision que son fils ne serait la victime de personne. Ni celle des Campbell, ni celle des MacDonald, ni celle des Highlands. Ensemble, ils allaient partir d'ici pour commencer, ailleurs, une nouvelle vie.

Pour cela, toutefois, il allait lui falloir de l'argent, un plan infaillible et une personne complice. Pour le moment, bien sûr, elle était encore dénuée des trois, mais elle savait que le château d'Argyll pourrait les lui fournir. Comment ? Si elle l'ignorait encore, elle ne doutait pas de le découvrir au fur et à mesure… Jusqu'au moment où elle serait munie de tout le nécessaire pour fuir avec son fils.

Elle scruta la colline, les sourcils froncés.

— Pourquoi empruntons-nous ce chemin ? N'est-ce pas plus court en coupant par la forêt ?

Il fallait qu'elle voie son fils et s'assure qu'il allait bien.

— Tu te permets de me reprendre sur le chemin que j'emprunte de manière régulière pour me rendre à mon propre château ?

Fiona ouvrit plus grand les yeux.

— Je veux voir mon fils.

— Tu vas surtout *voir* tout ce que tu as fait.

— Ce que *moi* j'ai fait ? Qu'est-ce que tu racontes ?

— Cesse de parler ! ordonna Brandon en resserrant les bras autour de sa taille fine.

Folle d'impatience, Fiona préféra retenir les réparties sauvages qui lui montaient aux lèvres. Quel homme insupportable !

Ils poursuivirent leur chemin en silence. Seul un cri d'oiseau et un reniflement de l'étalon, quand Brandon s'engagea dans une côte abrupte, brisèrent le silence.

Enfin, ils atteignirent la première colline des terres Campbell. Fiona prit une profonde inspiration en reconnaissant les abords du village. Elle se pencha en avant sur la selle pour mieux voir. Mais la scène qu'elle découvrit lui transperça le cœur : la rangée bien ordonnée des chaumières, receleuses de tant de souvenirs qu'elle avait gardés en mémoire, n'était plus que ruines carbonisées et monticules de cendres. Où étaient passées les familles ? Où étaient passés les enfants ? Le bétail ?

— Vos guerriers les ont brûlés ainsi qu'ils ont brûlé toutes les maisons jusqu'à la dernière, déclara Brandon comme s'il lisait dans ses pensées.

Son ton était glacial. De son côté, Fiona ne pouvait détacher son regard de ce spectacle de désolation. L'endroit qu'elle avait aimé autant que sa propre terre était en ruine, et c'était sa confiance, placée à tort en sa propre famille, qui était la cause de cette horreur.

La honte surgit du fond de sa poitrine… bientôt suivie d'une rage inouïe.

— Ce n'est pas moi qui ai fait cela !

— Si, c'est toi. Et je refuse de t'écouter davantage.

Un jour, il l'écouterait, elle le savait. Il saurait alors ce que lui avait fait toute la douleur qu'il leur avait causée, à elle et à leur fils, en les abandonnant. Mais pour l'heure, il était incapable de l'écouter et cela, elle le savait aussi. Pour autant, elle n'avait pas l'intention de supporter plus longtemps les divagations et les reproches de Brandon.

Fiona se mordit la lèvre et compta jusqu'à cent pour recouvrer son calme. Quel but aurait-elle atteint si elle se faisait tuer avant même d'avoir accédé aux murs du château ? Quel intérêt cela aurait-il ? Décidément, son unique priorité devait être de continuer à tisser sa relation naissante avec William et de jeter avec lui les bases d'un bel avenir commun.

Ce que Brandon pensait d'elle ne comptait pas. Ne comptait plus.

Chapitre 4

La tête tournée vers l'horizon, Brandon regardait le brouillard qui semblait planer au pied des montagnes de Glencoe. Comme ils se rapprochaient du château, il lança sans prévenir leur monture au galop. Les oiseaux semblaient se répondre d'une colline à l'autre, et l'eau glissait le long des pentes douces qui l'emmenaient vers le loch.

La simplicité du passé lui manquait… Cette sensation de Fiona serrée contre lui, ou même les tâches, bien peu éprouvantes, qui lui incombaient en tant que second fils. Mais tout cela appartenait maintenant au tout jeune homme qu'il n'était plus, et il était grand temps qu'il l'accepte.

Un soupçon de soleil lui réchauffait le visage, l'invitant à poursuivre, à aller de l'avant. Il était père à présent, évolution enivrante et bouleversante d'une journée qui avait cependant commencé de manière très ordinaire. À une époque, il avait rêvé de devenir père, d'épouser Fiona et de partager sa vie avec elle. Mais son avenir ne pouvait plus se concevoir tel qu'il l'envisageait alors et, de toute façon, le moment pour cela n'aurait pu être plus mal choisi.

Au cours de ces derniers mois, il avait tout juste réussi à se positionner en tant que nouveau laird et, aujourd'hui, son peuple demeurait au bord de la ruine. Quant à ce que signifiait concrètement être père, Brandon avait bien peu d'idées sur la question. Tout ce qu'il savait était qu'il ne deviendrait pas comme le *sien*. Non, contrairement à son propre père, il ne ferait pas passer son clan avant sa famille.

Brandon déglutit avec difficulté. Être un père était de toute façon une affaire bien différente de celle consistant à se comporter en oncle bienveillant vis-à-vis de sa gentille petite Rosa. À vrai dire, il ne savait pas trop par quoi commencer. Et puis, il allait devoir braver Fiona quand elle répondrait de ses méfaits devant lui et devant le clan Campbell. Et il se demandait laquelle de ces fautes serait la plus mal reçue.

Une mèche de la chevelure de Fiona vint lui effleurer le cou. Le petit chatouillement produit lui rappela leurs balades le long de la rivière Glen, à l'époque où ils étaient amoureux l'un de l'autre et presque sans souci. À présent, ses fardeaux étaient si nombreux…

Brandon serra les mâchoires. La présence de Fiona en ce lieu apportait une complication supplémentaire dont il n'avait pas besoin. Spécialement vis-à-vis de Rowan qu'il allait devoir affronter dès son arrivée au château. Car, bien que son frère ne fût plus laird, il continuait à exercer son pouvoir quand il le pouvait. Or le spectacle de l'arrivée de Fiona avec le bébé risquait de faire ressortir le pire en lui. Car le temps qui s'était écoulé depuis la mort de sa femme et de son fils n'avait eu aucun impact sur son chagrin qui demeurait aussi intact et profond que si cette terrible perte datait de la veille.

Tirant alors sans raison sur les rênes de son étalon, Brandon fit hennir l'animal, qui se cabra.

— Désolé, mon gars, murmura-t-il en débridant.

La seconde d'après, il replongeait dans ses pensées.

Oui, la vue de Fiona allait rendre Rowan fou de rage. Elle risquait peut-être même de lui faire atteindre un point de non-retour. Or il ne le fallait surtout pas. Depuis le décès de sa femme, Rowan hésitait entre le passé et le présent autant qu'entre le regain d'une certaine santé mentale et l'abîme d'un chagrin aveuglant.

Fiona reprit soudain sa position contre lui, et Brandon sentit un soupçon de la senteur verte du bourgeon en train de croître lui flatter aussitôt les narines. Son ventre se serra. Cette senteur lui avait toujours évoqué Fiona. Le parfum de l'espoir et de l'avenir… De son avenir à *lui*.

Comme sa gorge aussi se serrait, il recula légèrement son assise afin de créer un semblant d'espace entre eux. À présent, cette ancienne « douceur » lui rappelait la semence amère de la trahison.

Ils dépassèrent une nouvelle rangée de cottages détruits par le feu et continuèrent vers les greniers à grain et les hangars de séchage pour les herbes. Bientôt, ils arriveraient aux maisons en voie de reconstruction. Là, même si à peine quelques hommes du clan reconnaissaient Fiona, la nouvelle se répandrait néanmoins comme une traînée de poudre. Et Brandon savait qu'il n'y aurait pas grand-chose à faire pour l'arrêter.

Heureusement, à l'heure qu'il était, Hugh avait déjà déposé William au château. Le petit se trouvait donc en sécurité. C'était d'ailleurs l'une des raisons pour lesquelles Brandon avait privilégié un autre chemin, plus long, avec Fiona. Parce que la sécurité de son fils passait avant tout. Cet intérêt, pour le moins inattendu, le troublait, mais cet enfant ne devait pas devenir la victime du chaos que ses parents avaient eux-mêmes provoqué. Le petit méritait mieux. Quelques instants plus tard, ils arrivaient au pas devant le chantier. Des hommes étaient en train de rassembler outils et bûches pour leur nouvelle journée de travail. Au début, l'équipe ne jeta qu'un coup d'œil à Brandon, tout en hochant la tête avec respect sur son passage et en lui témoignant la déférence qu'ils devaient à leur nouveau laird. Mais, tandis qu'il continuait à longer le chantier, un premier homme s'arrêta. Puis un second. Bientôt, tous eurent interrompu leur tâche.

— C'est sûrement elle, déclara, atterré, un homme en pointant le doigt vers Fiona.

— Traîtresse ! hurla aussitôt un autre. Que la malédiction soit sur toi, Fiona MacDonald, sur toute ta famille et sur ton clan !

Brandon garda le silence. Ce n'était pas pour lui le moment d'intercéder. Ses hommes pouvaient bien déverser leur haine sur Fiona. Elle ne méritait pas moins. La seule chose qu'il ferait serait de la défendre s'ils s'en prenaient à sa vie. Mais il ne la protégerait pas de son passé.

Elle se raidit contre lui tandis que, chacun son tour, hommes et femmes continuaient à l'invectiver. Mais elle se contentait de croiser leur regard sans répondre. Cette attitude surprit Brandon. La Fiona d'avant les aurait déjà défiés ou aurait fait quelque chose d'encore plus provocant.

Carrant les épaules, il lança son étalon au galop, pressé de gagner le château avant que n'éclate une émeute devant la grille principale.

Bientôt, les hauts murs de calcaire apparurent à sa vue comme un phare sur la colline, luisant dans le soleil couchant. Le spectacle lui coupa la respiration. Les drapeaux Campbell vert et bleu qui ondulaient dans la brise l'emplissaient chaque fois de fierté. C'était son clan. Il allait le sauver de la ruine et lui rendre sa place. Bientôt, les Campbell seraient devenus plus forts qu'ils ne l'avaient jamais été.

Un frisson parcourut l'échine de Brandon à la pensée qu'un jour il remettrait tout cela entre les mains de son garçon.

Son fils...

Ils traversèrent le petit pont qui enjambait un fossé peu profond. Plus que quelques dizaines de mètres et il reverrait son enfant. À sa grande surprise, Brandon sentit une nouvelle impatience l'envahir.

Après avoir tranquillement fait ralentir son étalon, il sauta à terre et tendit sans attendre les rênes à Joseph. Garçon d'écurie, il avait une petite taille et un grand sourire. Il n'avait pas mis longtemps à devenir l'un des favoris de Brandon quand il était devenu laird. Apprenant vite et désireux de plaire,

Joseph passait ses journées dans l'écurie depuis la mort de sa mère, perte que Brandon ressentait de très vive manière.

— My laird…

Joseph venait de hocher la tête. Brandon lui tapota l'épaule en retour et il se surprit soudain à espérer que William devînt un jour aussi pressé d'apprendre et aussi rapide à le faire que ce jeune garçon.

Se détournant de Joseph, il s'arrêta face à Fiona à qui il tendit la main pour l'aider. Mais elle répondit à sa proposition par un regard méprisant avant de descendre de cheval avec maladresse, à deux doigts de tomber à cause de ses poignets liés. Brandon secoua la tête. À l'évidence, l'ancienne Fiona, volontaire et forte tête, n'était pas tout à fait perdue pour lui.

Un petit groupe d'hommes du clan s'était déjà réuni derrière la grille, emplissant sans peine l'espace contenu entre celle-ci et la porte monumentale du château. Le ventre de Brandon se noua. Il serra les dents. Si, en quittant le chantier, il n'avait pas pressé l'allure, ces hommes seraient à présent deux fois plus nombreux.

Sans attendre, il fit signe à Fiona de le rejoindre. Devant son hésitation, il l'attrapa par ses deux mains ligotées et l'entraîna, suscitant, avec son geste, encore davantage de cris et de réflexions chez les Campbell massés tout autour.

Il la considéra. Pourquoi choisissait-elle ce moment malvenu pour éprouver sa patience ? Il n'en avait aucune idée. Ne saisissait-elle pas à sa juste mesure la gravité de sa situation ? Face à une foule en colère, il était le seul à pouvoir s'immiscer entre elle et la mort. Ferait-il mieux de l'abandonner ici et de laisser la foule décider de son sort… ?

Ce fut alors que la pensée de William le traversa.

La gorge serrée, il emmena alors Fiona plus loin. Il savait d'expérience combien la mort d'une mère pouvait avoir de conséquences terribles sur un tout petit garçon. Tant que cela serait en son pouvoir, il saurait épargner une douleur pareille à son propre enfant.

Deux soldats se frayèrent alors un chemin à travers la foule des hommes du clan dont les cris continuaient à s'élever et dont certains brandissaient maintenant leur poing serré en l'air, menaçant Fiona à chaque nouveau pas qu'ils franchissaient dans sa direction.

— Tes jours sont comptés, sale fille ! la conspua un homme en crachant par terre alors qu'elle gravissait les marches de l'escalier menant au portail du château.

Ce fut quand un chœur de voix monta pour soutenir cet avertissement que Brandon sentit jaillir en lui le besoin de protéger Fiona. Un an plus tôt, il aurait piqué la pointe de son épée contre le cou de quiconque ayant osé manquer de respect à Fiona. À présent, il était déchiré entre sa propre colère et celle des siens.

Elle les avait trahis.

Elle l'avait trahi, *lui*.

Il garda le silence. C'était préférable tant, en cet instant précis, il ne pouvait se faire confiance.

Seules quelques très brèves hésitations de la part de Fiona indiquaient qu'elle entendait ou ressentait les insultes proférées contre elle. Très vite, elle redressa davantage ses épaules et poursuivit sa montée de l'escalier en regardant droit devant elle.

Brandon ne la quittait pas des yeux, trouvant admirable cette retenue qui lui ressemblait si peu.

Comblant d'abord l'écart qui les séparait, il l'éloigna quelque peu quand elle eut atteint le haut des marches. Se tournant vers la foule, il leva alors la main pour réclamer le silence. Impossible de prendre la défense de Fiona. Pas après ce qu'elle avait fait. En outre, qu'elle fût la mère de son enfant ou qu'il eût pu autrefois donner sa vie pour la protéger ne comptait plus. Tout cela appartenait au passé. Le présent seul comptait.

— Fiona MacDonald répondra pour ses crimes contre nous. Croyez-le bien. Vous pouvez regagner vos maisons, maintenant, aller cultiver vos champs, reconstruire ce que nous avons perdu et prendre soin de votre bétail. Dès que la punition de Fiona MacDonald aura été décidée, nous partagerons la nouvelle avec vous. Vous avez ma parole.

— Quelle discussion peut-il y avoir, my laird ? demanda le vieux Purdy, maître forgeron du clan Campbell. Si elle était un homme, nous serions déjà en train de mesurer la corde qui la pendrait !

— Oui, reconnut Brandon, mais elle n'en est pas un et son jugement doit tenir compte de cela. Donnez-moi le temps de prendre la juste décision.

— Combien de temps devrons-nous encore attendre ? lança d'une voix forte un homme de haute taille qui se tenait dans le fond.

— Aussi longtemps qu'il le faudra pour pouvoir fixer son destin. À présent, dispersez-vous, ordonna Brandon.

Les hommes commencèrent à s'éloigner sans hâte en échangeant des commentaires, visiblement contrariés par l'ordre de Brandon. Du reste, lui-même se sentait déçu de n'avoir pu leur procurer la réponse rapide et juste qu'ils attendaient. Mais traiter de Fiona était compliqué. N'en avait-il d'ailleurs pas toujours été ainsi ?

Hugh ouvrit le haut portail du château et fit un pas de côté pour permettre à Brandon et à Fiona d'entrer. Un pli profond lui barrait le front.

En suivant Fiona à l'intérieur du château, Brandon comprit vite pourquoi son ami, qui était aussi son homme de confiance, était de si mauvaise humeur. Le désordre régnant dans le grand hall avait une cause évidente : comme tout le monde, Rowan aussi avait appris l'arrivée de Fiona. Et quelque chose s'était produit qui expliquait sans doute pourquoi les hommes avaient attendu dehors plutôt que dedans comme d'habitude.

Des poteries brisées se trouvaient éparpillées partout, et une tapisserie déchirée avait été suspendue au hasard à un crochet de métal, au-dessus de l'âtre. Deux grandes appliques murales, qui semblaient avoir été arrachées de leur support, gisaient, en éclats, sur le sol en pierre.

— Il semblerait que tu aies fait redécorer depuis ma dernière visite..., déclara soudain Fiona, pince-sans-rire, à voix basse.

En d'autres circonstances et dans une autre vie, la remarque aurait fait rire Brandon. Mais pas ce jour-là.

— Tu ne parleras que lorsqu'on t'adressera la parole, repartit-il. À moins que tu ne veuilles perdre ta langue...

Au fond de lui, la contemplation de tout ce chaos l'épuisait jusqu'à la moelle des os. Son frère redeviendrait-il un jour l'homme qu'il avait été ? La nostalgie et la colère qui habitaient Rowan, depuis qu'il avait perdu sa femme et son fils, s'effaceraient-elles suffisamment pour qu'il puisse recouvrer sa place de laird ? Ou, au moins, pour qu'il redevienne le vecteur de force qu'il avait toujours représenté pour Brandon et tout le clan ?

Aujourd'hui, hélas, et depuis des mois, Rowan était plutôt devenu source d'inquiétude pour chacun. Et c'était sa fille, la pauvre Rosa, qui en récoltait les effets. À dire vrai, la nuit de l'attaque, la petite semblait avoir perdu à la fois sa mère, son frère... et son père.

Un nouveau fracas provint du grand hall. La seconde suivante, Beatrice, la sœur aînée de Brandon, en sortait au pas de course. La vue de Brandon lui rendit un peu de sérénité. Les traits de son visage et ses épaules se détendirent. Elle s'élança vers lui. Arrivée à mi-distance, elle s'arrêta net en reconnaissant Fiona, fronçant durement les sourcils.

Brandon se tourna vers Hugh.

— Surveille-la, ordonna-t-il en jetant à Fiona un regard d'avertissement avant de se diriger vers Beatrice.

Arrivé devant sa sœur, il lui saisit les mains. Elles étaient tremblantes et gelées.

— Alors, c'est... c'est vrai ? balbutia-t-elle avec un regard en direction de Fiona.

— Oui, sœur, mais nous parlerons d'elle plus tard. Qu'en est-il de Rowan ?

Les mains de sa sœur toujours serrées dans les siennes, Brandon s'adressait à elle avec douceur. Beatrice était la seule personne sur laquelle il pourrait compter, en dehors de Hugh, au cours des prochains jours. Et il constatait le poids des responsabilités que la vie faisait peser sur elle, notamment depuis qu'elle avait dû prendre leur frère et leur jeune nièce en charge. Oui, plus le temps passait, plus sa sœur aînée, dotée d'une nature si forte et si ardente, ressemblait à une femme excédée, épuisée, harassée… Et la voir ainsi le blessait profondément.

— Garrick a entendu parler de la capture de Fiona, lui expliqua-t-elle.

Garrick était l'un des meilleurs amis et l'un des soutiens les plus indéfectibles de Rowan. Aussi cette déclaration ne surprit-elle pas Brandon.

— Dès qu'il a pu, il s'est précipité au château pour y arriver avant toi, poursuivit Beatrice, et s'est tout de suite rendu auprès de Rowan pour lui parler. Notre frère…

S'interrompant, elle balaya du regard la pièce sens dessus dessous, les objets cassés, les débris jonchant le sol, et reprit :

— … n'a pas bien pris la nouvelle. Pour essayer de le consoler et de le calmer, je lui ai concocté l'un des remèdes de Miss Emma, mais il l'a jeté à terre avec violence et la tasse s'est fracassée.

— Et maintenant ?

— Il demeure à l'extérieur du bureau. Il faut dire que j'ai pris soin de fermer la pièce à clé pour qu'il ne risque pas d'y entrer et de détruire les affaires de papa. Il m'en veut d'ailleurs beaucoup pour cela.

— Et le bébé ? demanda Brandon dans un souffle, le cœur battant plus vite.

Il avait tant besoin de savoir son fils en sécurité !

Ainsi qu'il s'y attendait, le visage de Beatrice reprit tout de suite quelques couleurs.

— C'est un beau petit garçon en pleine santé. Miss Emma est précisément en train de s'en occuper. Elle s'est installée pour cela dans l'ancienne nurserie.

— Bien…

Il lui sourit.

— Va le voir à présent, Beatrice. Pendant ce temps, j'essaierai de reprendre Rowan en main. Une fois qu'il sera plus tranquille et mieux disposé, nous pourrons discuter.

Le regard de Beatrice revint vers Fiona.

— Discuter aussi de Fi ?

— Oui, nous allons parler ensemble de ce que nous devons faire d'elle.

— Ne la laisse pas profiter de ce que je ne serai pas près de toi pour t'ensorceler, mon frère, répondit Beatrice en lui adressant un clin d'œil.

Il rit à ce rappel de la grande sœur taquine qu'elle avait été, longtemps auparavant.

— Cela ne risque pas, ma sœur. À présent, allons chacun nous occuper de ce qui nous incombe.

Mais avant qu'il ait eu le temps de s'éloigner pour aller retrouver son frère aîné, Brandon vit celui-ci pénétrer dans le grand hall.

Chapitre 5

Fiona remua les orteils. Le sol du grand hall du château d'Argyll était froid sous ses pieds. Elle étudia la pièce, stupéfaite par les changements intervenus depuis sa derrière visite. Par le ciel, que s'était-il passé ici, après l'attaque ?

Un homme barbu et négligé entra alors dans le grand hall par une alcôve et se dirigea vers eux d'un pas rapide. Fiona plissa les yeux. Bien qu'elle l'eût déjà vu et malgré ses efforts, elle ne parvenait pas à le reconnaître.

— Frère ! s'écria l'inconnu avec colère. Comment as-tu osé la faire entrer ici, à l'intérieur même de ces murs ?

Prenant une profonde inspiration, Fiona fronça les sourcils. *Rowan ?*

— Reste où tu es, n'avance plus, ordonna alors Brandon en tendant le bras et en pressant sa main sur le torse de l'homme pour le maintenir à une longueur de lui.

Fiona étouffa un cri en ouvrant de grands yeux. *Rowan, oui…* L'ancien laird, fort, grand, sombre, qui aimait tant interdire, et qu'elle avait autrefois considéré comme un loup parmi les hommes, se tenait devant elle, vêtu d'une tunique tachée et déchirée. Ses cheveux mi-longs grisonnaient, et sa barbe contenait les reliquats de son dernier repas. Il avait le regard sauvage, un peu hagard, et respirait de manière légèrement irrégulière.

Sentant les yeux brûlants de Brandon posés sur elle, Fiona s'obligea à garder la bouche close et serra les lèvres.

Même si elle avait toujours respecté Rowan, ils ne s'étaient jamais vraiment appréciés. Jamais. Il lui faisait trop penser à son propre père. La même cruauté, le même tempérament méchant. En tant qu'aîné, Rowan avait accédé au rang de laird avant même d'avoir vingt ans. Ainsi, l'obtention précoce de ce titre n'avait fait qu'ajouter à son arrogance naturelle et à sa prédisposition à exiger que l'on satisfasse ses besoins sans délai.

Ce en quoi il n'était d'ailleurs pas le seul. Apparemment, dans leur grande majorité, les lairds possédaient le même caractère. À sa façon, Rowan ne faisait que perpétuer une tradition. Et c'était pour cette raison même que la gentillesse innée de Brandon avait attiré Fiona comme la flamme le papillon.

Cela dit, cet homme… n'était pas celui qu'elle avait côtoyé pendant toutes ces années.

Rowan toisa son frère.

— Tu oses me dire ce que je peux faire ou ne pas faire en tant que ton laird ?

Un peu de salive couvrait sa barbe.

Laird ? Fiona vit les épaules de Brandon s'affaisser tandis qu'au bout de son bras tendu sa main quittait le torse de Rowan.

— Rowan, commença-t-il sur le ton patient et calme que l'on destine aux enfants, nous avons déjà discuté de cela : tu n'es plus le laird. C'est moi qui le suis devenu. Et ce sont les anciens qui en ont décidé ainsi pour te donner le temps de surmonter ton chagrin. Te rappelles-tu ?

L'ancien laird ferma la bouche, réfléchissant à l'évidence à ce que son frère venait de dire. Très lentement, ses yeux s'arrondirent et il balaya la pièce du regard comme s'il la voyait pour la première fois. De chaque côté de son corps, ses poings se serrèrent. Puis, soudain, il parut s'arracher à l'endroit – quel qu'il fût – où il venait de s'aventurer mentalement.

Puis il se mit à sangloter.

Un violent malaise envahit Fiona. Au point d'avoir envie de présenter ses excuses aux deux hommes avant de se retirer pour aller affronter elle-même la foule du clan en colère.

Elle reporta son attention sur Hugh qui lui jeta, en retour, un regard accusateur avant de détourner les yeux de la scène qui se déroulait devant lui. Ce fut alors qu'il parut découvrir, juste derrière Fiona, quelque chose qui, cette fois, retint toute son attention.

Une immense confusion la submergea quand, se retournant vers Brandon, elle le vit donner l'accolade à son frère.

— Mon Anna est morte…, murmura Rowan contre l'épaule de son frère avant de libérer un nouveau sanglot.

— Oui, répondit celui-ci sur un ton doux et apaisant.

— Et mon fils aussi…, ajouta Rowan en ravalant ses larmes et en reniflant.

— Chut… mon frère, je sais. Et je suis désolé au-delà des mots. À présent, Hugh va t'accompagner jusqu'à ta chambre. Un bain et un bon rasage t'aideront peut-être à recouvrer un peu ton équilibre. De mon côté, je vais envoyer des serviteurs pour t'aider. Quant à nous deux, nous nous retrouverons plus tard pour parler. Quand tu seras prêt.

Sur ces mots, Brandon pressa le bras de son frère et mit fin à leur étreinte. Avec un mouvement de tête à l'adresse de Hugh, il guida ensuite Rowan vers le jeune soldat qui prit à son tour l'ancien laird par le bras et le conduisit vers la porte du grand hall.

Fiona restait pétrifiée par le choc qu'elle venait de subir. Mille et une questions se bousculaient dans sa tête, mais aucune ne parvenait à franchir le rempart de ses lèvres.

Après que Hugh et Rowan eurent quitté le grand hall, Brandon se tourna brusquement vers elle. La haine irradiait tant son regard que Fiona recula instinctivement d'un pas.

— Tu vois ce que tu as fait à ma famille et à mon clan ?

lâcha-t-il. Car c'est cela que *tu* as fait. Mon frère est consumé de chagrin, ma sœur est en miettes et ta simple vue suffit à replonger mes gens dans une fureur sans nom.

Clignant des yeux, Fiona prononça les seuls mots capables de passer ses lèvres :

— Je suis désolée, je n'ai jamais désiré tout ce…

— Ne te lance pas dans des excuses. Je ne suis pas d'humeur à t'entendre bredouiller des regrets. Et maintenant, suis-moi avant que je ne change d'avis.

Sans attendre, elle se faufila entre les tessons de bols et les chopes brisées à terre, lui emboîtant le pas en toute hâte et à grandes enjambées pour parvenir à rester à sa hauteur.

— William… ? osa-t-elle prononcer.

Sans répondre, Brandon continua à gravir les marches jusqu'au premier étage où se trouvaient les chambres destinées aux hôtes. Un grand soulagement envahit Fiona. Cela excluait la possibilité qu'elle se retrouve bouclée dans la cale des prisonniers, sous le niveau principal, ou entre les parois humides du cellier.

Malcolm, qu'elle avait croisé plus tôt dans la journée, se trouvait sur le palier du premier comme s'il guettait leur arrivée. Remarquant qu'il fronçait les sourcils à sa vue, Fiona le regarda et en fit autant.

— Dis à Jenny d'apporter des vêtements de rechange et va à la cuisine pour demander que l'on fasse chauffer l'eau d'un bain pour notre invitée, commanda Brandon à la recrue. Choisis aussi deux hommes qui monteront la garde devant la porte.

— Bien, my laird, répondit Malcolm avant de tourner les talons et de s'éloigner.

Brandon poursuivit son chemin, passa devant plusieurs portes ouvertes et s'arrêta enfin devant celle qui était demeurée fermée. Fiona connaissait cette chambre, et le fait que Brandon l'ait choisie la mettait mal à l'aise. Elle contenait bien trop de souvenirs pour eux deux.

Il déverrouilla la porte et fit signe à Fiona d'entrer.

Elle hésita.

— Finalement, je vais donc être retenue prisonnière ici.

— Non.

Avec un soupir, Brandon fit un geste vers la clé demeurée dans la serrure.

— Comme je te l'ai dit plus tôt, libre à toi de partir et de courir ta chance d'être mise en pièces par les bonnes gens du clan Campbell. En fin de compte, cela me faciliterait grandement la vie.

— Dans ce cas, je récupère mon fils et je m'en vais.

Brandon s'approcha. Si près que Fiona sentit la pointe de deux bottes frôler l'extrémité de ses pieds nus.

— Tu as le droit de partir, déclara-t-il. Mais pas avec mon fils. Compris ? Car je ne le répéterai plus.

— Oui.

— Alors, entre dans cette pièce, résuma-t-il avec un geste de la main vers l'intérieur. J'ai des choses beaucoup trop urgentes dont m'occuper pour me soucier, en plus, de ton confort.

— Et pour penser que je commençais à me sentir désolée pour toi.

— Garde ta pitié, Fi. Plus tu resteras longtemps ici, plus tu en auras besoin. À condition que tu parviennes à survivre, bien entendu.

Fiona passa devant lui avec l'envie de le couper en deux, de la tête jusqu'au nombril. Son sang bouillonnait dans ses veines, mais elle parvint à ravaler la fierté qui l'invitait à lui cracher au visage. De toute façon, elle serait bientôt partie. Bien avant ce qu'il imaginait. Avec son fils dans les bras qui plus est.

Et Brandon serait le dernier idiot du clan Campbell à le réaliser.

Chapitre 6

Il était à peine 10 heures, et Brandon se sentait déjà épuisé. Sans parler de la terrible migraine qui lui tiraillait le bas de la tête. Quand il serait allé voir si son fils allait bien, il avalerait l'un des remèdes de Miss Emma.

Son fils.

Il n'était toujours pas lassé du son de ces deux mots, et réalisait maintenant que c'était son empressement à voir son garçon indemne qui le poussait à aller de l'avant, loin du chaos provoqué par Fiona ou de la vaisselle brisée et éparpillée dans le grand hall du rez-de-chaussée par son frère.

Comme il parvenait à une autre chambre du deuxième étage, un calme soudain et profond l'irradia. Quand son frère et sa sœur étaient en bas âge, c'était cette pièce qui avait servi de nurserie à ce petit monde. C'était aussi l'endroit où, plus tard, les enfants d'Anna et de Rowan avaient passé de longues heures.

L'ironie de devoir s'y rendre en ce jour pour voir son fils, alors que Rowan avait perdu le sien un an plus tôt, prenait Brandon aux tripes. Il était temps pour lui de dévoiler la vérité à Beatrice et d'obtenir son appui pour révéler à Rowan la lignée du petit William. Car il ne voulait pas de secrets entre eux. Beatrice et Rowan étaient sa seule famille en ce monde, et il ne les trahirait pas par des omissions volontaires, susceptibles de les affecter de manière très profonde. Même en sachant que ces vérités leur causeraient sans doute, et à tous deux, beaucoup de peine.

La vue de son fils dans les bras de Miss Emma et de Beatrice en train de lui parler doucement à l'oreille apaisa l'inquiétude de Brandon. Il s'arrêta pour regarder les deux femmes accaparées par son enfant jusqu'à ce qu'elles réalisent sa présence immobile dans l'embrasure de la porte.

— Venez, venez, my laird, dit Miss Emma en lui faisant signe d'approcher. Nous nous affairons depuis un moment autour de ce joli bébé. Après l'avoir examiné sous toutes les coutures, je peux vous assurer qu'il semble en parfaite santé. À mon avis, ce petit bonhomme est bien costaud.

La note mélancolique que Brandon releva dans le regard de Miss Emma lui révéla en même temps qu'elle avait découvert la marque de naissance sur le bras du bébé et en avait tiré les bonnes conclusions. Ne trouvant, en revanche, rien de tel dans le regard de sa sœur, il regretta presque que celle-ci n'ait pas déjà compris de quel père William était le fils.

— Merci, Miss Emma, répondit-il. Je vous suis reconnaissant d'en avoir pris soin. À présent, cela vous dérangerait-il de m'apporter un remède ? Je souffre d'un mal de tête lancinant qui me…

— Ah, j'ai justement quelque chose qui vous conviendra très bien, l'interrompit Miss Emma en tendant, avec un sourire, le petit à Beatrice. Je cours vous chercher cela tout de suite, ajouta-t-elle avant de se précipiter vers la porte ouverte.

Elle sortit en refermant sans bruit derrière elle.

Elle l'adore déjà, se dit Brandon, *et la vérité ne saurait mettre cet amour-là en danger.*

— Il est adorable ! déclara alors Beatrice en levant les yeux vers lui.

Sa sœur rêvait de devenir mère. Bien qu'elle fût mariée, elle n'avait pas encore eu de bébé et en retirait une grande tristesse. Mais sans doute serait-elle encore plus triste d'apprendre qu'au lieu d'avoir exaucé ses prières réitérées la nature avait offert à son frère le cadeau d'un enfant qu'il n'avait, en revanche, jamais spécialement réclamé.

Les yeux plongés dans ceux de sa sœur, Brandon lui livra d'un coup la vérité :

— Je suis content que tu penses cela. Car cet enfant est mon fils. Et ton neveu.

Le regard de Beatrice se fit encore plus doux, presque hésitant. Son dos s'arrondit.

— Quoi ?

— Tu as bien entendu : William est mon fils. C'est Fiona qui l'a porté, mais j'ignorais encore tout cela en me réveillant ce matin.

Sur ces mots, Brandon traversa la pièce et prit place à côté de sa sœur sur le sofa installé devant la fenêtre.

— Il porte la même marque de naissance que moi, ajouta-t-il en se penchant vers le bébé pour soulever le plaid qui le recouvrait. Tiens, regarde…

Il pointait doucement le doigt vers le petit bras.

— Cette jolie créature est donc ton fils…

Les larmes baignaient maintenant les yeux de Beatrice et roulaient le long de ses joues.

— Quelle bénédiction !

— Oui, et si inattendue !

La joie de sa sœur apportait à Brandon le soulagement dont il avait tant besoin, et la joie qui se libérait en lui était telle qu'il se mit à rire doucement.

— Laisse-moi vous regarder un peu, tous les deux, dit Beatrice en lui posant William dans les bras.

Elle les considéra ensuite à tour de rôle et claqua dans ses mains.

— J'aurais tant voulu que mère vous voie ensemble ! Cela l'aurait emplie d'une telle joie ! Sais-tu qu'il a hérité de ses yeux ?

— Vraiment ? demanda Brandon en plongeant dans les

profondeurs vert turquoise du regard de son fils. Oui, tu as raison. Ils sont d'ailleurs très beaux…

Beatrice lui entoura les épaules de son bras et le serra contre elle. Ils restèrent assis en silence pendant un instant, juste comme cela, les yeux baissés sur leur microscopique trésor, le seul cadeau qu'ils aient reçu depuis cette nuit de massacre.

Brandon sentit un authentique sentiment de gratitude s'installer au fond de ses entrailles. Celui d'un immense contentement suivit de près. Du bout de son pouce, il caressa la joue veloutée du bébé puis le fit glisser jusqu'au petit bras potelé. Mais, quand il toucha la main minuscule, William s'empara de son pouce avec avidité. Cette vitalité surprit Brandon.

— Comme il est fort ! déclara-t-il dans un rire.

— Oui, comme ses deux parents.

Ses deux parents.

Quel dommage que William ne dût jamais les connaître dans le sens traditionnel du terme, se dit Brandon. Celui auquel il aurait justement voulu que son fils accède.

Comment maîtriser une situation aussi intenable ? Il était laird ; la mère de William était une ennemie autant qu'une traîtresse et elle savait qu'au sein du clan tout le monde lui voulait du mal.

À commencer par Rowan.

— Je ne sais pas comment exposer la situation à Rowan, Trice, murmura-t-il d'une voix sourde.

— Tu vas trouver les mots, et nous les lui dirons ensemble. Nous sommes tous les trois de la même famille. Et William aussi. Jamais Rowan ne mettra de côté un lien d'une telle importance.

— J'espère que tu as raison. Va le voir, s'il te plaît, et, s'il a suffisamment récupéré, retrouvons-nous tous les trois dans la bibliothèque dans une demi-heure. Pour ma part, j'ai demandé à Hugh de voir si les serviteurs ne pourraient pas le convaincre de prendre un bain et de se raser. Peut-être aussi de se couper les cheveux. Je pense que cela pourrait contribuer à lui rendre un peu de sérénité, à l'arracher au passé et à lui faire réintégrer la réalité. Demande aussi à Daniel de nous retrouver dans la bibliothèque. La présence de ton mari pourrait en effet aider Rowan à ne pas se sentir… de trop.

Beatrice acquiesça d'un signe de tête et se dirigea vers la porte.

— Je vais chercher notre frère et nous nous retrouvons dans une demi-heure. Cela va bien se passer. *C'est certain.*

Rowan, Beatrice et Daniel l'attendaient déjà dans la bibliothèque quand Brandon arriva. La tonalité douce de leurs voix se répandait dans le couloir. Le calme, tout autant que le ton plus posé de son frère, lui fit légèrement ralentir le pas. Oui, Rowan paraissait plus présent et plus conscient, un bon point pour la conversation qu'ils allaient devoir tenir.

— Après tout ce par quoi nous sommes passés… après la destruction, après la trahison et la douleur qu'elle nous a causées à tous, et surtout à lui, pourquoi l'a-t-il amenée ici, sœur ? Pourquoi ? disait Rowan, qui lui tournait le dos, quand Brandon poussa la porte entrouverte.

Quand il entra, son frère s'assit sur l'un des larges bancs qui encadraient la grande table placée au milieu de la pièce.

— Je ne l'ai pas *amenée*, répondit-il en fermant la porte derrière lui. Je l'ai découverte en train de voler près du loch. Et j'ai pensé qu'il était de notre devoir de la punir pour ses délits.

Rowan croisa les bras haut sur son buste. D'un regard glacé, il défiait Brandon. On l'avait baigné, rasé, et il portait des vêtements propres. À présent, il ressemblait presque au Rowan d'avant. Cela faisait en tout cas très longtemps que Brandon ne l'avait pas vu aussi frais, et cette transformation lui redonnait confiance en la suite des événements. Peut-être que la conversation allait finalement se passer mieux que ce qu'il avait craint…

— Pour commencer, répliqua Rowan, je serais curieux de savoir ce qu'elle pouvait bien nous voler. C'est une MacDonald. Elle n'a besoin de rien.

Brandon soutint le regard de son frère.

— Elle avait faim et s'était arrêtée pour se baigner. Je lui ai proposé de fuir, mais elle a décliné ma proposition.

Rowan secoua la tête.

— Cela n'a aucun sens.

Beatrice adressa un signe à Brandon pour qu'il s'explique de manière plus claire.

Incapable, dans ces conditions, de demeurer dans la confusion, il déclara avec clarté :

— Elle ne voulait pas fuir sans son fils.

— Dans ce cas, pourquoi ne pas l'avoir autorisée à l'emmener ? En quoi cela pouvait-il avoir la moindre importance pour toi qu'elle…

Brandon vit Rowan s'interrompre soudain et le regarder fixement, les sourcils froncés. Ce brusque changement lui fit immédiatement comprendre que son frère venait de recoller tous les morceaux de l'histoire. De son côté, Daniel non plus ne semblait pas loin des conclusions, car il se passa une main nerveuse dans les cheveux tout en poussant un long soupir.

— Elle prétend que l'enfant est de toi…, lâcha Rowan.

Sa voix était tranchante, son ton cassant.

— Oui.

Rowan éclata de rire.

— Et tu l'as crue ?

— Le bébé porte la marque, frère, intervint Beatrice. Et les yeux turquoise de notre mère. Je l'ai vu. C'est un Campbell. C'est ton neveu, notre neveu.

Rowan se leva en continuant à se gausser à gorge déployée cette fois. Mais son rire était étrange.

— Il est peut-être *ton* neveu, ma sœur, mais il ne sera jamais le mien.

Brandon s'agita sur son banc. La colère se déversait en lui.

— Tu ne rejetteras pas mon fils, Rowan. Il aura toujours droit au respect. Je l'exige en tant que ton laird.

— Tu l'exiges ? En tant que laird, ton devoir s'adresse d'abord au clan… Sauf que tu as toujours manifesté une douceur… une faiblesse à l'égard de cette femme. Et ce n'est pas en une nuit que cela va changer. Je ne te donne pas une semaine avant de l'avoir rejointe dans son lit. C'est pour détruire notre clan une fois pour toutes qu'elle est réapparue. Pour nous détruire… par ton intermédiaire !

Sur cette assertion, Rowan se mit à arpenter le bureau comme un animal pris au piège. Brandon le suivit du regard.

— Non, cela ne s'est pas fait en une nuit, frère. Le passé gît entre nous dans la tombe des hommes de notre clan, dans celle de ta femme… et de ton fils. Et il n'y a pas de retour en arrière possible.

— Non, grogna Rowan, il n'y en a pas. C'est bien là mon problème.

— Frères, intervint alors Beatrice, consciente du poids de ce que Rowan venait de dire et de ce qu'il risquait maintenant de libérer.

Comme elle s'approchait d'eux, Daniel lui posa la main sur l'épaule.

— Laissons tes frères terminer leur discussion entre eux.

Beatrice se mordilla la lèvre mais acquiesça d'un signe de tête. Daniel savait que ce qui allait se dire incessamment entre Brandon et son frère ne serait pas tendre. Et que leur échange dépasserait de beaucoup ce que même leur sœur aguerrie supporterait d'entendre.

Depuis la mort de leur mère, dix ans plus tôt, l'espace qui séparait Rowan de Brandon s'était mué en gouffre. Et la mort d'Anna avait achevé de le transformer en abîme. À présent, seule la conscience de leur devoir maintenait entre eux un semblant de proximité.

Brandon lança à sa sœur le regard le plus rassurant qu'il put et la suivit des yeux. Elle quitta la pièce en silence avec son mari. Entre-temps, Rowan s'était assis près de l'âtre. Les yeux posés sur son aîné, Brandon attendit, prêt à entendre tout ce que ce dernier aurait besoin de dire pour délivrer la fureur que l'arrivée de Fiona avait soulevée en lui.

Et il saurait l'écouter. Il lui devait cela.

Quand Rowan se détourna du feu où craquaient, en se consumant, les bûches de la haute cheminée qui s'élevait devant eux, une douleur vive et crue transperça Brandon. Une profonde souffrance brillait au fond des yeux d'un bleu glacial posés maintenant sur lui. Sentant son visage se drainer de son sang, il déglutit avec difficulté mais continua à soutenir le regard de son frère. Savoir qu'il avait personnellement joué, sans le vouloir, un rôle dans le désespoir actuel de Rowan le minait. Encore, encore et toujours.

Rowan, qui tenait maintenant une broche d'argent dans sa main, lui imprimait, de l'extrémité de son pouce, un lustrage ininterrompu, circulaire et régulier.

Brandon reconnut tout de suite le bijou. Sa respiration se suspendit.

— Te rappelles-tu le jour où je la lui ai offerte ? demanda son frère d'une voix devenue basse, éraillée, voilée par l'émotion.

— Très bien. Ce sont des semaines entières que tu avais passées à travailler l'argent de cette broche jusqu'à ce que le résultat soit parfait.

— Malgré mes soins, le résultat est resté laid et mon travail raté.

Brandon risqua un petit rire amusé.

— C'est vrai.

— N'empêche qu'elle aimait beaucoup cette broche, rappela Rowan. Je dirais même qu'elle l'adorait. Parce que je l'avais faite moi-même. De mes propres mains. Elle l'a portée tous les jours.

Jusqu'à sa mort.

Brandon ne dit rien. Les mots ne venaient pas. Les excuses s'évanouissaient, informulées. Le vacarme des regrets lui retentissait aux oreilles.

Dans le passé, il avait pourtant formulé tous les mots qui s'étaient présentés à lui dans le but de se libérer de sa culpabilité et de changer les choses. Mais rien n'avait abouti.

Sa belle-sœur demeurait disparue.

Son frère était toujours veuf.

Sa gentille et douce nièce restait orpheline.

Son neveu était mort.

À cause de lui.

Le pic de honte qui l'avait maintes fois transpercé durant l'année qui avait suivi l'attaquait de nouveau et menaçait de le mettre à genoux. Une fois de plus.

Il vit Rowan secouer la tête et l'entendit reprendre la parole :

— Pourtant, quand je l'ai vue ce matin… Fiona MacDonald, en ce lieu… Pâle et mince… Je ne l'ai pas tuée comme je pensais que je le ferais. J'ai simplement imaginé que *c'était elle*.

Rowan avait le regard lointain. Brandon déglutit, la gorge nouée.

— *Elle*…, répéta son frère. *Anna*…

Personne n'avait prononcé ce prénom depuis si longtemps qu'il venait de résonner dans la pièce comme un mot presque inconnu.

— C'est *elle* qui a dû me guider. Parce que j'ai si souvent rêvé de la tuer… De tuer tous les MacDonald en guise de revanche.

Brandon demeura sous le choc, saisi d'effroi, incapable de bouger. Il n'avait jamais vraiment cru que Rowan tuerait Fiona pour ce qui s'était passé. Car Fiona n'avait *pas* tué

Anna. Elle n'avait *pas* tué le fils d'Anna et de Rowan. Mais sa famille l'avait fait. Son clan.

Bien que Brandon ait su son frère habité par la colère et rongé par le chagrin, jamais encore, jusqu'à cet instant, il n'avait mesuré à sa juste valeur l'ampleur de cette colère. Il n'avait pas non plus réalisé tout ce qu'il avait personnellement risqué en amenant Fiona et William dans ce château.

— Je lis la surprise dans tes yeux..., lui dit Rowan en s'approchant de lui.

Le bruit des hautes bottes résonnait contre le sol en pierre. Puis le silence tomba. Rowan venait de s'arrêter à deux pas de lui.

— Je *suis* surpris, en effet, répondit-il sans rien céder.

— Tu ne devrais pas. De nous deux, c'est toujours moi qui ai eu le cœur le plus froid. C'était censé me servir pour plus tard. Quand je deviendrais laird...

Brandon eut l'impression qu'avec ses yeux plissés Rowan essayait de le transpercer du regard. Enfin, la vérité éclatait : Rowan désirait recouvrer sa place de laird. Même si cela devait mener le clan à sa perte définitive.

— Désires-tu aussi ma propre mort, frère ? demanda-t-il en retenant son souffle.

Il changea de pied. Avait-il vraiment envie de connaître la réponse ?

Le silence de Rowan l'agressa avec une violence à laquelle il ne s'attendait pas.

Rowan l'aurait voulu mort. C'était cela, la vérité. Si brutale et douloureuse que Brandon se mit à trembler. Rowan qui le toisait et n'était plus, à présent, qu'un bloc de haine au cœur piégé dans la glace.

— Et si je tuais Fiona, que feriez-vous, my laird ?

— Je ne crois pas que tu ferais jamais une chose pareille.

— Alors, c'est que tu me connais mal.

— Peut-être que je ne connais pas le nouveau frère que tu es devenu, mais mon frère d'avant, en tout cas, n'était pas cet être hostile et implacable qui me rappelle trop notre père. C'était toujours son intelligence qui dictait à mon frère d'avant les décisions à prendre. Pas sa fureur.

— Cela, comme tu viens de le dire, c'était avant.

— Pourquoi me raconter tout cela maintenant ? Après une telle déclaration, je pourrais te faire emprisonner. Pour déloyauté à mon encontre et à celle de notre clan.

— Pourquoi ? Mais parce que chaque nouveau jour qui passe est une lutte entre moi-même et ma fureur. Pour l'obliger à demeurer à distance.

Une boucle brune glissa sur la tempe de Rowan alors qu'il poursuivait :

— Je pense que tu ferais mieux de ne pas te bercer d'illusions sur ce qu'il reste de temps à vivre à Fiona. Que tu l'aies favorisée, que tu aies couché avec elle et même que tu l'aies un jour aimée ne m'importe pas. J'imagine qu'à un moment donné même Anna ne pourra pas m'empêcher de la tuer. Ni toi.

Brandon carra les épaules. Rowan ne pouvait s'empêcher d'essayer de le piéger. Parce qu'il cherchait n'importe quelle raison justifiant qu'il libère sa colère. Eh bien, il ne la lui offrirait pas. Pour commencer, lui aussi allait devoir tenir sa propre colère en échec. Puis il protégerait Fiona et son fils. Au prix de sa propre vie s'il le fallait.

Oui, c'était à *lui* que revenait la façon dont Fiona répondrait de ses crimes. C'était *lui*, et non Rowan, qui prendrait les décisions qui s'imposaient. Son frère ne détenait pas le droit de rendre la justice comme bon lui semblait. Il saurait s'opposer à lui et, pour cela, tous les moyens à sa disposition seraient bons.

Les mots.

Les actes.

Ou l'épée.

— Est-ce tout, my laird ?

La question de Rowan ne comportait pas un mot superflu et avait été posée à voix presque basse.

Brandon garda le regard posé sur son frère aîné pendant quelques secondes encore.

— Oui. Pour le moment.

Chapitre 7

Fiona faisait les cent pas dans la petite pièce, brûlant à la fois son énergie et sa peur tandis que son esprit se perdait en conjectures. Tant qu'on ne lui aurait pas rendu William, comment pourrait-elle se calmer ? Mais aussi, comment obtenir qu'on lui rende son enfant alors que tout le monde, ici, la haïssait ?

Bien sûr, pour le trouver, elle aurait pu fouiller toutes les pièces, se battre contre tous les soldats les uns après les autres. Car, même si elle était pour l'instant un peu fatiguée et sous-alimentée, elle se savait forte. Si seulement elle avait eu un poignard avec elle. Ou deux…

Elle demeura un instant à étudier la petite fenêtre. Se glisser à l'extérieur et se faufiler de fenêtre en fenêtre était-il envisageable ? Pourquoi pas ? Elle était assez fine et souple pour cela. Elle pouvait aussi s'élancer et sauter avec l'espoir que la charrette pleine de blé arrêtée juste en bas amortirait sa chute. *Non.* Fiona se mordilla la lèvre inférieure. *Ridicule.* Décidément, sans son garçon, elle était incapable de réfléchir correctement. Jamais ils n'avaient été séparés l'un de l'autre aussi longtemps.

— Miss… j'ai préparé votre bain. Il est prêt.

La voix qui venait de l'appeler de l'extérieur, par la porte de la chambre ouverte, fit sursauter Fiona.

Elle se retourna. *Jenny…* À l'époque de sa liaison avec

Brandon, elle s'était liée d'amitié avec elle. Combien de fois la jeune fille l'avait-elle aidée à se faufiler à l'intérieur et à l'extérieur de la chambre de Brandon sans se faire repérer ? La vue de ce visage familier des temps anciens lui mit le sourire aux lèvres.

— Bonjour, Jenny ! Je suis contente de vous revoir, lança-t-elle sans refréner sa gentillesse.

Alors qu'elle franchissait les quelques mètres qui la séparaient de la porte, elle dut s'arrêter et reculer d'un pas pour laisser entrer deux soldats transportant une grande cuve d'eau fumante. Ils lui jetèrent un regard peu amène en déposant leur charge, et se retirèrent.

Après les avoir remerciés, Jenny pénétra en silence dans la chambre et referma la porte derrière elle. Elle tenait contre elle un gros morceau de savon et des serviettes comme autant de défenses contre quelque ennemi invisible.

Fiona la vit hésiter avant de s'aventurer à l'intérieur. Son ébauche de sourire s'évanouit.

— Je n'arrive pas à deviner ce que vous pensez de moi, dit-elle avec franchise pour tenter de mettre la jeune fille à l'aise.

— Je ne pense rien, répondit très vite celle-ci en avançant avec précipitation. J'ai apporté du savon et des serviettes. Avez-vous besoin de mon assistance ?

Pauvre Jenny. Elle mentait aussi mal que Brandon, et son embarras était aussi visible que le soleil de midi au milieu du ciel. Mais Fiona avait tellement besoin de compagnie féminine, tellement besoin de pouvoir profiter de la gentillesse que Jenny lui avait manifestée dans le passé qu'elle eut envie de ranimer leur amitié…

Le léger sentiment de culpabilité qui la saisit n'eut pas droit de cité. Fiona l'évacua même aussitôt. Car c'était pour son fils qu'elle agissait ainsi. Dans le but de le maintenir sain et sauf. Et, pour y parvenir, elle se savait capable d'utiliser tous les gens qui lui seraient nécessaires. À présent, c'était clair : son objectif ultime était de s'évader avec William.

— Oui, je vous serais reconnaissante si vous pouviez m'aider. Cela fait un certain temps que je n'ai pas pris de bain.

Elle ponctua la fin de sa phrase d'un rire pour introduire la touche de légèreté qui mettrait Jenny plus à l'aise, et ajouta :

— Enfin… je veux dire ailleurs que dans un loch.

Mais trop de questions semblaient contenues derrière le front plissé de Jenny. Et la jeune fille préférait visiblement les garder pour plus tard.

Elle adressa un signe de tête à Fiona.

— Permettez-moi de vous aider, dans ce cas.

Après avoir posé le savon et les serviettes sur le lit, la servante commença à dénouer le nœud qui, à hauteur d'épaule, fermait le plaid de Fiona.

S'arrêtant brusquement, la femme de chambre prit une profonde inspiration.

— Oh ! miss…

Jenny demeurait incapable de dissimuler le choc qu'elle venait d'éprouver.

Fiona se raidit. La présence de ses cicatrices dans le dos lui était complètement sortie de l'esprit. Croisant le regard peiné de la jeune fille, elle lui pressa la main.

— Elles ne me font plus souffrir, mais je reconnais qu'elles font peur à voir.

Hochant la tête, Jenny s'écarta pour récupérer le savon. Fiona plongea son pied gauche dans l'eau fumante et d'une chaleur délicieuse. Puis le pied droit, avant de se couler doucement à l'intérieur de la cuve et de s'y asseoir. Elle libéra un long soupir en voyant l'eau chaude glisser autour de ses épaules – *quel bonheur* – et ferma les yeux, transportée au paradis.

— Miss, puis-je vous verser de l'eau sur les cheveux pour les mouiller avant de vous les frotter ?

— Oui, répondit Fiona sans ouvrir les paupières.

Quelques secondes plus tard, l'eau s'écoulait lentement

au-dessus de sa tête et le long de son cou, trempant sa chevelure. Un nouveau soupir de bien-être s'échappa de ses lèvres.

Jenny lui frotta doucement le cou avec le savon et y fit courir ses doigts pour le faire mousser. Fiona trouva son toucher délicieux et merveilleusement délicat. Depuis combien de temps n'avait-elle pas vécu un moment aussi divin ? Des larmes brûlantes lui montèrent aux yeux.

Les repoussant très vite, Fiona essaya de refouler son émotion. N'avait-elle donc rien appris ? Ne voyait-elle pas que ce n'était justement pas le moment de s'attendrir ? Avait-elle déjà oublié que c'était seulement pour se faire une alliée qui l'aiderait à fuir qu'elle allait se rapprocher de Jenny ? S'allier à une personne complice, trouver quelque argent et un moyen d'extraire William du château : voilà les seules choses qui comptaient pour elle, maintenant. Hélas, elle ne pouvait avoir confiance qu'en elle-même.

— Puis-je rincer à présent ? demanda tranquillement Jenny.

— Oui, merci.

Une nouvelle cascade d'eau chaude se déversa sur ses cheveux. Puis une autre jusqu'à ce que toute trace de mousse eût disparu.

Jenny posa le morceau de savon.

— Je vais vous chercher une nouvelle robe et des sous-vêtements de rechange, miss.

— Si vous pouviez me choisir une tenue qui ne soit pas trop sophistiquée afin que je puisse l'enfiler, la retirer et la manipuler sans aide… Cela me sera beaucoup plus pratique pour nourrir mon fils.

— Oui, répondit Jenny avec un petit sourire naissant au coin de ses lèvres. Je comprends. C'est d'ailleurs un beau bébé. Félicitations !

— Merci… Savez-vous quand je pourrai le voir ?

Elle n'avait pu retenir ni sa question ni la note urgente qui l'accompagnait, et sa voix s'était modifiée toute seule.

Le sourire de Jenny disparut.

— On va vous l'amener bientôt, ne vous inquiétez pas. Entre Miss Emma et Lady Beatrice, il est entre de bonnes mains.

— Bien. Merci.

Jenny sortit, et Fiona laissa de nouveau aller sa tête en arrière, permettant à ses tensions et à ses maux de se dissiper en douceur dans l'eau chaude. Elle se lava ensuite avec le savon délicieusement parfumé. Bientôt, elle aurait de nouveaux vêtements et son fils dans les bras. Alors, les pièces éparses de son existence pourraient, en se rassemblant, lui rendre son unité.

Jenny fut vite de retour. Fiona se leva pour lui permettre de l'aider à se sécher et à se vêtir. Ce ne fut qu'en se regardant dans le miroir après s'être complètement habillée qu'elle reconnut la robe. Son cœur se serra à la vue du vêtement, de sa couleur grise qui lui était familière et de ses manches si amples et si longues. Cette robe avait appartenu à Anna. Fiona se souvenait encore qu'un jour, alors que celle-ci l'arborait, elle s'était moquée de ces manches qu'elle avait trouvées ridiculement larges ! La réponse d'Anna aussi lui restait en mémoire tant la femme de Rowan avait bien défendu sa robe qu'elle adorait surtout pour son tissu de grande qualité qui lui permettait de rester au chaud avec son enfant quand elle le nourrissait.

— Est-ce qu'elle ne vous convient pas ?

Levant les yeux, Fiona rencontra ceux de Jenny dans la glace et remarqua le pli soucieux qui lui marquait le front.

— Si, elle est parfaite. En fait, je pensais à Anna et à la dernière fois que je l'ai vue dans cette tenue. Cela me fait de la peine de songer à cela.

Jenny baissa les yeux.

— Comme à tout le monde.

— Est-ce que tout le monde souhaite précisément me voir morte, dans ce château ?

La question poussait Fiona vers des eaux dangereuses,

et elle le savait. Mais la contourner était impossible. Si elle devait élaborer un plan d'évasion convenable et raisonnable pour elle et pour William, il lui fallait estimer auparavant le degré de difficulté de cette évasion.

Jenny s'écarta et s'affaira autour des serviettes mouillées, qu'elle se mit à plier, et du plaid des Campbell que Fiona avait porté à l'intérieur du château.

— Vous pouvez me parler sans détour, Jenny, n'étions-nous pas amies autrefois ?

Elle regarda en face la servante dont les mains s'arrêtèrent brusquement de s'activer. Et quand, levant les yeux, la jeune fille rencontra son regard, Fiona décela de la douleur dans le sien.

— C'est vrai, répondit alors Jenny. Nous avons été amies autrefois. Mais maintenant ? Mon frère et mon fiancé sont morts tous les deux, cette nuit-là. Je ne l'oublierai pas et ne vous pardonnerai pas non plus votre trahison. Je vous servirai ainsi que me l'ordonnera le laird, mais c'est tout. Nous ne sommes plus amies, miss.

La colère faisait à présent vibrer sa voix, remplaçant la douceur que Fiona y avait décelée un peu plus tôt.

— J'apprécie votre honnêteté. Merci. Ce sera tout.

— Bien, conclut Jenny qui, négligeant tout salut ou manifestation supplémentaire de respect, quitta la pièce.

Fiona se laissa tomber sur le lit et enfouit sa tête encore humide entre ses mains. Trouver une alliée serait plus difficile qu'elle l'avait cru.

Quant à affronter chaque jour la colère d'un château empli de gens qui la haïssaient, ainsi que son bébé, ce serait encore plus compliqué.

Il fallait qu'une opportunité se présente et qu'elle puisse la saisir. À moins d'en créer une elle-même ? Quoi qu'il en fût, elle devrait se montrer créative mais prudente. Bien plus prudente qu'elle l'aurait pensé.

Chapitre 8

Brandon ferma la porte de sa chambre. Épuisement, confusion et inquiétude se mêlaient en lui sous le poids trop lourd du devoir, le maintenant éveillé malgré sa fatigue. Impossible de fermer l'œil. Pas encore. Trop de choses tournaient dans sa tête.

À l'est, le croissant de lune brillait, et on avait déjà allumé les torches dans sa chambre. Dans l'âtre, un grand feu brûlait, projetant des ombres scintillantes le long des murs de pierre.

Brandon hocha la tête. Quelle journée incroyable il venait de passer ! Ce matin-là, il n'était encore que le laird du clan Campbell parti explorer ses régions frontalières, à la recherche de nouvelles façons d'améliorer ses défenses et de renforcer ses tranchées, poursuivant, en somme, son désir de rendre son peuple aussi autosuffisant que possible.

Mais, le soir même, il était rentré au château d'Argyll avec Fiona et son fils.

Rentré comme un père. Un *père*…

Brandon se passa la main dans les cheveux. Ce rôle l'emplissait autant d'espoir que de peur.

Quant à la femme qu'il avait autrefois aimée avant de la perdre, de la pleurer, et qu'à présent il détestait, elle se trouvait deux étages plus bas.

Ciel.

Le doux visage de son fils se mit à flotter devant ses yeux.

Quelle belle existence n'auraient-ils pas eue s'ils avaient su composer une famille ! Avec Fiona, ils auraient pu, ainsi qu'ils en avaient autrefois rêvé, unir leurs clans et apaiser la rivalité qui régnait entre eux depuis trop longtemps. Quant à William, il serait devenu le symbole de l'avenir qui s'ouvrait devant eux dans la force et l'unité. Au lieu de quoi Brandon avait à présent bien peu d'idées sur la façon de démêler les mailles du filet dans lequel il se retrouvait pris. Comment, par exemple, protéger son fils tout en demandant à Fiona de répondre de ses crimes et en continuant à devenir le laird fort et puissant dont son clan avait besoin ? Sans parler de son propre frère qui voulait le voir mort, sombre rappel du chaos terrible de cette journée et des difficultés que son clan avait dû surmonter.

Brandon baissa les yeux vers son pouce, avec le souvenir vivace de son enfant en train de l'envelopper de ses doigts minuscules. Comment une créature aussi ravissante pouvait-elle être le fruit de l'horrible et dernière nuit qu'il avait partagée avec Fiona ?

Non, il devait se montrer honnête avec lui-même : leur dernier rendez-vous clandestin avait été tout sauf horrible. Du reste, la passion et l'amour qu'ils avaient partagés le brûlaient encore. C'était *après* le départ de Fiona, au cours des heures qui avaient suivi, que s'étaient révélées les infamies de la trahison dont elle s'était rendue coupable. Ensuite, la mort et la destruction qui s'étaient abattues partout avaient changé leur destin pour toujours.

Brandon ferma les paupières. Comment pouvait-il supporter ne serait-ce que sa vue après ce qu'elle avait fait ? Peut-être que ses hommes avaient raison et qu'il devrait en finir tout de suite avec elle en se contentant de la faire pendre pour ses crimes ? Mais, dans ce cas, pourrait-il encore regarder en face ce bébé qui était le sien et dont il aurait lui-même condamné la mère à mort ?

Par le ciel… Il n'y avait pas d'issue.

Brandon avisa la colline derrière la fenêtre entrouverte et sentit un courant d'air froid se glisser dans ses cheveux. L'air de la nuit apaisa doucement les battements irréguliers de son cœur tandis que le doux rayonnement de la lune – qui faisait ressortir la bordure des champs plongés dans l'obscurité – lui mettait du baume au cœur.

Le sourire aux lèvres, il sortit de dessous son lit le grand livre qu'il utilisait pour ses croquis, avant d'attraper le charbon de bois sur le bord de la table, où il l'avait laissé. Puis il marcha à pas lents vers la fenêtre, s'immobilisant au moment où la lumière se refléta sur sa page.

Comme à chaque fois, dessiner allait lui reposer l'esprit.

Et peut-être que son parchemin lui apporterait des réponses, ainsi que cela lui était arrivé plusieurs fois dans le passé. Son esprit ne parvenait souvent à trouver certaines réponses que lorsqu'il faisait travailler ses mains.

Il tourna les pages de ses derniers croquis. La plupart représentaient Fiona, et le cœur de Brandon se tordit à la vue de ce regard vert et direct qui semblait se poser sur lui. Ensemble, ils avaient partagé tant de secrets, forgé tant de rêves depuis ce jour fatidique, presque une décennie plus tôt, où ils s'étaient rencontrés à la frontière alors que tous deux étaient encore adolescents !

Ce jour-là, Fiona respirait l'infinie tristesse dans laquelle l'avait plongée le départ de sa mère. En ce qui le concernait, la désapprobation écrasante de son père, le laird, l'avait rendu enragé.

La puissance égale de leur émotion les avait tout de suite rapprochés, et cela n'avait plus cessé par la suite.

Ce souvenir de leur première rencontre fit sourire Brandon. Il revoyait très bien Fiona telle qu'il l'avait découverte à quelques pas de lui la toute première fois : rosissant sous l'effort qu'elle était en train d'accomplir, elle lançait des poignards sur des troncs d'arbres, ses longs cheveux roux lâchés dans son dos. Brandon avait immédiatement remarqué que ses joues constellées de taches de rousseur portaient encore des traces de larmes.

— Qui es-tu ? avait-elle tout de suite demandé en se retournant quand il avait surgi de derrière les sorbiers qui bordaient le mur séparant leurs deux clans.

— Je pourrais t'en demander autant, avait répliqué Brandon, les doigts crispés autour du manche de son poignard.

Mais, presque aussitôt, il avait coupé la branche d'un arbre non loin. Un cadeau pour sa mère malade, avait-il expliqué.

— Je suis Fiona MacDonald, la fille du Laird Audric. Et toi ? avait-elle répété, le regard rivé sur lui, tout en plaçant sa main à l'horizontale sur son front pour se protéger des rayons du soleil.

— Brandon. Brandon Campbell, le fils du Laird Malcolm.

Elle avait continué à le scruter avant d'ajouter, les sourcils relevés :

— Et ?

— Et rien, avait-il répondu en croisant les bras et en plissant le front.

— Pourquoi as-tu interrompu mon entraînement au poignard ?

Elle avait posé sa question avec une impatience audible, mais Brandon avait ri.

— Je n'en avais pas l'intention. Je commençais à couper une branche quand j'ai entendu… pleurer.

— Je ne pleurais pas, avait prétendu Fiona, les yeux brillants de larmes contenues et les joues à présent toutes rouges.

— Moi, tu sais, avait-il rétorqué en haussant les épaules, ça m'est égal si tu pleurais ou non. En revanche, il me semble bien que tu n'as plus de poignards.

Et il lui avait tendu l'un des siens, le cœur adouci par la bataille qui faisait encore rage en elle.

Ce besoin désespéré d'avoir l'air de ne se soucier de rien et de ne rien ressentir en surface alors qu'avec son cœur cette jeune fille éprouvait tout et se souciait de tout ne lui était pas inconnu. Lui-même se sentait justement souvent dans cet état-là. Et de manière très vive.

En cet instant, par exemple…

Avec Fiona, ils avaient continué à se voir en cachette pendant des années. Jusqu'à ce que leur amitié soit découverte. Alors, leurs parents leur avaient interdit de se fréquenter. Mais ils étaient passés outre, se débrouillant toujours pour se rencontrer d'une façon ou d'une autre.

Brandon laissa ses doigts errer sur le visage de Fiona tel qu'il le voyait sur son croquis, avant de tourner quelques pages de son cahier. Pleurer après un passé perdu ne changerait rien. Exactement comme son désir intense d'être mieux estimé en tant que second fils ne serait jamais exaucé.

Des croquis représentant ses désirs de créations sur les terres Campbell suivaient. Brandon s'autorisa à s'y attarder pendant quelques minutes avant de poursuivre. Cela faisait plusieurs années qu'il réfléchissait à une façon d'établir des rotations entre les cultures et de créer une nouvelle tranchée pour l'eau. Mais sa récente fonction de laird l'avait obligé à mettre ses travaux de côté.

Chaque page contenait des renseignements qui avaient exigé de lui de nombreuses heures d'un labeur minutieux. Mais, jusqu'ici, qui avait su estimer ces recherches à leur juste valeur ? Surtout en cette période où tant d'autres priorités s'imposaient.

Celle, par exemple, consistant à renforcer les frontières du clan et à former de nouveaux soldats pour remplacer ceux qui avaient trouvé la mort au cours des batailles. L'urgence à trouver des fonds qui leur permettraient de payer leurs taxes, ou encore la femme qu'il lui faudrait éventuellement épouser pour les aider à conquérir une place plus enviable au sein des Highlands.

Par le ciel !

Brandon tapota du bout des doigts sur l'un de ses croquis.

Il y avait certaines choses dont il ne se souciait guère.

Ces mêmes choses sur lesquelles, au contraire, Rowan et leur père s'étaient toujours beaucoup penchés. Comme s'ils étaient tous deux nés dans l'attente d'exécuter des devoirs, alors que lui, au contraire, se faisait l'effet d'être né dans celle de ne jamais retrouver son existence encombrée de tels fardeaux. C'était d'ailleurs ainsi qu'il avait passé le plus clair de son temps : dans l'invisibilité et l'indépendance.

Et cela l'avait nettement plus inspiré que si cela avait été l'inverse.

Passant d'un pied sur l'autre avec nervosité, il remarqua la vieille épée que son père avait suspendue contre la porte de sa chambre et dont, en cet instant, la lame réfléchissait la clarté de la lune.

Brandon la fixa.

Il avait énormément souffert à la mort de sa mère, et la regrettait tous les jours. Mais verserait-il une larme pour son père, cet homme qu'il avait méprisé pendant la moitié de son existence ? C'était ce qu'aurait fait un bon fils. C'était aussi ce qu'il avait fait pour sa mère, ce qu'il continuait à faire tous les ans le jour de son anniversaire et de celui commémorant la date de sa disparition. De temps en temps, il se rendait sur sa tombe et s'asseyait, juste pour se rapprocher de ce qui restait d'elle. Même s'il ne s'agissait que d'un peu de poussière et de cendres.

Le souvenir de son père, en revanche, ne provoquait au fond de lui qu'une colère sourde. Parce que, de son côté, le Laird Malcolm avait toujours fait passer son devoir avant sa famille. Mais cela rappelait aussi à Brandon qu'il ne serait pas comme son père et ne ferait pas passer son clan avant sa propre famille. Il serait un homme meilleur que son propre père, un homme qui saurait écouter son fils et lui apprendre comment acquérir courage, bravoure et puissance sans écraser sous ses pieds les gens disposant d'un moindre pouvoir.

La réalité le rattrapait, il avait du mal à respirer. Néanmoins, les choses continuaient à s'affirmer dans son esprit. Ainsi voulait-il toujours respecter la mère de William, même s'il savait qu'il ne l'épouserait jamais, même s'il ne pourrait jamais lui faire confiance. Et il ne se permettrait pas non plus de lui voler ses forces vives en déversant sa haine sur elle, comme son père l'avait fait toute sa vie avec sa propre femme.

Ce matin-là, la vue de Fiona lui avait broyé le cœur et l'avait fait physiquement souffrir. Malgré le chaos qu'elle créait en lui et la douleur qu'elle lui causait, il ne pouvait nier à quel point elle lui manquait encore ni combien le simple fait de la voir lui avait coupé le souffle.

Ensemble, ils avaient dressé des plans si ambitieux par le passé, dans le but d'unir leurs deux clans et de mettre fin aux anciennes rivalités qui les opposaient depuis des générations !

Combien de fois s'étaient-ils retrouvés en secret, à la nuit tombée, pour se détendre au bord de la falaise sous les rayons bienveillants de la lune, se serrer l'un contre l'autre sur les bords du loch Leven ou pour mêler leurs rêves ? Fiona se laissait aller en douceur contre lui, les cheveux pressés contre sa joue, et comptait les étoiles. C'était là aussi qu'elle l'avait écouté exposer ses idées intéressantes et intelligentes dans l'espoir d'aider son clan à s'épanouir. Avec elle, il parlait de tout, y compris des stratégies qui pourraient lui permettre de renforcer les frontières de son clan avec les Anglais.

Au fil du temps était arrivé un moment où il connaissait Fiona aussi bien que les lignes de ses propres mains. Et c'était cette intimité, alors si joliment partagée, qui rendait, depuis, leur séparation douloureuse. Comme ce matin-là lorsqu'il avait posé les yeux sur elle en la voyant sortir du loch ou, comme la nuit de l'attaque, en découvrant sa trahison. Oui, à une époque, la seule personne dont il avait eu besoin pour survivre avait été Fi.

Mais il avait ensuite trouvé le moyen de se passer d'elle pour survivre. Et aujourd'hui, il allait découvrir celui de survivre *avec* elle jusqu'à ce qu'il trouve une solution.

Levant les yeux vers le ciel, Brandon fixa son regard sur

la seule étoile brillante que sa mère lui avait appris à repérer au cas où il se perdrait un jour et devrait retrouver le chemin de la maison.

— Je les protégerai, mère, de tout mon être, murmura-t-il. Pour le moment, je n'ai pas encore de plan précis, mais je sais que cela viendra. J'aurais aussi tant aimé que vous voyiez votre petit-fils. Il est si beau et si fort… Je serai le meilleur d'entre nous, je vous le promets.

Baissant de nouveau les yeux vers son cahier, Brandon reprit ses croquis. Au bout de quelques minutes, le charbon de bois s'immobilisa entre ses doigts et une douce chaleur se propagea en lui alors qu'il regardait le dessin qu'il venait de terminer. Le premier qu'il faisait de son enfant. *Son fils.* Une journée entière ne s'était pas écoulée qu'il connaissait déjà la fossette qu'il avait sur la joue, la forme de son front, le dessin de ses sourcils et la naissance de quelques petites boucles de cheveux derrière chaque oreille.

Oui, c'était un beau garçon qui était né de cette nuit fatidique avec Fiona, et jamais il ne pourrait oublier tout cela.

La beauté surgissait parfois là où on l'attendait le moins et Brandon le savait trop bien.

Il déposa l'esquisse sur le rebord de la fenêtre.

— Vous me manquez, mère. Tenez, regardez votre petit-fils.

Dehors, on avait allumé de nouvelles torches sur le chemin menant au château. Il était tard, et la vue d'un rassemblement organisé de villageois fit soudain à Brandon l'effet d'un avertissement. Un frisson lui parcourut l'échine.

Puis il vit le petit groupe d'hommes s'approcher de la haute porte, palabrer avec le garde et attendre. Peu de temps après, on entendait le bruit de pas lourds gagner l'escalier et se diriger vers sa chambre.

Fronçant les sourcils, Brandon quitta précipitamment sa place devant la fenêtre, traversa la pièce en hâte et ouvrit en grand d'un seul coup. Hugh était là et le regardait en fronçant lui aussi les sourcils.

— Puis-je entrer, my laird ?

— Oui, répondit Brandon en l'invitant d'un geste de la main.

Quand Hugh fut entré, il referma la porte à clé.

— Comme nous nous en doutions, déclara son ami sans attendre, il se trouve que la nouvelle de l'arrivée de Fiona MacDonald a très vite fait le tour du village. Un groupe d'hommes concernés est venu exprimer son mécontentement. Pour ces villageois, elle devrait déjà avoir été pendue pour ses crimes. Je crois que vous devriez leur parler. Avant que ce ne soit votre frère qui le fasse.

— Je m'adresserai à eux quand je serai prêt. Pas avant. Dis-leur que toutes leurs questions seront prises en considération en temps utile.

Brandon croisa les bras sur son torse. Les villageois n'avaient rien à exiger de lui. C'était *lui* le laird. Pas eux.

Hugh écarta légèrement les pieds et croisa les mains derrière le dos, signe muet de son désaccord avec son laird.

Brandon le considéra fixement.

— Est-ce tout… ?

Mais il connaissait suffisamment son ami, et depuis assez longtemps, pour avoir deviné que celui-ci avait autre chose à lui dire.

— Je ne sais pas pourquoi vous l'avez amenée ici avec vous, répondit alors Hugh, mais elle va causer votre ruine et celle du clan.

— Je ne pouvais pas l'abandonner.

— Pourquoi pas ? Après tout ce qu'elle nous a fait – et à vous plus personnellement –, ne trouvez-vous pas qu'elle mérite la corde ?

— Ce n'est pas si simple, Hugh.

— Oh ?

Brandon laissa échapper un profond soupir, puis, sans cesser de regarder son ami au fond des yeux, il lança :

— Son garçon est mon fils.

Chapitre 9

L'air était imprégné d'une senteur de lavande. Le bain chaud avait été un vrai bonheur et, à présent que William se trouvait dans ses bras, Fiona n'en demandait pas plus. Ils avaient maintenant un toit au-dessus de leur tête et auraient bientôt le ventre plein.

Assise au bord du lit, Fiona berçait William contre elle. À un moment, il se mit à téter le corsage de la robe grise ayant appartenu à Anna.

— Tu as faim, mon petit chéri… Bien sûr… Nous avons eu une sacrée journée, n'est-ce pas ?

Sans cesser de le dorloter, elle ouvrit le haut de son corsage et approcha son sein des lèvres de l'enfant.

Il se mit à téter avec avidité en se blottissant encore plus près d'elle. La peau toute chaude du bébé contre la sienne la réconfortait. Refermant avec soin le plaid autour d'eux, Fiona commença à se balancer d'avant en arrière sur le bord du lit.

Bientôt, un air que tante Seana lui chantait souvent lui monta aux lèvres. Elle l'entonna tandis que William continuait à se nourrir. Malgré la façon atroce dont la journée avait commencé, ils étaient tous deux sains et saufs.

Pour le moment.

Quoi qu'il en fût, si demain restait pour elle un point d'interrogation, maintenant était une certitude. Et Fiona avait bien l'intention de savourer l'instant présent pendant qu'il était encore temps.

Les bruits de pas qu'elle entendit soudain dans le couloir brisèrent ce sentiment de calme et de bien-être. Ralentissant son mouvement de va-et-vient, elle prit une profonde inspiration. Qu'avait-elle à craindre ? Rien. En tout cas, pas pour le moment. Brandon n'avait-il pas juré de protéger leur fils ? Et, de son côté, avait-elle d'autre choix que celui de le croire ?

Recouvrant peu à peu son rythme initial, elle plongea son regard vert au fond des yeux de William. Tout sourires, il lui attrapa l'index et referma ses petits doigts autour.

Quelqu'un frappa un coup contre la porte.

— Je dois te parler.

Un profond soulagement détendit les traits de Fiona. Ce n'était que Brandon.

— Oui, répondit-elle d'une voix forte.

Il entra dans la pièce et referma la porte en laissant tomber le loquet afin de bloquer l'accès derrière lui. Fiona le regarda faire tandis qu'un léger malaise se glissait en lieu et place de son soulagement. Qu'était-il en train de faire au juste ? D'interdire l'accès à ceux du dehors ou de l'enfermer à l'intérieur pour l'empêcher de sortir ?

Elle laissa échapper un souffle, rencontra les yeux du laird et resta interdite devant le regard stupéfait qu'il posait sur elle. L'air profondément incrédule, il la considérait, bouche bée, les yeux écarquillés.

— Est-ce le spectacle de William en train de téter mon sein qui te donne cet air confus ? demanda-t-elle. Aurais-tu par hasard pensé qu'il n'était pas mon enfant ?

Elle souriait presque tant l'expression stupéfaite de Brandon l'amusait. Après la tension qui ne l'avait pas quittée depuis le début de la journée, cette sensation inattendue était tellement la bienvenue !

Il s'assit près d'elle au bord du petit lit, et hocha la tête.

— Je n'aurais pas imaginé que je te retrouverais avec un

air si… satisfait. Ajouté au fait d'être sûr que William est bien de moi… Tout cela me met à genoux.

Fiona inspira et expira profondément. La gentillesse de Brandon, son honnêteté et sa disposition naturelle à pouvoir se montrer vulnérable lui offraient un rappel enivrant de l'une des raisons pour lesquelles elle l'avait aimé. Mais elle aurait tant voulu qu'ils partagent ce bel instant à un autre moment et d'une autre façon ! En tant que mari et femme émerveillés par la magie de leur couple, par exemple. Et non en tant que laird et ennemie.

— Cela signifie-t-il que ta conversation avec ta famille s'est bien déroulée ? s'enquit-elle en réajustant le plaid des Campbell autour d'elle et de son bébé. Savent-ils maintenant que William est ton fils ?

À présent, elle devait mettre de côté à la fois les souvenirs des moments plus heureux qui lui revenaient en mémoire et les regrets de ce qui aurait pu être.

Brandon détourna le regard.

— Je voulais te parler et voir William. Ils ne savent pas que je suis là.

Fiona sentit ses nerfs se tendre. Que ne lui disait-il pas ?

— Tu es le laird, remarqua-t-elle d'un air un peu moqueur. Ils sont là pour *te* servir et suivre *tes* ordres. Tu n'as besoin ni de leur demander la permission pour faire ce que tu veux ni de te cacher.

— J'avais sous-estimé la colère de Rowan. Tant que tu te trouves à l'intérieur de cette chambre, il vaut mieux pour ta sécurité que tu gardes ta porte verrouillée. Jusqu'à ce que ton sort soit fixé, Daniel et Hugh seront les seuls hommes autorisés à pénétrer dans cette pièce. Ils devront frapper et se présenter à voix haute pour que tu les laisses entrer. Aucun autre n'aura le droit d'entrer.

Avant qu'il ait eu le temps de la dissimuler, une lueur incertaine avait traversé le regard de Brandon. Le ventre de Fiona se serra.

— Qu'est-ce que tu gardes pour toi en ce moment même ?

Brandon continuait à ne pas rencontrer son regard. Elle poursuivit :

— Il va nous être suffisamment difficile de nous frayer un chemin dans cette situation compliquée et de garder notre fils en vie pour ne pas, en plus, nous faire mutuellement des secrets. Tu dois me faire confiance, même si tu n'en as pas envie. Et moi de même. Pour William.

— Rowan voudrait te voir morte, Fiona. Et il voudrait me voir mort aussi.

— Si je ne suis pas surprise d'entendre qu'il voudrait mettre un terme à ma vie, je ne comprends pas qu'il jette le blâme sur toi. Es-tu sûr que sa colère soit vraiment dirigée contre nous deux ?

— Oui. Et bien que je puisse vous protéger tant que je me trouve avec vous, William et toi, je crains les moments où je ne serai pas là.

Brandon tourna enfin les yeux vers elle.

— Rowan a maintenant sur ses traits une sauvagerie et une férocité qui ne s'y trouvaient pas avant. Reste sur tes gardes…

— Raison de plus pour que tu me libères et me laisses m'échapper d'ici.

— Non, je…

Brandon s'arrêta tandis que ses yeux se posaient sur l'épaule nue de Fiona, puis glissaient sur toute la partie supérieure du corsage ouvert pour William.

Fiona tourna la tête, cherchant le plaid des yeux pour s'en entourer, mais Brandon lui immobilisa la main.

— Je ne peux prétendre que je ne vois pas *cela*, déclara-t-il en posant le pouce sur l'une des longues cicatrices que Jenny avait remarquées avant lui et qu'il caressa avec douceur.

Un frisson traversa Fiona. Ses muscles se contractèrent.

— Qui t'a fait cela ? demanda Brandon d'un ton sourd.

Elle n'eut pas besoin de le regarder pour deviner la colère

et la stupeur qui montaient en lui. Celles-ci se révélaient dans le timbre grave et choqué de sa voix.

— Mon père.

Brandon se figea. Fiona sentit la grande main presser la sienne davantage.

— À cause du bébé ?

— Oui, dit-elle dans un souffle, en serrant la laine du tartan dans sa main gauche tandis que son cœur commençait à cogner dans sa poitrine.

— Pendant que tu attendais l'enfant ?

Elle hésita. Brandon connaissait la réponse. Pourquoi insistait-il pour se l'entendre dire ?

— Fi..., reprit-il d'une voix que la fureur rendait plus basse, tu dois me dire...

— Oui.

La honte s'immisçait en elle, invasive et brûlante. Son père l'avait fouettée. Pas une seule fois, ce qui aurait déjà été insupportable, mais à de multiples reprises. Dans le but de lui faire perdre son bébé. Pour faire d'elle un exemple aux yeux du clan tout entier.

Malgré les tentatives de son propre frère pour faire arrêter la violence de leur père, cette torture avait continué. Seuls les soins de sa tante avaient pu lui sauver la vie. Chaque fois que son père l'avait flagellée, Seana lui avait soigné le dos, l'avait prise sous son aile et remise sur pied. Oui, c'étaient bel et bien l'amour de sa tante et celui de son bébé à naître qui lui avaient donné l'envie et la force de survivre.

Brandon jura en abattant son poing sur sa cuisse, provoquant chez Fiona un brusque soubresaut.

— Pourquoi ne m'as-tu pas envoyé un mot ? demanda-t-il d'une voix cassée. Une simple note, un appel au secours ? Si tu m'avais prévenu, pour toi je serais venu, j'aurais pris d'assaut le château de ton père, je...

Quoi ?

Fiona hésita, croisa son regard et s'éloigna en serrant davantage William contre elle.

— Comment oses-tu me dire des choses pareilles ? Je t'ai envoyé lettre sur lettre… J'ai même pris le risque de faire porter mes messages jusqu'à ta porte par mes servantes pour te supplier de venir à mon secours. Mais tu n'as jamais répondu, tu n'es jamais venu.

Jamais.

Brandon demeura bouche bée. Le sang avait quitté son visage. Un muscle s'était mis à battre dans son cou.

— Voilà pourquoi, poursuivit Fiona, j'ai pris la fuite à la tombée de la nuit en compagnie de ma tante Seana, et que nous avons marché jusqu'à la région frontalière. Mon but était d'y demeurer cachée avec William. Une pauvre solution parmi d'autres… Pour survivre, ne devais-je pas pouvoir toutes les envisager ? Hélas, tante Seana est morte, et je me suis retrouvée toute seule avec mon enfant sans plus pouvoir compter sur personne, sans amie vers qui me tourner. Que faire dans ces conditions ? Il m'est apparu que la seule chance qu'il me restait était d'aller de l'avant et de chercher asile auprès de ma cousine. Les MacNab semblent être des gens bien plus indulgents que nos familles respectives.

Ses mains tremblaient tandis qu'elle parlait. La fureur, la colère et le désespoir dans lesquels l'avait jetée la brusque disparition de sa tante l'assaillaient aujourd'hui comme alors. Elle parvenait à peine à réfléchir.

— J'ai cru que tu nous avais relégués dans l'oubli, William et moi, continua-t-elle, que tu nous avais abandonnés.

Elle s'arrêta, incapable de poursuivre. Brandon ne disait mot. Il promenait le regard sur son visage, le détaillant comme s'il le voyait pour la première fois. Elle vit une soudaine chaleur lui gagner les joues et le front, puis sentit qu'il pressait sa main dans la sienne.

— Non…, commença-t-il d'une voix rauque, je ne vous ai jamais ni oubliés ni abandonnés, mais je n'ai jamais reçu tes lettres. Pas une seule. Sur ma vie – sur la vie de notre enfant, Fi – je te le jure. Si j'avais su, j'aurais accouru. Quoi qu'il ait pu se passer entre nous.

Se levant brusquement, il s'éloigna en direction de l'âtre et demeura de longues minutes à scruter les flammes pendant que Fiona se laissait imprégner par ce qu'elle venait d'entendre, fixant le dos de Brandon, sa haute silhouette familière et silencieuse.

Se pouvait-il vraiment que toute la colère et le sentiment d'abandon dont elle avait souffert jour après jour n'aient jamais eu lieu d'être ? Que la vérité qu'elle avait cru saisir n'ait été qu'un mensonge ?

Elle fit voler sa main jusqu'à ses lèvres pour étouffer un sanglot.

Brandon n'avait jamais rien su… Il ne l'avait pas abandonnée, elle n'avait pas été le fruit de sa colère…

Et dire que, pendant toute cette période, elle avait pensé le pire de lui : qu'il l'avait quittée comme sa mère l'avait fait quand elle était petite fille. Qu'elle n'était capable d'éveiller chez lui ni amour ni sentiment protecteur. Chez lui et chez personne…

Elle prit quelques profondes inspirations, longues et avides, pour tenter de recouvrer un peu de sérénité.

— Quand, ce matin, au bord du loch, tu m'as parlé de William, reprit Brandon avec calme, les yeux toujours rivés sur les flammes qui dansaient devant eux, j'ai cru que tu l'avais volontairement mis hors de ma portée dans le but de m'infliger une douleur prochaine et de me trahir. Que tu me détestais assez pour songer à me priver de lui. Cela m'a tant blessé qu'ensuite, même face à tes cicatrices, je n'ai pas pensé que… Je n'ai pas pensé un seul moment à remettre ma fausse certitude en question ni à chercher une autre explication à ton attitude.

Il tendit la main vers le manteau de la cheminée et, détournant les yeux des flammes, affronta enfin son regard.

Fiona tressaillit. Une telle douleur était gravée sur les traits de Brandon qu'en rencontrant ses yeux elle comprit qu'il avait enduré une souffrance égale à la sienne. Comme elle, il avait pleuré de l'avoir perdue. *Quel gâchis !* songea-t-elle avec amertume.

— Il semblerait que toi et moi avons cru le pire l'un de l'autre…, ajouta Brandon dans un chuchotement.

Fiona demeura saisie. Que répondre à une révélation pareille ?

Apparemment rien, car pas un seul mot ne se porta à son secours. Ni dans sa tête ni sur ses lèvres.

Pourtant, son cœur battait la chamade. Qu'allait-il résulter de tout cela maintenant qu'ils se trouvaient bloqués entre le passé et le présent ? Tout cela à cause d'un terrible fourvoiement de sa part : divulguer un secret à un moment où elle n'aurait jamais dû le faire. Stupide erreur de jugement qui avait brisé leur lien si précieux. À présent, le temps ne pouvait plus se dérouler normalement et, même si un quiproquo était à l'origine de tout, ils ne pouvaient prétendre ne pas s'être haïs. Trop d'incompréhensions étaient passées entre eux. Trop de murs de protection s'étaient élevés.

Pourraient-ils les faire tomber un jour ? Oserait-elle s'atteler à ce travail ?

Son chagrin, sa culpabilité et sa honte pour ce que sa famille avait fait subir à Brandon et à son clan, ainsi que la part involontaire qu'elle avait tenue dans ce drame, tout cela menaçait de l'engloutir. Cependant, quand bien même elle ne pouvait déconstruire le passé, elle pouvait tenter de se libérer de sa culpabilité. Surtout maintenant qu'elle savait que Brandon ne l'avait pas consciemment abandonnée à la solitude et à sa souffrance.

Finalement, les mots jaillirent de ses lèvres sans qu'elle pût les retenir :

— Je suis désolée… si désolée, Brandon. Pour tout ce qui s'est passé. Pour l'attaque, pour la mort de ceux que tu aimais et… et pour la part atroce que j'ai tenue dans tout cela, même si je ne l'ai pas voulu.

— Fi…, commença-t-il.

Elle ne le laissa pas poursuivre :

— Non. Tu dois absolument savoir ceci : je voudrais de toute mon âme pouvoir effacer le moment absurde où j'ai laissé échapper de mes lèvres l'emplacement du passage secret. Quelle folie de ma part d'avoir eu confiance en Éloïse ! Mais j'étais tellement sûre que jamais elle ne me trahirait… que j'étais pour elle comme une sœur.

Brandon arqua haut un sourcil.

— Je sais… je sais, reprit Fiona en comprenant tout de suite cette réaction qui se passait de mots. Tu m'avais plus d'une fois parlé de sa personnalité indiscrète et rappelé qu'elle était ma servante et non ma sœur justement, ni même mon amie.

Elle se mit à tripatouiller le bord du plaid.

— Mais, de ton côté, tu n'ignores pas combien je me suis retrouvée seule et délaissée après le départ de ma mère. Que je ne m'en suis jamais remise. Au point que…

Le souffle lui manqua. Elle posa la main sur son cœur, emplit ses poumons d'air et reprit :

— Après qu'elle nous avait abandonnés, mon père, mon frère et moi, j'ai éprouvé le besoin insatiable de trouver quelqu'un avec qui partager mon existence, puis ma joie. J'étais si heureuse. Je t'aimais. Je croyais que nous aurions l'existence la plus heureuse que je pouvais imaginer. Jamais je n'ai cru possible que cette joie à te rencontrer dans l'endroit secret où nous nous retrouvions déborderait un jour les limites de ma chambre. De même que je ne pouvais imaginer qu'Éloïse partageait déjà avec mon père chaque secret que je lui confiais depuis toutes ces années où elle était à mon service.

Une chaleur si intense envahit Fiona qu'elle fit glisser le plaid de ses épaules.

— C'est également Éloïse qui a prévenu père que j'attendais un bébé. Et qui a commencé à semer la destruction au sein du clan.

— Cela ne me surprend pas, repartit Brandon en levant les sourcils. Non plus que l'attitude de ton père.

Fiona hocha la tête.

— Pour ma part, j'aurais tant voulu que lui et mon frère se soient montrés meilleurs. Qu'ils ne recourent pas à la ruse et à la tromperie pour tenter de détruire ton clan. J'avais confiance en eux. Jamais je ne les aurais crus capables de se montrer si cruels, si diaboliques…

Brandon recouvra sa place près d'elle sur le bord du lit et lui saisit la main. Du bout des doigts, il effleura la peau si fine de l'intérieur de son poignet, créant en elle des frissons qui la parcoururent tout entière.

— Je sais la cruauté dont une famille peut faire preuve et le poids qu'elle peut peser sur les choix à faire. Surtout s'ils permettent à cette cruauté de se libérer.

Sur ces mots, il lui lâcha la main et, ouvrant les siennes, se pencha sur ses paumes comme pour les étudier.

— J'aimerais bien qu'il me manque… mon père. Mais rien ne vient. Même après toutes ces années. Pas de chagrin. Pas de douleur. Comme si on l'avait éviscéré de moi il y a longtemps. À sa mort, ma mère en était déjà arrivée au même point, et je le réalise aujourd'hui. À cause de ses mensonges, de sa mesquinerie, de ses infidélités… Tout cela avait peu à peu retiré la vie même du cœur de ma mère.

Fiona connaissait les histoires qui circulaient autour du vieux laird de Campbell, mais Brandon n'en avait encore jamais confirmé l'authenticité. De son côté, elle ne le lui avait jamais non plus demandé. Le fait qu'il ait choisi de lui faire cette révélation après tout ce qui s'était dernièrement passé entre eux la touchait d'autant plus… Comme un cadeau qu'elle ne méritait pas de recevoir.

— Je suis désolée, Brandon. Je ne savais pas. Mais tu dois me croire si je te dis que je n'avais planifié aucune tromperie. J'aimerais pouvoir te le prouver, mais je ne sais pas comment. C'est père. Il avait perdu tout discernement. La soif du pouvoir absolu le consumait. Elle est d'ailleurs l'une des raisons qui m'ont fait fuir si loin de lui.

Brandon hocha la tête.

— Voilà pourquoi je n'ai jamais rêvé de devenir laird et pourquoi mon statut de second fils m'a finalement rendu heureux en me permettant de me pencher sur mes centres d'intérêt personnels : l'agriculture et les animaux. Être laird rend cruel, dur et inflexible. C'est la fonction elle-même qui l'impose. Voilà pourquoi je crains de le devenir malgré mes précautions. Je suis désolé de ne pas avoir su tout ce que tu avais enduré, de ne pas avoir été là plus tôt pour te protéger, ainsi que William. Mais, à partir de maintenant, je le ferai. Coûte que coûte.

Brandon baissa la tête vers son fils et lui sourit. Le petit se trouvait à présent niché entre eux deux.

— Je ne comprends pas, s'étonna Fiona. Que veux-tu dire exactement ?

— Je dois partir, déclara Brandon en ignorant la question. J'ai beaucoup de choses à faire.

Mais au lieu de s'éloigner tout de suite, il scruta pendant un long moment son visage comme s'il y cherchait quelque chose. Finalement, il se pencha en avant, attrapa une petite dague dans sa botte et la lui glissa entre les mains avant de les presser entre les siennes.

— Garde cela bien dissimulé. Tu pourras t'en servir pour te protéger. Pour le moment, je ne sais pas à qui je peux faire confiance. Quelqu'un s'est en effet donné beaucoup de mal pour me tenir éloigné de mon fils et m'empêcher en même temps de savoir ce qu'il advenait de toi. Cette personne peut très bien se trouver ici même, entre les murs du château, et je ne veux pas te laisser sans arme pour te défendre si le besoin s'en fait sentir. Ne me fais pas regretter une telle marque de confiance, Fi…

Son regard s'était fait dur, implacable.

— Non, répondit Fiona tout en sachant bien qu'elle pourrait être poussée à trahir sa parole.

Tout dépendait en fait de la façon dont se dérouleraient les jours suivants. Elle n'ignorait pas non plus que, pour sa part, Brandon était tout aussi confus qu'elle pouvait l'être. Pouvaient-ils se faire mutuellement confiance ? Oseraient-ils le faire ? Se risqueraient-ils à ne pas le faire alors que la vie de William était en jeu ?

Comme elle retournait la petite dague dans sa main, Fiona sentit soudain le souffle lui manquer. *Ce couteau…* Elle le reconnaissait. Il avait appartenu à la mère de Brandon. Et Fiona savait à quel point celui-ci le chérissait, avec son rubis solitaire fiché dans son manche en bois sculpté. Au cours des longues années qui s'étaient écoulées depuis la disparition de la mère de Brandon, ce petit couteau avait été pour lui le moyen de la sentir près de lui à chaque instant. Il le lui avait dit un jour, et elle ne l'avait pas oublié. Même s'il ne s'en servait jamais pendant les batailles, il le transportait toujours et partout avec lui.

— J'en prendrai grand soin, déclara-t-elle en serrant la lame entre ses doigts.

— Prends surtout grand soin de notre fils. Je m'occupe du reste.

— Le reste ? Quel reste ? s'enquit-elle.

Mais Brandon était déjà parti.

Chapitre 10

Le loquet de bois se souleva, et Brandon ouvrit la porte. Il marqua un temps d'arrêt devant Fiona portant son fils sur sa hanche, et se rappela qu'il s'agissait là de la meilleure des pauvres options entre lesquelles il allait devoir choisir.

Cela faisait deux jours qu'elle était arrivée. Le clan exigeait une réponse sur la raison de sa présence au château, et il allait la leur apporter. Ensuite, il en assumerait toutes les conséquences en tant que laird. Mais, pour commencer, il ferait toujours ce qu'il y avait de mieux pour son fils.

— Viens, dit-il en adressant un signe à Fiona.

Elle plissa les yeux.

— Où ?

Brandon ne répondit pas, trop conscient qu'elle déclinerait son offre si elle connaissait les détails de son plan.

— Si j'ai bien compris, ajouta-t-elle sans bouger, tu voudrais que je vienne avec toi. Pourquoi ? Et où ? Je ne me rendrai nulle part sans en savoir plus.

Il se figea et inspira à fond.

— Viens avec moi, insista-t-il. Nous pourrons discuter avec le clan et, en ce qui te concerne, tu pourras répondre dès aujourd'hui des crimes que tu as commis contre nous.

— Devant ceux qui me haïssent et me veulent du mal !

Elle secoua la tête.

— Non. Je ne le ferai pas. Pas avec William.

— Dans ce cas, ma sœur peut s'occuper de lui, repartit Brandon en voulant l'attraper par le bras.

Mais elle lui échappa. Qu'est-ce qu'il lui prenait ? se demanda-t-il.

— Non, répéta-t-elle en reculant d'un pas vers l'intérieur de la chambre.

La seconde d'après, la voix de Fiona s'élevait de nouveau dans un murmure :

— Je…

Elle vacilla.

— Je ne te fais pas confiance.

La phrase réduisit Brandon au silence.

— Moi non plus, chuchota-t-il après un temps.

Détournant la tête, Fiona posa les yeux sur leur fils.

— Où tout cela va-t-il nous mener ?

— En terrain inconnu. Mais nous n'avons pas le temps de nous inquiéter de ce qu'il dissimule. Probablement une agitation souterraine à l'intérieur du clan. Je dois immédiatement m'adresser à eux.

Sur ces mots, Brandon fit un pas vers elle, mais elle recula davantage. Bientôt, c'était visible, le mécontentement qu'il sentait chez elle prendrait le pas sur son calme apparent. Mais il n'avait pas assez de temps pour le perdre avec ce genre de choses. Et William non plus.

— Soit tu t'expliques, reprit Fiona, soit tu devras me traîner toi-même hors de cette chambre.

— Nous n'avons pas le temps. Viens avec moi pour répondre de tes crimes. Ensuite, nous essaierons d'établir ensemble de nouvelles bases pour notre fils.

L'urgence le tenait. Il *fallait* qu'elle soit d'accord. C'était le seul moyen pour elle de s'en sortir.

Pendant quelques instants, elle enroula en silence l'un des bouts de la couverture de William autour de son doigt.

Avant d'acquiescer d'un signe de tête avec lenteur.

Avec un soupir de soulagement, Brandon pressa la main

fine dans la sienne. L'impression chaude et familière qui fut alors la sienne apaisa une bonne partie de sa tension. Ses épaules se relâchèrent. Ensemble, ils ne devaient avoir qu'un objectif : protéger William.

Il ouvrit la porte. Hugh attendait derrière, fin prêt. Fiona se glissa derrière le jeune soldat tandis que Brandon lui emboîtait le pas, fermant la marche. D'abord le long du couloir puis sur la plate-forme qui dominait les villageois rassemblés en bas dans le grand hall.

L'endroit débordait de bruit. Une masse importante de personnes occupait l'espace. Mais lorsque Brandon apparut avec Fiona et William à la balustrade, un grand silence tomba et tous les regards se tournèrent dans leur direction.

Plus moyen de revenir en arrière, songea Brandon en se rappelant la phrase que répétait souvent sa mère : « Maintenant, la seule solution est d'avancer. » En effet, c'était l'unique option qui s'offrait à eux.

Il avança, seul, de quelques pas.

— Hommes du clan, commença-t-il d'une voix forte, claire et ferme, vous avez tous entendu dire que Fiona MacDonald se trouvait sur notre sol. Ainsi que vous pouvez le constater, c'est la vérité. Elle est ici.

Des grognements se firent entendre, et une vague de désapprobation traversa la foule.

— Nous le savons bien ! cria le vieux Purdy du fond de la salle.

La foule se fendit immédiatement en deux pour permettre au respecté et âgé forgeron d'avancer.

— Ce que nous voulons savoir est pourquoi elle est encore en vie, s'enquit l'ancien. C'est une traîtresse, comme le sont d'ailleurs tous les MacDonald !

Il cracha par terre avant de poursuivre :

— Elle devrait déjà être pendue pour tout ce qu'elle a fait ! Quelle sera la punition pour ses crimes ? Cela fait deux jours que nous attendons votre décision. Nous ne pouvons patienter plus longtemps !

Les rugissements de soutien qui s'élevèrent dans la pièce résonnèrent jusqu'aux chevrons. Brandon scruta l'assemblée. La paix serait lente et dure à installer, mais il savait que c'était la seule voie possible.

Se raidissant, il leva une main pour réclamer le silence. Après un moment, le calme se rétablit dans la foule.

— Ce que vous ne savez pas…

Il s'interrompit et laissa son regard errer sur Rowan.

— … c'est qu'elle est venue ici avec mon fils, William.

Non seulement la surprise se lut alors sur bien des visages, mais Brandon vit les respirations s'accélérer et perçut des murmures subtils ainsi que le grondement de son frère contenant un ressentiment féroce.

Garrick secoua la tête en ricanant :

— Comment savez-vous que ce bâtard est à vous ?

Tout en croisant les bras haut sur son torse, il avait ponctué sa question d'un regard complice et triomphant à l'adresse de Rowan.

Il y eut des remous dans l'assemblée, et un malaise visible gagna les soldats devant ce défi direct lancé au laird. Tous guettaient la réponse de Brandon. S'il mettait trop longtemps à la donner, il pourrait rendre tout de suite son titre de laird à son frère aîné.

— Prends garde à la façon dont tu parles de mon fils, Garrick…, lâcha Brandon en avançant d'un pas.

Puis, les bras tendus devant lui, il serra la rambarde de ses deux mains tout en jetant un regard dur à Rowan.

— Je n'ai pas le moindre doute sur le fait que William soit mon fils. Personne, parmi vous, ne peut donc en avoir…

Adressant un signe à Fiona, il continua :

— Montre-leur la marque de naissance.

Elle n'hésita que le temps nécessaire à ce que leurs regards se rencontrent. Brandon appuya alors sa demande d'un hochement de tête. Fiona souleva la manche du bébé et montra son petit bras à la foule. La même marque que celle de Brandon, que le clan entier connaissait, apparut aux yeux de tous.

À présent, plus personne n'oserait nier l'ascendance de William. Du moins personne désireux de continuer à vivre.

— À partir de cet instant, asséna Brandon, chaque membre du clan devra protéger mon fils.

Rowan croisa les bras sans rien dire. À l'évidence, Brandon venait de marquer un point.

Mais il savait que d'autres questions allaient tomber d'inévitable manière. Il déglutit, carra les épaules et se mit en position d'attente, les jambes légèrement écartées. Portant les mains à son ceinturon, il soutint le regard de tous ceux qui osaient croiser le sien.

— Mais… et *elle*, my laird ? s'écria en premier le vieux Purdy sans lui laisser le temps de reprendre la parole. Que faut-il faire d'*elle* ?

Bien que peu sûr de lui, Brandon espéra que, cette fois, son instinct ne le trompait pas et que la réponse qu'il allait apporter au vieil homme n'aboutirait pas à les faire tous s'entre-tuer et à précipiter le clan dans un immense chaos.

— Elle répondra de ce qu'elle a fait en nous livrant toutes les informations que nous désirons sur son clan : de quelles ressources il dispose, la stratégie qu'il utilise pendant les batailles, les endroits qu'il exploite, ainsi que les secrets et les trésors détenus dans son château.

Regardant Fiona bien en face, il ajouta :

— Elle va nous le dire à tous ou bien sera jetée d'ici sans ménagement.

Le feu brûla dans le regard de Fiona tandis qu'il la voyait rapprocher William de son cœur.

Des grognements de protestation s'élevèrent.

— Ce n'est pas une punition, ça ! cria alors Rowan en se déplaçant à travers la foule pour se rapprocher du devant de la salle. Pas après ce que cette garce a fait ! Je ne tolérerai pas un tel traitement de faveur ! Aucun laird ne se permettrait de rendre un jugement aussi ridicule ! Tu sais qu'elle devrait être pendue !

Deux soldats empoignèrent le frère de Brandon par les bras. Une nouvelle manifestation de colère semblait s'annoncer, et Brandon ne pourrait rien faire pour l'endiguer. Toutefois, il *pouvait* essayer de prévenir un soulèvement général.

— Oui, reconnut-il, elle le devrait.

Rowan cessa instantanément de se débattre, attendant d'en entendre davantage.

— Mais je n'assassinerai pas la mère de mon enfant… Même si, en effet, elle le mérite.

Le silence tomba. Il n'y eut plus un seul bruit. Peut-être, s'était dit Brandon, qu'en révélant la teneur douloureuse de la bataille qu'il menait contre lui-même sur le sort à réserver à Fiona il parviendrait à calmer les dissidents. Du moins pour le moment… Car il ne se faisait aucune illusion : si le calme revenait grâce à son intervention, il ne durerait pas non plus toujours.

— Aucun mal ne doit leur arriver, ni à l'un ni à l'autre, reprit-il sans attendre. Si vous nous prêtez serment d'allégeance, à moi et à notre clan, vous prêtez aussi allégeance pour la sécurité de mon fils et de sa mère. Toute personne refusant de le faire doit partir. *Et tout de suite.*

Il n'eut pas besoin de se tourner complètement vers Fiona pour sentir et estimer le poids de sa surprise. Il perçut même le petit hoquet stupéfait qui lui échappa. Du coin de l'œil, il vit aussi Hugh avancer vers elle et la saisir par le coude pour lui rendre son équilibre.

Ne l'avait-elle pas cru disposé à parler de manière aussi claire et résolue ? L'avait-elle pensé trop faible pour supporter les conséquences qui résulteraient de ses actes ? Eh bien, elle s'était trompée. Quelques années plus tôt, sans doute se serait-il senti ainsi. Mais aujourd'hui, Fiona devait savoir qu'il n'hésiterait pas à prendre le risque d'affirmer haut et fort qu'il protégerait leur fils. Que sa loyauté ne s'exprimait pas que par des mots, mais aussi par des initiatives concrètes.

Et peu importait qu'après sa trahison elle méritât ou non une telle gentillesse. En tant que mère de l'enfant qu'il avait eu avec elle, Fiona se trouvait sous sa protection, et il refusait que son fils pût être privé de l'amour et des soins de sa mère. Jamais il ne sacrifierait sa famille à son devoir de laird. Il essaierait de mêler au mieux les deux.

Rowan bouillait de rage et ne se souciait même pas de le dissimuler.

— Elle t'a ensorcelé ! Et je l'avais prévu ! cria-t-il avant de cracher par terre. Fiona MacDonald figurera ta fin, mon frère... Ou peut-être sera-ce moi qui t'achèverai !

— Emmenez-le ! ordonna immédiatement Brandon aux soldats.

Il était hors de question de tolérer une seconde de plus les menaces de son frère ni de le laisser inspirer un quelconque soulèvement contre lui à l'intérieur du clan.

Déjà, une poignée d'hommes faisaient entendre leur mécontentement et leur désapprobation. Mais Brandon s'attendait-il à autre chose ? Bien sûr que non. Il savait qu'en quelques mots Rowan saurait planter dans le clan les graines de l'outrage, que celles-ci pousseraient tranquillement avant de s'envenimer et qu'après pourrissement elles se transformeraient en quelque chose de beaucoup plus dangereux : la trahison.

— Ceux qui désireront débattre de ce sujet pourront venir me voir plus tard, et moi seul ! Ce sera tout ! ajouta-t-il sur un ton qui clôturait définitivement le débat.

Il y eut un mouvement de foule, et les conversations se densifièrent tandis qu'un petit groupe de femmes et d'hommes se dirigeait vers les hautes portes du château ouvertes sur l'extérieur. Brandon regarda les membres de son clan se mélanger, curieux de voir s'il pouvait identifier ceux qui se rallieraient les premiers à la dissidence. Un groupe de jeunes soldats se trouvait au sein du petit cercle entourant Rowan. Celui-ci, très animé, lâchait de courtes phrases en rafale et secouait la tête en écoutant ses hommes. Levant soudain les yeux, il capta le regard de Brandon et s'abîma dans le silence pendant un long moment avant de se faire emmener par les gardes.

Brandon fronça les sourcils.

— Cela n'aura pas pris longtemps..., remarqua-t-il tout haut. Mon frère en est déjà à chercher des gens pour se rallier à lui contre moi.

— Il a commencé il y a longtemps, my laird... Vous le savez, remarqua Hugh sans façon. Simplement, il a aujourd'hui rassemblé tant de raisons de fixer sa colère sur vous que celle-ci est devenue obsessionnelle. Maintenant que vous avez secoué un peu tout le monde, quel que soit votre plan, je suggérerais que vous le mettiez le plus vite possible en application.

Brandon soupira.

— Je veillerai à t'en rendre compte dès que je le connaîtrai.

Hugh eut un petit rire.

— J'attends ce jour avec hâte.

— Et moi donc..., ajouta Brandon en frappant l'épaule de son fidèle guerrier.

Puis, se tournant vers Fiona, il déclara :

— Viens. Nous avons beaucoup de choses à nous dire.

Elle se mordilla la lèvre et le suivit sans un mot.

Ce fut toujours en silence qu'ils se dirigèrent vers la chambre qu'elle occupait avec William.

Brandon adressa un signe de tête à Hugh en entrant. L'instant d'après, celui-ci les enfermait à l'intérieur et les laissait à leur intimité. Sans attendre, Fiona nicha le bébé dans ses couvertures et ses fourrures. De son côté, Brandon garda le sourire aux lèvres tout le temps qu'il passa à la regarder border son fils tout en lui murmurant des mots tendres.

Lorsque le feu commença à mourir, il sortit le tisonnier, posé près de l'âtre, de son support en fer, et ranima les flammes. Et quand il jeta une nouvelle petite bûche dans le foyer, il observa avec une attention particulière les braises qui jaillissaient et s'élevaient dans les airs en dansant. Malgré ce que croyait Fiona, il saurait protéger leur fils. Ce qu'il avait fait ce soir-là ne le prouvait-il pas déjà ?

Redressant les épaules, il la scruta, désireux de mettre fin à l'inconfort qu'il ressentait chaque fois qu'il doutait de lui-même.

— En sommes-nous donc arrivés là… ? demanda-t-elle sans le quitter du regard.

Un regard qui lui fit penser à deux émeraudes sauvages. Puis elle poursuivit sur un ton que sous-tendait une terrible fureur :

— Nous allons donc rester ici. Jusqu'à la fin des temps ? Moi comme une sorte de prisonnière que l'on va saigner pour obtenir toutes les informations qu'elle détient et William parce qu'il est ton fils bâtard ?

— Avais-tu une meilleure proposition ? lui répondit Brandon dans un froncement de sourcils.

Fiona avait recouvré sa langue et paraissait prête à l'employer. Mais il poursuivit :

— Ainsi que je te l'ai dit à plusieurs reprises, tu n'es pas prisonnière. Mais tu ne me voleras pas mon fils pour autant. J'ai pris le risque de perdre mon titre en osant te laisser la vie et en revendiquant William sans détour. Et maintenant, tu ne veux plus rester au château ?

Une terrible frustration coulait dans ses veines. Il se passa la main dans les cheveux.

— C'est toi qui as tout fait pour m'amener ici, répliqua aussitôt Fiona. Ce n'est pas moi ! Depuis le début, je ne cesse de te répéter que William et moi n'avons jamais demandé à te suivre jusqu'ici !

La colère l'avait à présent envahie tout entière. Elle posa les mains sur ses hanches.

— Tu m'as *enlevée* si tu te rappelles bien… Que t'ai-je dit alors ? Je t'ai supplié de me laisser poursuivre ma route. Tout le monde me hait dans ton château. Non seulement moi mais aussi mon fils. Qu'attendre d'une existence pareille ? Je n'ai pas envie de me retrouver une fois de plus sous le contrôle d'un homme qui ne…

Faiblissant, Fiona se retourna et s'éloigna. Mais Brandon la rattrapa par le bras, la stoppant net dans sa retraite. Il fallait qu'ils en finissent avec cela. Le temps n'était plus à la fuite.

— *Un homme qui ne* quoi ?

Elle hésita et se retourna pour lui faire face. La tristesse et la fureur faisaient scintiller son regard.

— Qui ne m'aime pas. Qui ne veut pas vraiment de nous. J'en ai assez enduré de la part d'hommes comme mon père qui ne savent que me tenir sous contrôle permanent parce qu'ils me considèrent juste comme l'une de leurs propriétés. Je veux être libre pour effectuer mes propres choix. Mais je me suis encore fait piéger. Par toi, cette fois.

Il vit une larme lui couler sur la joue. Fiona l'essuya du revers de sa main libre. Mais quand elle voulut récupérer son autre main, Brandon n'arriva pas, ne *put se décider* à la libérer.

Comment faire comprendre à Fi qu'il ne connaissait pas d'autre manière de la protéger et de protéger William ? *Pourquoi* ne saisissait-elle pas ? N'avait-il pas tout risqué ? Son cœur cognait fort dans sa poitrine. Que faire ? Il semblait avoir soudain tout oublié : comment respirer, comment répondre, comment prononcer tout simplement les mots qui lui venaient aux lèvres.

Fiona reprit :

— Je n'admettrai pas que mon fils prenne de telles situations comme des exemples à suivre pour devenir un homme bien.

Et je ne permettrai pas non plus qu'il me considère comme une prostituée que tu peux utiliser à ta guise.

— *Quoi ?* cria Brandon en lui lâchant le bras sous le choc. Qu'est-ce que tu racontes ? C'est une ineptie sans nom ! Comment pourrais-tu représenter cela pour moi ? Jamais je ne serais capable de te rabaisser ainsi ! Sais-tu qu'il a été décidé que je me marie ? Et que les anciens du clan en sont déjà à sélectionner ma fiancée ? Tant que William demeurera entre les murs du château d'Argyll, tu resteras libre de tes choix. Tu devras juste prouver ta sincérité en nous révélant ce que nous avons besoin de savoir sur ton clan de façon à nous protéger de lui dans l'avenir.

— Oh ? Et c'est tout ?

— Préférerais-tu te faire pendre à l'aube ? Je suis sûr que mes hommes aimeraient bien mesurer ta corde d'après les renseignements que je leur fournirais.

— Dans ces conditions, imagines-tu vraiment un seul de ces soldats capable de me considérer comme autre chose que ta propriété maintenue ici pour satisfaire ton plaisir ? Certes, aucun autre homme n'osera me toucher maintenant que tu as reconnu William et ordonné à tous de me protéger. Mais comment crois-tu qu'ils le traiteront, notre enfant ? À leurs yeux, il est juste le bâtard du laird !

Elle lui jeta un regard glacé.

— Quant à ta future femme, penses-tu vraiment qu'elle voudra me voir vivre ici avec un fils qui rabaissera le sien au rang de « second fils » ? Si oui, c'est que tu es stupide ! Elle ordonnera tout simplement à ses hommes de nous tuer pendant notre sommeil. William et moi, nous ne vivrons pas un an, crois-moi.

Un sourire désabusé se dessina sur les lèvres de Fiona tandis qu'elle hochait lentement la tête.

— Il aurait été tellement plus beau de ta part de juste me renvoyer.

— *Te renvoyer ?* répéta Brandon en écho. As-tu perdu la

raison ? Tu tournes en rond ! J'ai pris tous les risques dans le but de vous protéger, toi et William. Notamment celui de faire sombrer le clan dans un chaos encore plus grand que celui où il est aujourd'hui.

— Je n'ai jamais exigé tout cela de toi.

— Qu'aurais-je dû faire alors ?

— Je te le répète depuis que tu m'as surprise au loch : me- lais-ser par-tir. *Avec* notre fils ! Au lieu de quoi, lui et moi sommes à présent condamnés à vivre dans la peur, la haine, et à ne jamais être libres.

— Ils finiront par t'accepter.

— Au bout de combien de temps ? Combien d'années ? Une décennie ? Non, notre fils ne grandira pas comme cela. Je ne l'admettrai pas.

— Tu n'as de toute façon pas le choix, repartit-il, catégorique.

Fiona leva les yeux au ciel.

— Tu parles pour ne rien dire… J'ai tous les choix, en l'occurrence.

— Tu peux partir si tu veux, mais lui reste ici.

— Je suis donc vraiment prisonnière ?

— Seulement si tu le considères ainsi, répliqua Brandon.

Et il sortit en claquant la porte.

Chapitre 11

Brandon l'imaginait-il vraiment en sécurité ici, au château d'Argyll ? La volonté qu'il avait de la protéger à tout prix, ainsi que William, lui avait vraiment fait perdre la tête… Non seulement il se transformait lui-même en cible en forçant un clan composé d'hommes qui les haïssaient, elle et son fils, à jurer de la protéger, mais il les retenait de plus prisonniers à l'intérieur de ces murs de pierre.

Fou d'homme…

S'il lui avait révélé son pauvre plan avant de le dévoiler devant tout le clan, elle lui en aurait prouvé la faiblesse et il y aurait renoncé.

Fiona se mit à arpenter la pièce. Du reste, de quelles informations lui et ses aînés la croyaient-ils exactement détentrice ? Son père n'avait jamais eu assez confiance en elle pour la laisser entrer dans son étude, et toutes ses tentatives pour connaître l'endroit où les batailles allaient *vraiment* avoir lieu, la stratégie qui serait employée et, d'une manière générale, pour découvrir le moindre secret avaient été réduites à néant.

Au sein des murs du château de Glenhaven où elle avait grandi, seuls son frère et Oric, son garde du corps de confiance, l'avaient traitée en égale. Eux deux et Brandon.

Oui, Brandon lui avait témoigné du respect, évaluant son intelligence et ses capacités quand, par amour l'un pour l'autre, ils avaient voulu œuvrer ensemble dans le but de réconcilier leurs clans et d'en finir avec les affrontements sans fin. Et même lorsque son père lui avait ordonné de rester à distance de Brandon, elle avait bravé l'interdit pour continuer à le voir tandis que son amant en faisait autant vis-à-vis de sa famille.

Mais aujourd'hui ? Aujourd'hui, ils semblaient incapables de retrouver leurs espoirs passés et tous ces possibles qui les avaient, à l'époque, unis si fort. Maintenant, c'était à peine si elle parvenait à penser clairement.

On frappa un coup à la porte.

— Laisse-moi ! cria-t-elle en fronçant les sourcils.

— C'est seulement moi, miss.

La voix de Jenny s'était élevée, douce, derrière la porte.

— Je voulais juste savoir si je pouvais vous être utile à quelque chose.

— Oui. Pourriez-vous m'apporter une tasse de thé à l'écorce de saule avant que je me déshabille ? Cela m'aiderait à me détendre.

— Bien sûr, miss, répondit Jenny avant de se sauver dans le couloir.

Fiona se laissa tomber sur le lit avec un bruit sourd. Comment pourrait-elle quitter le château avec son fils ? Tous les hommes se trouvaient sûrement sur le qui-vive, à la surveiller et à guetter la plus petite faute de sa part. À la moindre incartade, ils la captureraient et pourraient alors la pendre comme ils le désiraient tant.

Elle entendit William respirer paisiblement. Par bonheur, il dormait à poings fermés dans son berceau, inconscient de la peur qui accablait sa mère.

Même si, d'une manière ou d'une autre, songea-t-elle en retournant à ses pensées, elle parvenait à se faufiler entre les gardes, le risque qu'elle prendrait ensuite à voyager seule en pleine nuit avec son fils, sans personne pour la protéger, serait incommensurable. Partir de jour se révélait déjà dangereux, mais passer le col du Glencoe de nuit dans des conditions aussi précaires risquait de se révéler ni plus ni moins que mortel.

Un peu de thé lui apporterait peut-être quelque apaisement et lui rafraîchirait les idées, l'aidant à recouvrer sa lucidité.

Peut-être.

Fermant les yeux, Fiona se laissa aller en arrière sur les couvertures et posa son bras replié sur son front. C'était toute cette précipitation qui, dès le départ, l'avait mise dans une situation pareille. Si elle prévoyait de s'échapper, elle devrait planifier sa fuite avec soin et trouver un allié. Or, compte tenu des circonstances, obtenir de l'aide serait à peu près aussi facile que... Son souffle s'accéléra. À moins que... *Jenny...* ?

Elle entendit la porte s'ouvrir puis se refermer doucement. Il y eut ensuite le léger tintement d'une tasse et le glissement d'un plateau sur la table. Peut-être était-ce le bon moment pour essayer de renouer son amitié avec Jenny ?

— Merci beaucoup pour ce thé, Jenny, ma douce.

— Pour ce thé... Mais je ne pense pas que vous allez me remercier pour ma visite...

La voix grave de Rowan déclencha de gigantesques signaux d'alarme dans tout le corps de Fiona. Elle se redressa et se mit à genoux sur le lit.

Tendant les mains vers l'âtre, où dansait un petit feu, Rowan lui sourit.

— Qu'avez-vous fait des gardes ? l'interrogea-t-elle en se demandant s'ils avaient trouvé la mort à cause d'elle, parce que Rowan avait absolument voulu l'atteindre.

— Ils ont dû répondre au besoin urgent que Brandon a soudain eu d'eux. J'ai donc proposé de veiller sur vous jusqu'à leur retour.

Il ponctua sa réponse d'un méchant et large sourire.

— Vous voyez, ils suivent toujours mes ordres. Peu leur importe que je ne sois plus officiellement leur laird.

— Sortez de ma chambre ! cria Fiona.

— Je ne pense pas, non. C'est plutôt vous qui devriez quitter *mon* château.

— Vous avez dû perdre un peu l'esprit, ces derniers temps. Car il ne s'agit pas de *votre* château, mais de celui de Brandon. Et peu importe ce que vous manigancerez. Les choses sont ainsi, et vous n'y pouvez rien.

— Vous m'accusez, *moi*, de manigances ?

Rowan posa la main sur le poignard suspendu à son ceinturon et approcha. Fiona s'écarta, sachant que le sien se trouvait à l'exact opposé de la pièce et hors de sa vue.

— J'ignore quel sort vous avez jeté à mon frère, poursuivit Rowan, mais je ne le tolérerai pas. Il épousera une autre femme, et vous serez jetée d'ici comme la bouse d'une étable. Quant à votre garçon…

— Je vous interdis de parler de mon fils ! s'écria Fiona.

Faisant un pas de plus vers elle, l'ancien laird la saisit par le bras et la tira du lit. Elle lutta en se tordant dans tous les sens pour essayer de se dégager. Mais Rowan lui enfonçait les doigts de plus en plus profondément dans la peau, et elle n'aboutissait à aucun résultat. Son agresseur sortit sa lame.

Ce fut à ce moment qu'un bruit de pas résonna dans le couloir. Des pas masculins et décidés, accompagnés de ceux, plus légers et rapides, d'une femme.

— J'ai tenté de l'arrêter, mais il a insisté.

La voix de Jenny… Elle venait de monter, particulièrement haute et intense.

— Il m'a pris mon plateau et m'a ordonné de m'éloigner, expliquait la servante. Mais le laird m'avait demandé de vous prévenir s'il se passait quoi que ce soit d'anormal. Alors…

Fiona fut prise d'un immense soulagement.

Merci, Jenny…

— Laissez-moi ! se mit-elle alors à crier dans l'espoir d'être entendue du couloir.

Les bruits de pas s'accélérèrent. Enfin, la porte s'ouvrit.

Hugh passa le seuil et se tourna vers Jenny qui se trouvait juste derrière lui.

— Mettez-vous en quête d'un soldat et dites au premier que vous verrez d'aller chercher le laird et de l'amener ici immédiatement.

La servante interrogea Fiona du regard, attendant une confirmation.

— Nous avons la situation en main, Jenny, répondit-elle à l'interrogation muette de sa sauveuse. Vous pouvez faire ce que vous demande Hugh.

Se mordillant la lèvre, Jenny sortit en courant.

— Lâchez-la, ordonna alors Hugh à Rowan.

Et il dégaina la dague accrochée à son ceinturon.

— Pour quelle raison ? demanda Rowan en serrant Fiona davantage.

Rowan se tenait si près d'elle qu'elle le sentait respirer contre sa joue et voyait la lame de la dague scintiller dans la faible lumière.

— Elle n'est qu'une prostituée, continua-t-il, et son fils un bâtard. Sa place n'est pas parmi nous dans ce château. Pas après ce qu'elle a fait.

Incapable de savoir jusqu'où Rowan serait capable d'aller, Fiona décida de ne pas bouger. Avant d'avoir William, elle se serait défendue avec dureté, aurait plaqué Rowan au sol pour lui montrer qu'il n'avait aucun pouvoir sur elle, et l'aurait menacé de son poignard en le lui pointant sur la gorge. Mais à présent…

Ce fut justement le moment que le bébé choisit pour se réveiller. Fiona vit ses petits bras se tendre hors du berceau. Il était décidément hors de question qu'elle se défende : pas question de fournir à Rowan l'occasion qu'il guettait pour pouvoir l'achever. L'emportement de ce fou contre elle ne justifierait jamais le fait que son fils devienne orphelin. Elle devait maintenant faire confiance à Brandon et s'en remettre à la promesse qu'il lui avait faite de les protéger, William et elle.

— Vous la lâchez et vous vous asseyez ou je retourne mon poignard contre vous, ordonna Hugh. Elle doit être protégée. Y compris de vous, Rowan. Vous ne pouvez prendre aucune décision allant à l'encontre de celles du laird.

Rowan rit.

— Cette femme l'a ensorcelé. Si je fais cela, c'est pour le protéger, et protéger notre clan.

— Non. C'est parce que la douleur vous aveugle.

Hugh avait parlé sur un ton plus doux, et son empathie se lisait aussi dans ses yeux.

Rowan passa d'un pied sur l'autre. Sa pression sur Fiona faiblit.

— Vous ne savez pas ce que je…

— Si, je sais très bien : c'est le chagrin qui vous mène et non la logique.

Sur ces mots, le jeune homme avança d'un pas.

— Restez où vous êtes ! hurla aussitôt Rowan.

Hugh s'arrêta.

— Il a *quoi* ?

La voix de Brandon. Fiona sentit son cœur s'emballer. Elle venait de l'entendre. Et de reconnaître son pas dans le corridor menant à la chambre dont la porte était demeurée ouverte.

Oui, pas de doute possible. C'était bien lui qu'elle entendait. Et de mieux en mieux à mesure qu'il approchait. Pendant un moment, elle eut l'impression délicieuse d'être devenue aussi légère qu'une plume.

Brandon s'arrêta sur le seuil pour scruter la pièce et prendre la mesure de ce qui était en train de se passer. Ses épaules se raidirent, et le regard dont il gratifia Rowan aurait séché sur pied le plus chaleureux des guerriers.

— Lâche-la, ordonna-t-il.

Son ordre provoqua chez Rowan un rire singulier pendant

lequel il n'oublia néanmoins pas de resserrer sa pression sur Fiona. À présent, elle sentait le métal froid de la lame contre son cou. Ce fut alors que son regard rencontra celui de Brandon. La calme certitude qu'elle y décela la surprit et l'aida à conserver son calme.

— Moi ? demanda à cet instant Rowan. Pourquoi ? Pour qu'elle puisse t'envoûter davantage, frère ?

— Pour la dernière fois, lâche-la ! Je ne le répéterai plus.

Le ton autoritaire de Brandon fit frissonner Fiona et déstabilisa Rowan qui céda d'un coup.

— Bon, d'accord, nous…

Il la poussa brusquement loin de lui.

— … allons régler cela entre nous.

Fiona dérapa et vacilla avant de recouvrer son équilibre. Sans attendre, elle se hâta vers le berceau de William. À présent, elle se trouvait loin des trois hommes imposants qui occupaient la petite chambre et s'en sentait soulagée. Son fils gazouilla quand elle le prit dans ses bras, regardant tout autour de lui, inconscient de la menace qui venait de peser sur sa mère et se profilait encore. Elle fit lentement glisser son index le long de la joue du petit. Sa main tremblait.

— Hugh, dit alors Brandon sur un ton n'admettant pas de réplique, emmène Fiona et William loin d'ici. Je veux qu'on les installe à l'étage dans la chambre jouxtant la mienne. De manière permanente.

La colère contenue dans la voix de Brandon fut quelque chose que Fiona ne reconnut pas. Une alarme résonna en elle. Brandon était-il en train de préméditer un acte qu'il regretterait par la suite ? Elle espéra de tout cœur qu'il n'en fût rien. Il avait beau être le laird à présent, cela ne pouvait l'amener à abattre son propre frère, même si celui-ci avait menacé la mère de son enfant… Fiona ne pouvait le concevoir.

Elle vit Hugh faire un pas sur le côté puis lui adresser un signe. La respiration saccadée, le ventre serré, elle lui emboîta le pas. Elle aurait tant voulu dire quelque chose à Brandon pour le rassurer ! Mais aucun mot ne se forma sur ses lèvres.

Ce fut une prière qui lui vint à l'esprit : *S'il vous plaît, ne les laissez pas s'entre-massacrer ! William va avoir besoin de Brandon pendant quelques années. Si ce n'est plus. Et moi aussi…*

Chapitre 12

— Je ne m'attendais vraiment pas à cela. Même provenant de toi, espèce d'idiot !

Brandon claqua si fort la porte de la chambre qu'elle trembla sur ses gonds. C'était exactement cela qu'il avait envie de faire à son frère. Les yeux de Rowan demeuraient fous. Et sa dague était toujours dans sa main. Le chagrin, qu'il avait si bien gardé sous contrôle au cours de ces derniers jours, luisait à présent dans ses yeux.

— C'est toi, l'idiot, repartit Rowan. Peux-tu vraiment croire une seule minute que cette femme n'entraînera pas la disparition du clan ?

Brandon s'approcha de lui, comme un prédateur de sa proie. Il avait toutefois décidé de ne pas sortir son arme à moins d'y être strictement obligé. Rowan restait son frère, son frère unique, et il ne voulait pas le perdre… Surtout en le sachant cassé par son double deuil.

— Je le crois, en effet. Sinon, elle ne se trouverait pas en ce moment sous ce toit. Ce que je fais est ce qu'il y a de mieux pour le clan.

Comme il continuait à s'approcher, Rowan l'attaqua avec sa lame. Mais Brandon esquiva le coup sans peine et recouvra sa place.

— À présent, frère, dit-il, tu vas me donner ce poignard. Tout de suite.

Rowan eut un rire mauvais.

— Ou quoi ? Tu me le prendras ? Pas de danger !

Défié, Brandon bondit vers son frère et l'entraîna à terre dans un bruit sourd. Quelques secondes lui suffirent pour le plaquer au sol et le maintenir tout en lui tapant la main contre la dalle. Les doigts de Rowan s'ouvrirent, expulsant le poignard qui glissa plus loin.

— Oui, je te le prendrai. Et à chaque fois. À l'avenir, si j'étais toi, je réfléchirais donc à deux fois avant de pointer ta lame vers moi, vers Fiona ou vers mon fils. Car, si tu recommences, je pourrais aussi bien te tuer.

Rowan haletait, cherchant son souffle avec effort.

— Pas de danger ! répéta-t-il.

Il lui cracha au visage.

Brandon s'essuya la joue avec la manche de sa tunique et s'assit, maintenant, avec ses jambes, son frère plaqué au sol.

— Je suis content, au-delà de toute mesure, qu'Anna ne soit pas là pour voir ce que tu es devenu, s'exclama-t-il. Elle ne te reconnaîtrait pas. Pas plus que je te reconnais.

Sur cette déclaration, Brandon se leva et marcha jusqu'à la porte, laissant son frère à terre. Un groupe important de soldats stationnait devant la porte.

— Chargez-vous de lui, ordonna-t-il avant de quitter la pièce.

Car lui devait s'occuper de Fiona. Il savait aussi qu'il n'aurait pas le cœur tranquille tant qu'il n'aurait pas posé les yeux sur son fils.

Brandon prit une profonde respiration en arrivant devant la chambre où Fi et William venaient d'emménager. Elle aurait sûrement beaucoup à dire sur ce qui venait de se passer. Or il se sentait une patience aussi mince que le coton de la tunique qu'il avait choisi de porter ce soir-là à la veillée pour faire sa déclaration.

— À part la servante de Fiona, personne ne pénétrera

dans cette chambre, grommela-t-il en s'arrêtant devant Hugh qui montait la garde à la porte.

Brandon discuterait plus tard avec son soldat de confiance et ami, quand cesseraient de se présenter à son esprit les images de ce qui aurait pu se passer s'il était arrivé quelques instants plus tard, et quand il n'aurait plus envie de dégainer son épée contre les gardes qui avaient abandonné leur poste devant la porte de Fiona. Bon nombre de soldats restaient loyaux à Rowan... C'était une réalité qu'il allait devoir aborder.

— Oui, my laird, répondit Hugh avec un hochement de tête.

Une fois de plus, Brandon réalisa à quel point il détestait ce statut de laird qui était maintenant le sien. Essentiellement parce que les décisions qu'il *voulait* prendre ne coïncidaient jamais exactement avec celles qu'il *devait* prendre.

Il frappa avec discrétion et ouvrit la porte.

Fiona se tourna lorsqu'il entra. La chanson douce qu'elle était en train de fredonner à William mourut dans sa gorge. Une couverture en fourrure protégeait du froid le petit blotti contre sa poitrine. Elle s'assit sur le bord du lit et écarta William de son sein avant de le glisser dans son berceau juste à côté.

Brandon prit place derrière elle sans un mot. Pendant quelques instants, il étudia le visage paisible de son enfant, laissant son cœur adopter un rythme plus tranquille et régulier. Fiona et William étaient vivants. Oui, ils étaient sains et saufs, se répéta-t-il.

Pour le moment.

Le souvenir de l'instant où Rowan les avait menacés demeurait vivace. S'il était arrivé quelques minutes plus tard, Fiona et William seraient-ils tous deux morts à présent ?

— T'a-t-il fait du mal ? demanda-t-il à Fiona en remarquant l'hématome qui se formait à l'intérieur du poignet blanc.

Il eut envie de le toucher doucement pour mieux se rendre compte de l'étendue de la blessure, mais se contenta de serrer les poings. L'émotion qui circulait dans ses veines ne renforçait pas le peu de confiance qu'il avait en lui.

— Ce n'est rien, répondit Fiona. Nous allons bien. Pour l'instant.

Brandon la considéra en fronçant les sourcils.

— Que veux-tu dire ? Vous êtes protégés. Aucun mal ne peut vous arriver. Doutes-tu du sens de l'honneur de mes hommes ?

— Oui.

Les yeux verts et brillants plongèrent dans le sien. Durs, inébranlables.

— Du reste, si, de ton côté, tu avais tellement confiance en eux, tu ne m'aurais pas fait emménager à l'étage pour que je me trouve à côté de ta propre chambre. Est-ce que je me trompe ?

— Voilà donc comment tu me remercies après tout ce que j'ai abandonné et souffert pour toi ?

La colère le prenait. Ses hommes respecteraient ses ordres. Et elle aussi. Après tout, n'était-il pas le laird ?

— Parce que tu crois que... *nous*... n'avons pas souffert à cause de toi ? Tu me gardes ici en te réclamant de moi et de William, nous mettant, de fait, en danger absolu. Tout comme ton frère, en effet, les hommes dont tu nous entoures ne désirent rien de plus que nous voir morts, William et moi. Pour eux, nous ne sommes que des cibles. Nous allons nous faire entraîner dans la mêlée, et tu le sais. Si tu veux vraiment nous mettre en sécurité, tu dois nous libérer. Déchargeons-nous l'un de l'autre. Rien ne se reconstruira entre nous à partir de nos ruines. Il est déjà presque trop tard. Et tu le sais aussi.

Le savait-il vraiment ? se demanda Brandon. Quand il avait vu Fi en danger, directement menacée par Rowan, son seul désir avait été de la sauver. Même s'il n'arrivait pas à exprimer ce qu'il ressentait et même s'il la regardait maintenant plein de colère et de tristesse, il tenait toujours à elle.

Une partie de Fiona était en lui comme une semence,

éternellement prête à fleurir. Si seulement elle disait *le* mot qu'il attendait ou qu'ils parvenaient ensemble à effacer le passé... D'ailleurs, n'était-il même pas grand temps de l'écraser ? Pour son propre bien à lui autant que pour son bien à elle. Mais son fils... ? Il ne pouvait pas enlever le garçon à sa mère. Pas plus qu'elle ne pouvait l'en priver. Il était pris au piège, misérable, et aucune des solutions qui se présentaient à lui n'en était véritablement une.

— William et toi resterez ici aussi longtemps que je l'ordonnerai.

Sur ces mots, Brandon se leva et se dirigea vers la porte. Il n'autoriserait pas Fiona à partir, mais il ne la laisserait pas non plus approcher son cœur de trop près.

— Tu es devenu ce que tu avais promis de ne jamais devenir, lança-t-elle avec mépris.

Il se tourna vers elle.

— Et c'est quoi ?

— Ton père.

Sans rien dire, Brandon quitta la pièce pendant qu'il en était encore capable. Une colère sauvage se répandait en lui. Il serra les poings. Non, il n'était pas son père et il ne le serait jamais.

Hugh le salua quand il passa la porte.

— Votre frère est pour le moment sous l'effet d'un sédatif que lui a fait prendre Miss Emma. Et votre sœur Beatrice est très inquiète.

— Elle a toutes les raisons de l'être, remarqua Brandon en frottant sa nuque douloureuse.

Quelle soirée atroce il venait de vivre...

— Demande à quelques hommes de déménager ici les objets les plus volumineux de l'ancienne chambre de Fiona. Pendant ce temps, les servantes s'occuperont des plus petits. Dès que ce sera fait, les affaires de Fiona seront toutes en sécurité. Et tu seras le seul à détenir la clé de la porte.

Ce disant, Brandon pressa une clé en métal contre la paume de main de Hugh.

— Êtes-vous sûr, my laird ? s'enquit celui-ci en fronçant les sourcils.

— Tout à fait. Je sais que, de cette façon, ce qui est arrivé un peu plus tôt ne se reproduira plus.

Hugh hocha la tête.

— En effet. Seuls Daniel et moi nous tiendrons devant cette porte pour monter la garde.

— Alors, prends la clé, répliqua Brandon. Cela vaut mieux pour tout le monde, y compris pour moi.

Entendant une clé tourner dans la serrure, Fiona se précipita vers sa porte et appuya sur la poignée. Mais rien ne se passa.

— Auriez-vous osé m'enfermer ? demanda-t-elle à Hugh d'une voix forte.

— Oui. À la demande du laird.

— Bâtard…, maugréa-t-elle en se mettant à arpenter la pièce.

Quand Brandon s'accrochait à une idée, il pouvait devenir complètement idiot. Cet ordre à Hugh en était la meilleure preuve. Dans *ce* château, en effet, son fils et elle se trouvaient en bien plus grand danger qu'ils l'auraient été n'importe où ailleurs dans les Highlands. Simplement, Brandon faisait semblant de ne pas le réaliser tout comme il niait la possibilité de se trouver, à un moment ou à un autre, incapable de leur assurer une totale protection.

Homme arrogant…

Au fil des heures, Fiona avait de plus en plus le sentiment de n'être qu'une biche attendant qu'une flèche lui transperce le cœur. Parce qu'elle n'avait pas d'alliés dans la place. Et que ce n'était pas une simple porte fermée à double tour qui la garderait longtemps en vie.

Ce soir-là, la tentative de Rowan n'avait été qu'une répétition. Le destin tentait-il de se moquer d'elle ?

Elle se jeta sur le lit et balaya la pièce du regard en plissant le nez. Où était-elle ?

C'était la première fois qu'elle pénétrait dans cette chambre. Comparée à la précédente, celle-ci était, du reste, bien plus agréable. Un tableau de femmes travaillant aux champs et le portrait d'une autre, qui lui parut étrangement familière, décoraient l'un des murs. Elle remarqua ensuite un paysage de montagnes longeant une frontière, et s'arrêta devant. Cette vue aussi lui était familière. Encore plus. Et soudain, Fiona cessa de respirer : c'était le paysage qu'elle voyait de sa propre fenêtre…

En regardant de plus près, elle aperçut, au bas du tableau, trois initiales : EAC. Reculant d'un pas, Fiona inspira profondément. *Emilia Abigail Campbell.* La mère de Brandon… C'était elle qui avait peint le tableau. D'après Brandon, la peinture avait été l'une des rares occupations à avoir un peu égayé l'existence d'Abigail lorsque, à la fin de sa vie, celle-ci avait pratiqué son art, dans la chambre de l'un des étages inférieurs.

— Comment est-il arrivé ici ? s'étonna Fiona à voix haute.

Elle recula et commença à regarder autour d'elle. Il fallait qu'elle sache qui avait dormi dans cette chambre.

— Hugh ? Qui occupait cette pièce avant ? s'enquit-elle à travers la porte.

Elle put presque entendre le soldat se demander s'il pouvait répondre. L'impatience la gagna. Elle insista :

— Je sais que vous êtes là, Hugh. Brandon n'aurait fait confiance à personne d'autre pour veiller sur moi. Je vous demande simplement par qui cette chambre était occupée.

Un soupir et un glissement de bottes contre le sol lui arrachèrent un sourire. Hugh allait répondre. C'était juste une question de temps. Celui qu'il lui faudrait pour céder.

— Par Lady Emilia, répondit-il.

Fiona fronça les sourcils.

— Je croyais que c'était la chambre d'en bas qui était celle d'Emilia…

— Au début. Ensuite, elle a vécu ici avant de…

— De tomber malade ?

— Oui. Et finalement, on l'a installée en bas pour lui simplifier l'existence.

Fiona eut un petit rire sous cape en songeant qu'en fait ce changement s'était peut-être produit parce que le laird voulait éloigner sa femme de ses exploits extraconjugaux. Et elle eut l'impression de savoir à peu près ce que Lady Emilia avait alors ressenti. Sans doute parce qu'elle-même se trouvait aujourd'hui dans la même situation : enfermée dans une chambre à s'occuper de leur fils pendant que Brandon exécutait d'autres plans.

— Merci, Hugh, murmura-t-elle.

— Dès que les servantes auront rassemblé vos effets, elles vous les apporteront.

— Si vous m'y autorisez, je serais heureuse d'aller les assister en bas.

Elle eut l'impression d'entendre Hugh jurer entre ses dents.

— Non. Vous devrez rester ici. Nous avons eu assez de disputes pour ce soir.

Son incapacité à décider Hugh à lui donner un peu de liberté arracha une petite grimace à Fiona. Et comme, malgré sa lassitude, elle était trop énervée pour dormir, elle se remit à arpenter la pièce.

Approchant de la fenêtre, elle regarda au-dehors. Combien de temps resta-t-elle là ? Elle aurait été incapable de le dire. Ce fut un grattement contre le sol de la chambre qui la sortit de son étrange torpeur.

Se retournant, Fiona vit une partie du mur d'en face glisser doucement, créant une ouverture entre sa chambre et celle d'à côté. Prise de panique, elle saisit son poignard dans le pli du vêtement où elle l'avait dissimulé et bondit en avant pour protéger son fils.

Cette fois, Rowan ne la prendrait pas par surprise comme il l'avait fait précédemment.

Mais quand elle vit Brandon traverser le lambris qui faisait office de porte secrète, elle laissa échapper un long soupir de soulagement. Sa main remit le poignard en place et retomba le long de son corps.

— Tu m'as fait une de ces peurs..., dit-elle en portant sa main à ses lèvres pour prévenir un sanglot.

Ses doigts tremblaient, et elle ne trouva aucun moyen de repousser l'intense sentiment de reconnaissance qui montait en elle.

Brandon joignit les mains pour demander pardon.

— Je suis désolé d'arriver comme cela. Je n'ai pas réfléchi. J'avais tant envie que tu saches que j'étais là, que nos chambres communiquaient...

Il avança vers elle, mais hésita soudain, comme si une part de lui-même voulait la réconforter tandis que l'autre lui intimait l'ordre de garder ses distances. Arrivé au milieu de la pièce, il se figea et serra les poings sans plus bouger.

Sa confusion valait bien celle de Fiona. Car, en ce qui la concernait, elle semblait déchirée entre les sentiments qu'elle avait éprouvés pour lui dans le passé et ceux qu'elle ressentait maintenant.

Son poignard, mal fixé, tomba soudain à terre. Elle se remit à trembler de tout son corps. *Par le ciel !* En cet instant, son désir le plus intense était que Brandon vienne la réconforter.

L'agression dont elle avait été victime de la part de Rowan avait réveillé en elle une peur profonde, ravivant l'un de ses souvenirs d'enfance dans le château de Glenhaven. Une fois encore, elle avait été la petite Fiona incertaine et apeurée d'alors, se demandant quelle nouvelle cruauté avait inventée son père et se sachant de toute façon incapable de l'arrêter. Or, dès que la petite fille se réveillait en elle, il était bien difficile de l'apaiser et de la rendre au passé auquel elle appartenait. Et Brandon, qui savait cela aussi bien qu'elle, devait d'ailleurs, en cet instant, lire sur son visage toutes les émotions qui la traversaient. De son côté, en revanche, elle aurait donné cher pour être capable de dissimuler la honte qu'elle retirait de cette situation.

Il s'approcha doucement d'elle comme il l'aurait fait avec un animal blessé. Mais lorsqu'il se trouva à portée de main, il ouvrit les paumes dans un geste d'offrande qu'elle pouvait accepter ou refuser.

Très surprise, Fiona sentit qu'elle se mettait à avancer, se dirigeant droit vers Brandon, puis elle lui tomba dans les bras et éclata en sanglots.

Il la souleva du sol en la berçant contre lui et la déposa sur le petit lit. Et comme elle refusait de le laisser partir, il se faufila derrière elle, pressant le torse contre son dos, comme il l'avait fait si souvent. Juste comme elle désirait qu'il le fasse, même si elle se détestait de le vouloir.

La sensation de cette force solide et chaude dont Brandon l'enveloppait l'apaisa infiniment. Du bout des doigts, il la débarrassa des petites mèches qui lui balayaient les tempes et le front. Ils demeurèrent ensuite ainsi, dans les bras l'un de l'autre, sous la lumière douce des candélabres et des appliques murales. De longues minutes s'écoulèrent avant qu'ils se mettent à parler.

— Quand je t'ai vue, là, commença Brandon sur un ton bas et rauque, sous l'emprise de Rowan… Sa dague à deux doigts de ton cou… Je ne peux même pas te décrire ce que j'ai éprouvé. C'était comme si le sol s'ouvrait sous mes pieds. Je… je suis aussi désolé de ce que je t'avais dit avant. J'étais très en colère…

Fiona inspira profondément et lui posa la main sur le bras.

— Brandon, tu n'es pas obligé de…

— En fait, continua-t-il sans l'écouter, rien ne comptait pour moi que de te garder en vie en dépit de tout…

Il s'arrêta sur ce mot.

Elle se retourna dans les bras de Brandon, lui caressa la joue et le devina parcouru d'un frisson comme chaque fois qu'elle se serrait contre lui. Au contact du corps viril, elle sentait le sien chanter. Pendant tout le temps de leur séparation, elle n'avait pas reçu le moindre réconfort. Dans ces conditions, avait-elle vraiment tort d'en rechercher un peu maintenant ? De se délecter une dernière fois de ce qu'elle éprouvait avant de fuir le château, le contact et l'existence même de Brandon ?

Refusant de résister à la tentation merveilleuse, elle se pencha vers lui et lui déposa un baiser furtif au coin des lèvres. Il les entrouvrit aussitôt pour accueillir les siennes. Avec lenteur, il lui passa une main dans les cheveux avant de la glisser derrière sa nuque pour l'attirer vers lui encore plus près.

Sans résister, Fiona laissa chaque baiser appeler le suivant et les rapprocher l'un de l'autre. Jusqu'à ce qu'ils se retrouvent tous deux hors d'haleine et à un simple murmure de l'abîme.

— Brandon, chuchota-t-elle tandis qu'il lui parsemait les épaules de baisers, il faut nous arrêter.

— Le devons-nous vraiment ? demanda-t-il immédiatement d'une voix douce. J'avais oublié ce que cela signifiait de te tenir contre moi. Me faire embrasser par toi… Mais c'est le paradis…

Elle sentit qu'il glissait les mains sous ses jupes, progressait le long de sa cuisse fuselée et lui saisissait les fesses. Quand il la pressa tout entière contre lui, Fiona comprit que ses bonnes résolutions se dénouaient au même rythme que le ruban de ses jupes. Ce satané Brandon savait trop bien s'y prendre.

Les baisers chauds se faisaient de plus en plus profonds. À l'évidence, elle correspondait exactement au besoin qu'il avait d'elle. Lui mordillant les lèvres, il s'offrait à ses mains plaquées sur lui. Enfin, avec un grognement, il la renversa sur les couvertures du lit.

Mais un petit cri de William arracha Fiona au moment présent, et la conscience de ce qu'elle avait presque fait la stupéfia.

Aussitôt, elle arrêta d'une main le torse de Brandon qui se rapprochait d'elle, pleine de reconnaissance pour son fils de les avoir interrompus, et troublée par sa propre faiblesse. Le contact de Brandon avait failli lui faire perdre la tête. Or elle ne voulait pas risquer son cœur de nouveau. La situation était trop incertaine.

— Nous devons *vraiment* arrêter cela. Ton fils a faim et réclame mon attention.

Brandon abattit la tête dans le creux de son cou tout en libérant un long soupir. Il respirait de manière inégale, ce que Fiona ne put s'empêcher d'apprécier. À l'évidence, il était aussi affecté qu'elle par ce qui venait de se passer.

Il acquiesça d'un signe de tête.

— Oui.

Mais sa voix restait rauque de désir.

Roulant loin d'elle, il quitta le lit et se dirigea vers le berceau où il prit William, puis il le lui tendit. Une seconde plus tard, Fiona berçait son fils contre elle en lui chuchotant des mots doux à l'oreille. Ce fut ainsi qu'elle regagna sa place avec le petit au bord du lit.

Brandon s'invita à son tour, s'étendit sur le côté et se souleva sur un coude pour mieux les regarder. Sans se faire prier, William commença à boire avec avidité le lait que Fiona lui offrait.

— Il est beau, n'est-ce pas ? chuchota Brandon.

— De loin le plus beau, le plus joli bébé des Highlands. Il a pris de moi ce que j'ai de mieux.

Brandon la considéra en silence. Puis ses lèvres s'entrouvrirent comme s'il allait dire quelque chose. Mais, se ravisant, il se leva et s'éloigna.

Il allait sortir quand il s'arrêta sur le seuil, se retourna pour chercher son regard et lança :

— Je crois qu'il a pris le meilleur de nous deux…

Elle demeura le souffle coupé tandis qu'il se détournait et passait la porte.

— Dors bien, dit-il avant de verrouiller le passage secret.

Fiona soupira. Si elle ne gardait pas ses distances avec Brandon, son cœur allait se retrouver prisonnier de lui une nouvelle fois…

Chapitre 13

De gros nuages bas et menaçants plombaient le ciel, reflets parfaits de l'humeur de Brandon qui trottait au côté de Hugh en direction du bord est de la frontière séparant les Campbell des MacDonald.

Depuis le matin, il se répétait que la journée de la veille s'était révélée être un désastre pur et simple.

L'annonce qu'il avait faite au clan révélant que William était son fils et ordonnant que Fiona soit protégée comme l'une des leurs n'avait servi qu'à mettre le petit et sa mère encore plus en danger qu'avant. En effet, s'il était arrivé quelques minutes plus tard dans la chambre que Fiona occupait alors avec William, il les aurait sans doute retrouvés morts tous les deux, assassinés par Rowan.

À être à la fois laird et père, il finissait par se perdre.

Oui, il avait beau se donner un mal fou pour continuer à s'adonner à toutes ses tâches, cela lui devenait impossible. Au lieu de rester concentré sur l'avenir et de chercher les meilleures façons de l'appréhender, c'étaient Fi et William qui consumaient toutes ses pensées. Sans parler du fait de savoir que, sans le cri de William, la veille au soir, il aurait fini par faire l'amour avec elle.

Or c'était bien la dernière chose à faire en ce moment…

Décidément, avoir vu Fiona avec la dague de Rowan pointée sur sa gorge – cela ajouté à la crainte de la perdre pour toujours – l'avait secoué de manière encore plus profonde qu'il l'aurait cru. Au mépris de la colère qu'il éprouvait contre elle, en dépit du nombre de fois où il avait souhaité sa mort à cause du rôle qu'elle avait joué dans l'attaque du château d'Argyll, et malgré toutes les pertes que son clan avait subies à cause d'elle, Brandon réalisait que la perdre était bien la dernière chose qu'il voulait.

Une partie de lui-même tenait toujours à elle, et son corps la désirait tant qu'il avait encore une fois failli tout gâcher en se tournant vers cette femme qui n'était pas destinée à devenir son épouse.

Tout en écoutant le tonnerre gronder dans les montagnes, Brandon étudiait les nuages qui s'amoncelaient au loin. Il ne leur restait qu'une heure, avec Hugh, pour poursuivre leur exploration. Pas davantage. Pour aujourd'hui, le temps avait d'autres idées. Son seul espoir était que les champs qu'ils avaient repérés pour la prochaine récolte et le nouvel emplacement de la tranchée censée faciliter l'irrigation généreraient bientôt des bénéfices. Car les fonds du clan baissaient de manière inquiétante et, avant la fin de l'année, il faudrait avoir payé les taxes. Aussi, à moins de trouver tout de suite une solution prometteuse, Brandon devrait personnellement maintenir son projet d'épouser une jeune fille possédant une belle dot.

— Je croyais que nous allions longer la montagne pour explorer le bord du dernier col, remarqua-t-il en fixant l'horizon qui se bouchait. C'est l'un des rares terrains qu'il nous reste à documenter. S'il détient des ressources comme nous le supposons et que nous pouvons l'exploiter en tant que nouvelle mine d'ardoise s'ajoutant aux existantes, cela remplira sans mal nos coffres pendant un moment.

Hugh fronça les sourcils.

— Il existe une raison expliquant pourquoi celle-ci n'a jamais été explorée.

— Oh ?

Hugh enroula les rênes autour de sa main avec tant d'énergie que sa peau devint toute blanche.

— Rowan connaît-il vos plans ?

— Bien sûr que non. L'agriculture ne l'intéresse pas. Ni les ressources que les terres peuvent générer. La seule chose qui le passionne est de me renverser et de répandre sa rage contre le passé. Son but : détenir seul tous les pouvoirs. Mais pourquoi me poses-tu cette question ? Quel rapport ?

— Cette montagne compte bien une mine d'ardoise supplémentaire. Il y a plusieurs générations de cela, celle-ci était d'ailleurs exploitée. Mais elle a été fermée vers l'époque de votre grand-père.

— D'où détiens-tu tant d'informations sur cette mine quand, de mon côté, j'en ignore tout ? demanda Brandon en faisant ralentir son cheval avant de s'arrêter pour chercher un registre dans sa sacoche.

Il ouvrit le volume à la page de la nouvelle carte qu'il actualisait après chacune de ses explorations, et déroula le petit cylindre de peau sur ses genoux.

— Cette mine ne figure sur aucune des anciennes cartes de la région, dit-il. Je me rappelle très bien avoir regardé ces croquis dans le bureau de mon père et avoir remarqué que sur toutes cette région y est laissée pour vide, comme si elle n'existait pas. Je trouve cela extrêmement curieux. Voilà pourquoi j'ai précisément tenu à venir ici aujourd'hui.

Un muscle battit sous la mâchoire du soldat, procurant un sentiment de malaise à Brandon. Il lui sembla même être en train de recevoir une sorte d'avertissement.

Hugh lâcha les rênes et le regarda en face.

— La mine ne se trouve sur aucune carte parce qu'elle était censée sombrer dans l'oubli. C'est aussi là que votre père et Rowan m'ont trouvé quand j'étais petit garçon. J'y ai vécu pendant des semaines, je déambulais dans tous les cottages se trouvant au-delà du bosquet. Un matin, Rowan m'a vu voler quelque chose et m'a suivi dans la mine. En m'attrapant, il a failli se faire piéger à cause d'un petit effondrement. En fait, ce jour-là, nous avons tous les deux frôlé la mort. Déjà tellement obstiné, votre frère… Mais je lui suis reconnaissant d'être venu. Autrement, je ne serais plus de ce monde.

Il s'interrompit.

— Vous connaissez la suite.

Hugh s'était durablement caché à l'intérieur d'une mine ? Seul ? À l'époque, il devait avoir une huitaine d'années.

— Pourquoi ne me l'as-tu jamais dit ?

Son ami haussa les épaules et regarda au loin.

— À quoi bon ? Je préfère laisser le passé où il est. À partir du moment où vous et Beatrice vous trouviez loin, nous ne voyions pas d'utilité à vous dévoiler la triste et laide vérité.

Brandon en connaissait assez pour savoir que Hugh avait de bonnes raisons d'abandonner son passé là-bas. En effet, la famille de son ami avait été assassinée par les Anglais au cours d'un raid le long de la frontière quand Hugh était petit garçon. Mais Brandon ne savait rien de plus. Hugh ne lui avait jamais rien confié d'autre sur son histoire. Pourtant, un certain abattement le prenait parfois quand il croyait que personne ne le regardait.

— Tout ce que je peux vous dire, reprit Hugh, est que la mine était peu sûre, à l'époque, et que le temps n'arrange jamais ce genre de choses.

— Mais, si cette partie de la montagne est pleine d'ardoise, ne sommes-nous pas en train de gaspiller notre avoir ? Surtout si nos récoltes ne nous rapportent pas les revenus que nous en espérions et ne nous permettent pas de régler nos taxes les plus urgentes…

— Nous n'aurons rien à regretter non plus si nous découvrons qu'il n'y a aujourd'hui plus d'ardoise à cet endroit et que nous aurions perdu dix bons travailleurs qui auraient essayé, pour rien, d'excaver quelque chose qui ne s'y trouve plus.

— Et rester assis à ne rien faire comme nous le faisons maintenant, à quoi cela sert-il ?

Hugh se mit à rire.

— Vous vous plaignez souvent du caractère obstiné de votre frère. Mais en fait, vous êtes aussi têtu que lui…

Brandon ne put s'empêcher de sourire.

— Peut-être est-ce la seule qualité que nous partageons ? remarqua-t-il en tirant légèrement sur ses rênes.

Son étalon repartit au pas.

Un peu plus tard dans la journée, se dit-il, il faudrait qu'il aille rendre visite à son frère. Pour lui parler de l'attaque au poignard contre Fiona. Mais cela l'effrayait presque autant que d'aller aborder avec la jeune femme leur rencontre de la nuit précédente, et il savait déjà qu'il repousserait le plus possible le moment de s'y contraindre.

Hugh le suivit en secouant la tête.

— Quand nous serons pris sous un tas de décombres, peut-être reconsidérerez-vous votre jugement. Mais, dans l'état où en sont les choses, je ne peux vous laisser pénétrer seul dans cette mine. Après tout, vous venez d'être père…

Père.

Brandon eut soudain la chair de poule. S'appliquant à lui, cette appellation lui semblait, encore maintenant, étrange à entendre. Peut-être parce que, à présent, elle le définissait, lui, sa vie et ses choix.

Pénétrer dans une mine dont on savait qu'elle s'était effondrée n'aurait évidemment *pas* dû lui venir en premier à l'esprit. Hugh l'avait du reste très bien compris.

En fin de compte, Brandon comprit qu'il était le seul à ne pas avoir pris du tout conscience du danger entourant cette mine. Peut-être parce que, même si pour son fils et pour Fiona il représentait tout ce qu'ils avaient, il devait quand même explorer les environs.

Vraiment ? Même au prix de sa vie ?

Prouver sa valeur en tant que laird à Rowan et aux anciens

ne représentait-il pas l'un de ses seuls moyens de raviver la confiance que son frère et son peuple avaient en lui et qui lui permettrait de demeurer un bon laird ?

Non... , songea-t-il enfin. Malgré son désir de regagner leurs faveurs en réunissant de nouvelles informations, Brandon ne voulait pas risquer sa vie. Sans lui, qui pouvait dire ce qui arriverait à Fiona et à leur enfant ? Lui seul semblait représenter une barrière entre eux et une mort certaine.

Il capitula.

— Tu as raison. La mine attendra un peu. Après tout, c'est le mur de l'est. Peut-être le sol s'est-il suffisamment reposé à cet endroit pour que l'on tente d'y lancer une nouvelle culture et ainsi améliorer nos récoltes ?

Devant la moue dubitative de Hugh, il ajouta :

— Ou au moins d'y installer un troupeau qui s'y sentira assez bien pour brouter.

Les terres Campbell longeant le mur de la frontière n'avaient pas connu de jachère pendant assez de temps. En conséquence de quoi, même si le loch ne se trouvait pas loin, que le soleil donnait presque toute la journée et que ces terres avaient souvent produit de bonnes récoltes, le sol avait peu à peu été privé de tous ses nutriments. Si on ne le laissait pas se régénérer, jamais il ne recouvrerait ses richesses premières.

À mesure que les minutes passaient, Brandon trouva que cette situation était assez comparable à sa relation avec Rowan. L'un et l'autre allaient devoir laisser s'apaiser leurs querelles pendant un certain temps s'ils voulaient espérer redevenir un jour frères. De vrais frères liés par le cœur et non uniquement par le sang.

La pluie arriva sous la forme d'une brume qui commença à se densifier de manière aussi lente que régulière.

— Il vaudrait mieux nous dépêcher, remarqua Brandon.

Hugh opina du chef, et ils partirent au galop. Prenant la tête, Brandon se dirigea vers la dernière pente douce, regarda autour de lui et fronça les sourcils. Pas un seul soldat Campbell en vue.

Étrange.

Il se trouvait *toujours* des soldats sur ce vallon pour garder la frontière et guetter toute approche ennemie. Passant au trot, il leva un poing en l'air pour faire signe à Hugh qu'ils allaient s'arrêter. Son ami stoppa à sa hauteur.

— Où sont les éclaireurs ? demanda Brandon à voix basse.

Redressant les épaules en silence, Hugh balaya à son tour la zone du regard. Le vent faisait onduler le sommet des arbres tandis que l'herbe haute se courbait et cédait sous la pluie.

Aucun chant d'oiseau. Pas un seul cri d'animal.

Tout se passait comme si le silence menaçait de les engloutir.

Brandon écouta, retenant sa respiration.

Au bout d'un moment, deux soldats Campbell montés apparurent dans la montagne. Ils patrouillaient *derrière* le col. Au lieu de se sentir soulagé comme il aurait dû, Brandon ne parvint pas à se débarrasser de l'impression que quelque chose n'allait pas.

Son ventre se serra.

Il scruta les soldats qui poursuivaient leur chemin le long de la paroi rocheuse délimitant le bord des terres Campbell et le début du territoire MacDonald. Le fait d'être devenu père ne le rendait-il pas un peu trop soupçonneux ? Ce n'était pas impossible.

Pourtant, en jetant un regard à Hugh, Brandon remarqua que son ami avait les mâchoires serrées et que, le front plissé, il ne quittait plus le proche horizon des yeux.

— Apparemment, c'était une fausse alerte, déclara-t-il en tentant de se convaincre lui-même que tout allait bien. Voilà deux soldats qui viennent vers nous…

Hugh claqua la langue.

— Non, quelque chose *ne va pas*…, murmura-t-il.

Dégainant l'un des poignards de son ceinturon, il ajouta :

— Après votre déclaration d'hier soir au clan, j'ai renforcé la ronde de surveillance. Les soldats devraient être au nombre de quatre ici…

Fiona arpentait sa chambre comme un animal pris au piège et désespéré de ne pouvoir s'échapper, ce qu'en cet instant elle se sentait justement être.

Ne l'avait-on pas enfermée dans sa chambre ?

Le jour était tombé depuis plusieurs heures et, malgré cela, Brandon n'était pas rentré. Elle n'ignorait pas qu'il était parti en exploration avec Hugh – c'était Beatrice qui était venue le lui dire – mais, après ce qui s'était passé la nuit précédente et sans avoir pu parler avec lui dans la matinée, il lui semblait avoir marché sur des charbons ardents toute la journée.

C'était pourtant pleine d'espoir qu'elle s'était réveillée ce matin-là et même désireuse d'échanger avec lui. Il fallait mettre les choses au clair : dans leur cas, un avenir commun n'était pas envisageable. Leur passé et la sécurité qu'il fallait assurer à William ne le permettaient pas. Pas plus que son propre cœur. Même si Brandon ne l'avait pas vraiment abandonnée – et Fiona croyait ce qu'il lui avait dit –, elle voyait bien que, si elle l'autorisait à revenir dans son existence, cela comporterait trop de risques. À partir de maintenant, toutes les décisions qu'elle prendrait devraient avoir pour objectif le bien de son fils. C'était ce sur quoi elle devait se concentrer. Et seulement sur cela.

Heureusement, se dit soudain Fiona avec un regard en direction du berceau, pendant qu'elle nageait dans l'inquiétude, William dormait paisiblement. Pourquoi Brandon n'était-il pas encore arrivé ? Pas à un seul moment elle n'avait douté de son retour avant la tombée de la nuit, ne serait-ce que pour voir son fils avant qu'il ne s'endorme. Mais la belle nuit, qui s'était tranquillement installée à la suite du jour, ne le lui avait pas amené.

Où était Brandon ?

Fiona fronça brusquement les sourcils et sentit un froid glacial lui parcourir l'échine. Rowan l'avait-il tué ?

Stop, s'admonesta-t-elle aussitôt. C'était une obligation inattendue ou une découverte extraordinaire qui l'avait sûrement retardé, rien de plus.

S'asseyant sur le lit, elle posa sa tête dans ses mains et prit quelques respirations profondes. Il fallait qu'elle se reprenne. La panique ne serait pas bonne conseillère. Et d'aucune aide pour son fils.

Assieds-toi, mon enfant !

Le souvenir de la voix douce de Seana revenait tout à coup, comme en écho, à ses oreilles. Oui, sa tante avait raison. Comme avant. Comme toujours. Elle lui manquait tant !

Fiona poussa un long soupir. Pour trouver une solution, il fallait commencer par regarder les choses de manière plus sereine. S'inquiéter ne servirait qu'à lui embrouiller l'esprit et à tendre ses nerfs comme les cordes d'un arc.

« Installe-toi à l'intérieur même de ton esprit, dans un endroit où personne ne pourra t'atteindre. »

Sa tante lui avait répété cette phrase avant les coups de fouet. Et aussi au cours de la naissance de William alors qu'elle se sentait consumée par la peur et la douleur…

Que lui dirait sa tante si elle la voyait maintenant ?

Qu'elle pouvait survivre à n'importe quoi.

Qu'elle devait reprendre ses esprits et recouvrer la raison.

Qu'elle pourrait surmonter son épreuve actuelle comme elle avait fait face dans tous les autres moments difficiles de son existence.

C'était sa tante qui lui avait enseigné tout cela, et elle allait mettre en pratique ce que Seana lui avait appris. À commencer par se glisser dans le présent et le vivre tel qu'il était sans s'inquiéter de ce qui pourrait être.

Et puisqu'elle ne pouvait quitter cette pièce, ce château ni cet endroit, c'est par l'esprit qu'elle s'échapperait en faisant revivre un souvenir qu'elle s'était choisi quelques années plus tôt. Un souvenir pour elle synonyme de paix, d'espoir, de bonheur, et que personne ne pourrait lui voler. Celui de l'acte d'amour qu'elle avait fait un jour avec Brandon.

Fermant les yeux, Fiona essaya de contrôler sa respiration, comptant ses inspirations et ses expirations exactement comme elle le faisait, étant petite, avant que le fouet s'abatte et s'abatte de nouveau sur sa peau.

Bientôt, le beau souvenir qui défilait en continu dans sa tête provoqua en elle un apaisement profond et ralentit les battements de son cœur…

Le flamboyant soleil d'été brillait dans le ciel pur, illuminant la lisière de la falaise qui surplombait la mer aux nuances gris foncé. Les vagues se soulevaient avant de s'écraser contre le rivage, encore et encore.

Fiona éprouvait la chaleur du soleil sur son visage, reconnaissait l'odeur de l'herbe fraîche dans l'air et sentait le contact des ardoises douces et fraîches sous ses pieds nus.

Soudain, les doigts forts et calleux de Brandon avaient couru sur son cou, deux lèvres pleines avaient effleuré les siennes avant de se faire plus hardies. C'était ensuite un corps viril qui s'était pressé contre le sien. Elle avait saisi Brandon par son tartan et l'avait attiré plus près…

En lui faisant alors découvrir un amour qu'elle ne soupçonnait pas, ce premier baiser l'avait menée vers d'autres, sans fin, qui l'avaient à leur tour laissée hors de souffle et privée de raison, à une époque où l'existence était parfaite et où tout paraissait possible.

Cette époque reviendrait, Fiona n'en doutait pas. À condition d'y croire de toutes ses forces.

Tout n'était pas perdu, n'est-ce pas ?

Elle ouvrit les yeux et regarda la pièce qui ne lui semblait déjà plus si petite ni si désespérante. Quoi qu'il se fût passé, elle avait encore son fils. Non, tout n'était pas perdu.

Elle sourit. Rien n'allait lui arriver. Et même si son passé l'avait rendue prompte à s'inquiéter, elle devait aussi se préparer aux bonnes nouvelles.

Ce fut alors que des ordres lancés par des soldats montèrent des murs extérieurs du château, l'effrayant un peu. Des cris se mêlèrent ensuite aux sommations. Déjà, les moments de paix pour lesquels elle avait travaillé si dur s'envolaient dans le vent.

Fiona courut vers la petite fenêtre, le cœur serré, l'esprit aux aguets.

Car ce n'étaient pas des cris joyeux d'hommes heureux qui montaient mais des ordres comme on les entend rugir dans les états d'urgence. Quelque chose n'allait pas. Mais quoi ?

L'obscurité lui révélait peu de choses. À cette heure avancée, les torches restant allumées étaient réservées à la garde de nuit, et n'étaient plus très nombreuses. En bas, des hommes poussèrent des jurons.

Fiona plissa les yeux pour tenter de mieux voir, mais ne réussit à distinguer que de grandes silhouettes à moitié avalées par l'ombre, et quelques chevaux. Il lui sembla que, si une dizaine de guerriers se trouvaient présents, on comptait bizarrement moitié moins de chevaux. Dans le fond, des silhouettes passaient le pont qui enjambait les douves entourant les murs du château. Fiona haleta à mesure que les guerriers entraient dans le petit anneau de lumière que dégageaient les torches.

Deux soldats avaient été drapés sur le dos de l'un des plus grands étalons. *Morts*. Leurs bras pendant de manière étrange et leurs têtes dodelinantes le lui firent comprendre dans l'instant.

Scène bien connue... Les guerriers des Highlands ramenaient toujours les corps pour les faire enterrer jusqu'à ce qu'il ne restât plus assez de guerriers vivants pour rapatrier les morts.

La respiration de Fiona se suspendit. Elle agrippa la pierre froide sous sa fenêtre. Alors que le soldat guidant l'un des chevaux chargés entrait dans la lumière du flambeau, le visage de Hugh lui apparut, toujours dans l'ombre.

Elle plaqua la main contre sa bouche pour retenir le cri qui lui montait à la gorge. Brandon était censé se trouver avec Hugh. Que s'était-il passé ? Ils n'étaient partis que pour une simple exploration, rien de plus...

Sauf que, dans les Highlands, la plus anodine des journées pouvait se transformer en champ de bataille susceptible de bousculer bien des existences. Elle le savait.

Mais aujourd'hui, elle ne *voulait* pas le savoir.

Ce fut alors qu'elle le vit.

Un homme, avec ce qu'elle crut reconnaître être la démarche de Brandon, se détacha soudain du groupe. Fiona regarda plus attentivement et hocha la tête. C'était bien celle de Brandon, cette démarche sûre et régulière qu'elle aurait reconnue entre toutes.

La torche illumina le visage de l'homme, confirmant son impression de manière définitive. Elle déglutit. Brandon était en vie.

Une larme roula sur sa joue.

En des instants très brefs, elle avait parfois senti qu'elle le perdait... avant de le retrouver. Pour les deux autres soldats, hélas, le conte ne se clôturerait certainement pas de manière aussi heureuse. Une pauvre femme venait peut-être de perdre son mari ou son frère, une enfant son père.

La gorge de Fiona se serra. Impossible pour autant de détourner les yeux. Elle tendit l'oreille dans l'espoir de saisir un échange de quelque importance. Mais, à cette distance, il régnait trop de confusion entre toutes les voix pour comprendre ce qu'elles disaient. Fiona parvint en revanche assez vite à reconnaître à qui elles appartenaient. Elle remarqua en outre que c'était de colère qu'elles vibraient d'abord.

Elle déglutit avec difficulté.

On avait l'impression que tous se préparaient à la bataille.

Mais quel adversaire craignaient-ils le plus ? Les MacDonald ? L'armée britannique ? Un nouvel ennemi ?

Si au moins elle avait pu descendre écouter ce qu'ils disaient et leur proposer son aide ! Car, malgré sa jeunesse et son sexe, elle était une guerrière chevronnée qui comprenait tout très bien, y compris les hommes. Sans compter que la naissance de son fils avait encore affiné ses sens. Si les Campbell, qui avaient besoin de soldats, refusaient de la prendre avec eux, alors ils étaient fous. Elle fronça rudement les sourcils.

À l'évidence, les fous étaient surtout Rowan et Brandon. N'étaient-ce pas eux deux qui s'étaient entendus pour lui interdire de quitter cette chambre ?

La tête de Brandon se leva soudain vers la petite fenêtre. Fiona retint son souffle. Était-il possible que, d'une manière ou d'une autre, il ait deviné sa présence et compris qu'elle voyait tout de sa chambre ? Si oui, il ne délivra aucun signe en ce sens, mais il parut à Fiona qu'il s'immobilisait et se détendait, comme si le simple fait de la voir le réconfortait, de la même façon que, quelques instants plus tôt, c'était le fait de *le* voir qui l'avait personnellement apaisée.

Elle se sentit rosir. Après tout, peut-être tenait-il à elle autant qu'elle à lui ? Le temps saurait le dire. En attendant, elle devrait faire preuve de patience, ce qui ne faisait pas exactement partie de ses qualités premières.

Sans bouger, elle poursuivit son observation. Le groupe de soldats formait un cercle très rapproché au milieu duquel Brandon s'exprimait. Comme tout laird l'aurait fait, il rendit hommage aux deux soldats morts. La tête penchée en avant comme s'il priait, il posa un tartan sur chaque corps et la main sur leur torse.

Une *prière du soldat*, peut-être ? Fiona en connaissait une par cœur. Celle qu'elle avait dite pour chacun des hommes tombés au cours d'une bataille sur une terre MacDonald.

Baissant la tête, elle entonna à voix presque basse :

— Va vite au paradis, soldat. Ici, tu as déjà remporté tes

batailles. Bénis soient ton esprit et ton devoir. Tu étais l'un des fils les plus précieux de notre clan.

Fiona remercia ensuite le ciel que Brandon fût revenu vivant et indemne avant d'émettre le vœu que tout demeurât ainsi.

Chapitre 14

Fermeté.

En grimpant l'escalier menant à la chambre de son frère, Brandon se répétait qu'il devait tenir bon. Après cette journée difficile, il se demandait en effet si aller voir Rowan était la meilleure des idées. Mais il savait aussi que repousser sa visite ne ferait qu'ajouter à ses soucis.

La vue des deux soldats morts l'avait fait réfléchir en lui apportant une nouvelle perspective. On ne pouvait jamais savoir le temps qu'il nous restait à vivre en ce monde. Aussi le fait de faire amende honorable vis-à-vis de Rowan prenait-il soudain toute son importance. Malgré l'attaque que celui-ci avait portée la veille contre Fiona, il demeurait son frère. Peu importait le chagrin qui le rongeait. Peu importaient les événements qui s'étaient produits.

— Comment va-t-il ? demanda-t-il à la sentinelle qui montait la garde devant la porte de Rowan – mal nécessaire pour protéger son aîné et les autres à l'intérieur même des murs du château.

Le soldat haussa les épaules.

— Comme hier soir, my laird. Votre sœur s'est occupée de lui presque toute la journée.

— Merci, répondit Brandon.

Il ouvrit la porte, se préparant au pire. Dans le grand lit

recouvert de fourrures, son frère paraissait petit, et même fragile.

La poitrine de Brandon se serra à ce spectacle. L'année qui venait de passer avait tant changé le frère et le laird qu'il avait connu.

— Frère…, dit Rowan d'une voix faible tout en essayant de s'asseoir sans y parvenir. Je suis désolé.

Rowan s'arrêta là. La tristesse avait marqué ses derniers mots.

Brandon se figea. Son frère venait-il réellement de s'excuser ? Son humeur tendait-elle vraiment vers plus de gentillesse, très loin de sa douleur et de son émotion aveugles de la veille au soir ?

Le regard qu'il lança à Beatrice fut lourd.

— Tout va bien, frère, le rassura-t-elle en l'invitant d'un geste. Entre.

Brandon s'exécuta, alla s'asseoir sur la chaise à côté du lit et demeura muet, troublé comme chaque fois par le caractère changeant de son aîné. Mais il ne voulait surtout pas bousculer le calme insolite qui avait commencé à le gagner.

— Je vais vous laisser parler tous les deux tranquillement, déclara alors Beatrice en se levant.

Rowan se pencha et la prit par le bras.

— Non, reste s'il te plaît, ma sœur. C'est à vous deux que je dois m'adresser.

Brandon songea alors qu'il serait plus rapide de leur parler ensemble que séparément de l'attaque qui avait eu lieu le long de la frontière. Car il fallait décider de la riposte à apporter. Et vite.

— C'est aussi avec vous deux que je tiens à partager quelques nouvelles, renchérit-il. Regagne ton siège, Trice.

Sa sœur lui jeta un regard hésitant avant de reprendre sa place sur la chaise, de ramener sa longue tresse sur son épaule et de lisser enfin sa jupe du plat de la main, petit rituel qu'elle conservait de l'enfance. Brandon eut un sourire léger en la regardant faire.

— J'ai réfléchi des jours entiers... et des nuits aussi quand les concoctions de Miss Emma ne me plongeaient pas dans le sommeil, dit Rowan avec un sourire tout en tentant de nouveau de s'asseoir.

Brandon se leva, cala un oreiller supplémentaire derrière la tête de son frère et l'aida ensuite à la reposer comme il fallait. De son côté, Beatrice remit les couvertures et la literie bien en place jusqu'à ce que Rowan lui prenne les mains entre les siennes en signe de remerciement.

Elle revint vers sa chaise et s'assit.

— C'est maintenant que je réalise combien je suis inapte à gouverner, établit Rowan sans attendre en tournant le regard vers Brandon. Je ne t'affronterai pas la prochaine fois que le clan choisira son laird.

La surprise qui se peignit alors sur les traits de Beatrice fut semblable à celle que ressentit Brandon. Il ne répondit pas de suite, craignant qu'il s'agît d'une ruse que Rowan ponctuerait très vite d'un grand rire. Mais aucun ricanement ne sortit de la gorge de son frère aîné.

— Hier soir, j'ai voulu la tuer, reprit celui-ci.

Brandon déglutit avec difficulté mais ne dit rien.

— Et, pour être tout à fait honnête avec moi-même, ton fils aussi.

Un choc violent traversa Brandon. Il se laissa aller lourdement contre le dossier de son siège. Seule la sensation du bois dur contre son dos l'aida à se rappeler que l'instant était réel.

— Tu as voulu tuer mon fils ? Ton neveu ? Un bébé innocent ?

Douleur et colère se disputaient dans la tête et le cœur de Brandon. Il serra les poings.

— Pourquoi ? demanda-t-il avant que l'émotion ne le prive de l'usage de la parole.

— Le chagrin, la rage.

Rowan s'essuya les yeux.

— En fait, je ne sais pas vraiment… Mais… je n'ai plus confiance en moi. Et toi non plus, tu ne dois plus m'accorder ta confiance, ajouta-t-il en cherchant le regard de Brandon. Il faut me faire entourer de gardes tout le temps. Jusqu'à ce que je redevienne tout à fait sûr de moi.

Les yeux de Beatrice s'emplirent de larmes.

— Frère, ce n'est qu'un bébé. Je n'arrive pas à imaginer que…

Rowan lui pressa la main.

— C'est pourtant la vérité. Tu ne peux pas me faire confiance. Même vis-à-vis de ma Rosa. Je crains de lui faire du mal. À elle aussi, oui…

La main de Rowan tremblait. Il essuya la larme qui coulait sur sa joue.

— Prends soin d'elle jusqu'à ce que je sois guéri. S'il te plaît. Le feras-tu ?

Beatrice acquiesça d'un signe de tête, incapable de proférer un son.

— Nous prendrons tous soin d'elle, dit alors Brandon. Et de toi, frère. Tu vas vite récupérer, tu verras.

Il saisit ensuite leurs mains entre les siennes et essaya de sourire, même si les révélations de son frère venaient de lui déchiqueter l'âme. Mais, au moins, la frayeur permanente, née à force de voir Rowan lui chercher querelle – attitude qui ne pouvait que mener le clan à sa fin –, s'était dissipée. À présent, il devait s'occuper de l'autre menace qui les guettait.

— Quelles nouvelles nous apportes-tu ? s'enquit Rowan en se passant une main dans les cheveux. Hugh et toi avez-vous trouvé quelque chose au cours de votre exploration d'aujourd'hui ?

Brandon hocha la tête.

— Nous avons en effet découvert quelque chose… mais c'était atroce. Deux de nos sentinelles de la frontière ont été tuées.

Son frère se pencha en avant, les yeux écarquillés.

— Quoi ? ! Cela fait maintenant des mois que nous n'avions pas subi d'attaque sur la ligne frontière ! Qu'est-ce qui leur prend ?

Brandon tourna la tête vers Beatrice. Devait-il révéler devant sa sœur à quel point la situation était critique ?

— Vas-y, déclara-t-elle comme s'il avait posé sa question tout haut. Je dois savoir toute la vérité.

— Les deux soldats ont été mortellement blessés, et leur mort a été lente… intentionnellement. Nous pensons qu'on les a laissés agoniser pendant des heures avant que Hugh et moi les trouvions. Les sentinelles ne pouvaient plus bouger et saignaient. Des poignards avaient servi à épingler des notes sur leur torse. Des avertissements.

— De qui ?

— Des MacDonald. Ils savent que Fi et William sont entre nos murs et exigent leur retour.

— Sainte Marie…, murmura Trice.

Rowan dévisagea Brandon.

— Et s'ils ne rentrent pas ?

— Je suppose qu'ils essaieront de revenir ici dans le but de les emmener de force ou d'attaquer d'autres hommes à nous.

— Comment vas-tu réagir, frère ? demanda alors Rowan. Quelle que soit ta décision, je la soutiendrai.

L'allégeance de Rowan le stupéfia tant, qu'il mit quelques secondes à réaliser et à récupérer avant de répondre :

— Je veux qu'ils restent ici. S'ils retournent chez les MacDonald, ils se feront tuer… ou pire. Et je ne peux pas les abandonner. Pas une nouvelle fois.

— Alors fais ce que tu dois faire pour les garder en sécurité. Inutile que ce château connaisse de nouvelles souffrances.

Là-dessus, Rowan corrigea seul sa position contre les oreillers. Mais son visage avait perdu toute couleur et la fatigue creusait ses joues.

— En effet, mon frère, repose-toi, répondit Brandon en

se penchant vers lui et en lui posant les mains bien à plat sur les épaules.

Rowan hocha la tête tandis que Beatrice se levait pour serrer contre elle Brandon qui se redressait.

— Je suis si heureuse que tu ne sois pas blessé. Perdre quelqu'un d'autre me serait insupportable. S'il te plaît, sois très prudent. Gardons-nous tous en sécurité.

Il l'embrassa sur la joue.

— Je ferai attention, promis. De ton côté, ne te fais pas d'inquiétude.

Quelques minutes plus tard, en se dirigeant vers les quartiers de Fiona, Brandon se sentait les bras et les jambes raides de fatigue.

La perte douloureuse des deux sentinelles, le terrible sentiment de malaise que lui procurait la maladie de son frère et son désarroi à propos de Fiona et de William l'aspiraient vers le bas comme des sables mouvants.

— Merci, Hugh, dit-il en arrivant. Je n'aurai plus besoin de toi.

Le jeune soldat hocha la tête et tourna les talons. Bientôt, Brandon frappait doucement à la porte de la chambre de Fiona. Il fallait qu'il lui expose sa nouvelle stratégie. Et tant pis si celle-ci était folle. Il fallait qu'elle réussisse. Et, pour cela, il avait besoin de l'aide de la jeune femme.

— Fi ? murmura-t-il en n'étant pas tout à fait certain qu'elle soit encore éveillée.

Le loquet se souleva et la porte s'ouvrit comme si Fiona s'était trouvée derrière à attendre.

Peut-être était-ce ce qu'elle avait fait…

Peut-être qu'une autre femme aurait attendu, se dit Fiona. Aurait fait un pas sur le côté pour le laisser entrer et prendre un siège. Lui aurait offert un mot de consolation avant de lui demander s'il ne voulait pas un moment à lui pour se laver un peu le visage après cette journée difficile.

Mais elle n'était pas cette femme. Elle ne l'avait jamais été. À peine Brandon était-il entré dans la pièce qu'elle lui avait jeté les bras autour de la nuque et lui avait glissé la tête dans le cou. Elle n'avait même pas attendu qu'il ait fermé la porte pour leur offrir un peu d'intimité. Patienter une seconde de plus pour le serrer contre elle lui aurait été intolérable.

— J'ai pensé... J'ai d'abord pensé que tu étais mort. Et quand j'ai réalisé que tu étais vivant...

Entièrement plaquée contre le grand corps chaud, Fiona se sentait en sécurité pour la première fois depuis qu'elle avait aperçu Brandon à l'ombre des torches avec ces deux soldats morts à la remorque. Son corps trembla contre lui.

Ce qu'elle avait, au départ, prévu de lui dire, à savoir qu'ils devaient garder leurs distances pour la sécurité de William, s'était transformé en soulagement pur et simple de le voir en vie. Qu'il ne voulût plus s'occuper d'elle ou l'aimer ne lui importait pas. En cet instant, une seule chose comptait pour elle : se trouver près de lui et le serrer dans ses bras. Comme si la peur de le perdre avait éclipsé sa raison.

Elle avait cru ne plus jamais le revoir, ne plus pouvoir le tenir contre elle, avoir tout perdu. Et elle le retrouvait vivant. Il était ici, avec elle.

William n'avait pas perdu son père.

Elle n'avait pas perdu l'homme qu'elle avait aimé plus qu'aucun autre dans sa vie.

Quand elle sentit deux grandes mains qu'elle connaissait bien lui encercler la taille, le monde se déroba sous ses pieds. Brandon ferma le battant de la porte d'un coup de pied, et la poussa entre lui et le mur. Les muscles durs et la force de Brandon, la sensation physique de partager ce moment avec lui sur cette terre, la consumaient.

L'extrême tension qui l'épuisait depuis la veille la quitta en quelques instants. Le calme s'installa entre eux.

Relevant la tête, elle vit que Brandon avait rivé le regard sur leur enfant. Apprenait-il par cœur chaque trait de son visage ? Ou l'imaginait-il, à des années de là, garçon devenu fort, suivant son entraînement de futur soldat et dégainant son premier poignard ? Était-ce important pour lui ?

— La journée a été étrange et triste, dit-il en tournant le regard vers elle. Non seulement Rowan a présenté ses excuses pour ce qui s'est passé hier, mais il a juré de renoncer à sa quête du pouvoir. Oui, à présent, il comprend que le chagrin l'a rendu malade. Au point de me révéler qu'il avait voulu tuer notre fils hier soir.

Un frisson glacial traversa Fiona, et elle se mit à trembler. Après avoir dû chercher ses mots, elle réussit à s'exprimer avec calme :

— Je me surprends moi-même à ne pas être plus enragée par cette confession. Possiblement parce qu'elle me sidère tant qu'elle me tétanise.

— Je comprends. J'ai ressenti le même malaise et le même choc. Il a pu arriver à Rowan de se montrer cruel. Pour autant, je ne l'ai jamais cru capable de tuer un bébé innocent. Surtout de sa chair et de son sang. Mais, quand il nous a parlé, à Beatrice et à moi, j'ai lu dans ses yeux qu'il disait la vérité. J'y ai aussi vu de la crainte… Il a si peur de lui-même qu'il nous a demandé de nous occuper de Rosa et de placer des gardes supplémentaires devant sa chambre jusqu'à ce qu'il redevienne lui-même.

— Je suis désolée, Brandon. Je sais que tu l'aimes malgré tout ce qu'il a fait. C'est ton frère.

Elle posa la tête sur l'épaule qui lui frôlait maintenant l'oreille. Oui, elle se sentait vraiment triste pour lui et craignait qu'il dût un jour en venir à prendre une décision terrible à propos de l'avenir de Rowan au sein du clan. Mais elle espérait que les choses n'en arriveraient jamais là.

Brandon poussa un long soupir.

— Il y a eu aussi la découverte de ces deux soldats

Campbell que l'on a trouvés morts. Attaqués sur la ligne de frontière, ils ont été brutalement assassinés. On leur a pris leurs montures, on les a poignardés avant de cacher leurs corps. Hugh et moi avons dû nous faire épauler par les deux autres soldats montés qui patrouillaient. À quatre, il nous a fallu un quart d'heure pour les retrouver ! Et, à ce moment-là, il était de toute façon beaucoup trop tard.

Fiona sentit ses doigts se crisper, sa respiration s'accélérer.

— Que… ?

— Tués par les MacDonald, semblerait-il.

Elle se tendit, ses yeux s'agrandirent tandis que Brandon poursuivait :

— Quand nous les avons trouvés…

Il s'arrêta. Un muscle tressaillait sous sa mâchoire. Puis il reprit :

— … des poignards fixaient à leur poitrine des messages d'avertissement. On les avait condamnés à une mort douloureuse, Fi, c'était horrible.

Elle le laissa finir. Son pouls battait de plus en plus vite.

— Les MacDonald savent que tu te trouves ici, vivante, avec notre fils. Ils exigent votre retour.

Fiona lui lâcha la main et se mit à faire les cent pas, prise d'une brusque nervosité, hésitant entre le rire et les larmes.

— « Ils *exigent* mon retour ! » Eux qui ont tenté de me tuer ainsi que mon fils ! Pourquoi donc voudraient-ils me voir revenir maintenant ?

Après avoir regardé leur fils, Brandon se tourna vers elle.

— Pour William, je suppose. À présent qu'ils connaissent son existence…

— Je ne comprends décidément pas. Ils voulaient que je meure ! Que je le perde dans mon ventre…

Elle ramena ses cheveux en arrière d'un geste vif de la main.

— Oui, mais, maintenant qu'ils le savent vivant, ils le veulent…, répéta Brandon.

Et son regard se fixa sur un point au loin lorsqu'il précisa :

— L'une des notes prévenait qu'ils étaient venus pour toi. Pour moi. Pour notre fils.

— Juste pour nous posséder, nous humilier ou nous tuer ?

Fiona serra les poings le long de son corps.

— Je mourrai la première.

— Nous allons trouver un plan, repartit immédiatement Brandon. J'en fais la promesse.

Ils furent interrompus par deux petits coups à la porte.

— Votre bain est prêt, my lady.

La voix calme et hésitante de Jenny venait de monter derrière le battant.

— Merci, répondit Fiona. Vous pouvez entrer.

Jenny s'exécuta, hésita un instant et plongea dans une profonde révérence en apercevant Brandon.

— My laird, chuchota-t-elle en rougissant. Je ne savais pas que vous étiez là. Avez-vous besoin de quelque chose ? Si j'avais su que vous étiez là, je… j'aurais…

Elle s'interrompit brusquement en le voyant prendre la parole.

— Non. Merci.

La jeune fille se rapprocha de l'âtre, où des seaux d'eau chaude frémissaient déjà pour les mêler, dans la baignoire, à ceux qu'elle apportait. Après une dernière révérence un peu gauche, elle sortit.

— Pauvre Jenny, tu l'as mise sur des charbons ardents, remarqua Fiona en souriant.

La douce odeur de la lavande s'élevait déjà dans l'air.

— À présent, déshabille-toi, ordonna-t-elle à Brandon alors qu'il laissait le loquet retomber sur la porte.

Il ne bougea pas.

Roulant des yeux, Fiona le poussa vers la baignoire.

— Laisse-moi te laver avant de te voir t'effondrer sur place, murmura-t-elle. J'écouterai les idées que tu as eues concernant ton plan. Et puis, m'occuper les mains apaisera un peu mes inquiétudes.

Il arracha dans le même geste sa tunique et son tartan. Les deux vêtements tombèrent en même temps à terre, avant qu'il entre dans la baignoire.

— Ce que tu me proposes peut s'avérer être une torture d'une nature bien différente, Fi, répondit-il dans un grognement.

Elle eut un petit rire.

— Après tout ce que tu m'as fait endurer, c'est bien le moins que je puisse espérer…

Une ombre passant dans les yeux noirs lui fit regretter sa remarque. Brandon était sérieux.

Il s'agrippa à sa main qui tenait un linge humide.

— Avant tout, Fi, je veux que tu sois persuadée que je n'ai jamais voulu t'abandonner. Ni notre fils. Si j'avais su…

Son regard la suppliait. Fiona s'arrêta de respirer.

— Je te crois.

Le contournant, elle commença à lui laver les épaules. Les muscles de Brandon saillaient à mesure qu'elle lui passait le linge mouillé sur la peau. Elle l'entendit ensuite retenir son souffle quand elle le lui fit glisser du haut du dos jusqu'aux fesses. Jamais elle n'en avait vu de plus jolies chez un homme. Pourtant, elle avait aperçu plus d'un soldat à moitié dévêtu sur les champs de bataille ou en train de se baigner dans le loch.

Dans son cœur non plus, jamais elle n'avait accueilli plus belle âme. Bien sûr, cela ne signifiait pas qu'elle ait oublié le chagrin que l'abandon et l'absence de Brandon lui avaient causé, même si tout cela était dû à l'ignorance où il était longtemps resté de la situation dans laquelle elle se trouvait.

Une pensée lui vint pendant qu'elle rinçait le petit linge dans l'eau chaude :

— Ce que nous faisons en ce moment est comme la purification de l'année qui vient de passer. Tous ces horribles moments où nous imaginions le pire concernant l'autre vont être évacués en même temps que l'eau de cette baignoire.

Et quand celle-ci aura été complètement vidée, nous serons enfin libres de recommencer de zéro.

Allait-il trouver cette résolution ridicule ? Un dénouement trop simple de la blessure qui subsistait entre eux ?

Brandon ne dit rien, et elle continua à le débarrasser de la poussière et des escarbilles qui le couvraient.

— Si seulement je pouvais recommencer de zéro dès ce soir, murmura-t-il en posant une main sur la sienne.

Fiona sentit sa gorge se serrer. Ses doigts se refermèrent sur le petit linge, faisant jaillir de l'eau chaude qui coula le long du dos de Brandon. Pourrait-elle supporter longtemps une telle intimité et une telle gentillesse sans s'effondrer par terre en sanglotant ?

— Fi ? S'il te plaît…

Elle se mordilla la lèvre inférieure, rongée par l'incertitude. Serait-elle assez forte pour ne pas fondre à son contact ? Parallèlement, repousser le désir qu'il avait d'elle semblait cruel.

— Laisse-moi finir de te baigner d'abord, déclara-t-elle.

Sa voix avait frémi. Brandon allait deviner qu'elle cherchait à se protéger et n'était pas sûre d'elle.

Il lui libéra la main sans répondre.

Était-il en colère ? Déçu ?

Fiona battit des paupières pour chasser les larmes qui lui montaient aux yeux. Pourquoi avait-elle un besoin désespéré de lui pendant une minute et craignait-elle l'intimité susceptible de les rapprocher, la minute d'après ? Avait-elle réfléchi assez longtemps ? Devait-elle vraiment briser le fil fragile qu'ils venaient de tisser entre eux ?

Si le sens de tout cela lui échappait, comment pourrait-elle alors lui expliquer quoi que ce soit ?

Délivrant un long soupir, elle rinça une nouvelle fois le petit linge dans l'eau chaude de la baignoire.

Se plaçant ensuite devant Brandon, elle lui dégagea le visage de quelques cheveux et entreprit de lui débarrasser les joues de toute trace. Il suivait ses gestes d'un regard si troublant qu'elle sentit son visage rosir devant la façon dont il semblait l'évaluer.

— J'attendrai jusqu'à ce que tu sois prête, Fi.

Elle hésita et plissa le front.

— Prête à quoi ?

Il eut un petit sourire en coin et, sans répondre, sauta hors de la baignoire, nu, lisse et brillant comme l'un des guerriers celtiques et mythiques de ses contes d'enfants.

Brandon s'essuya en vitesse et tira un plaid du lit pour le nouer autour de sa taille. Puis il se mit à déambuler dans la chambre, les mains posées sur les hanches.

Fiona sourit à cette manière d'agir qui lui était aussitôt revenue. Combien de fois avait-elle vu Brandon se conduire ainsi quand il discutait de ses idées sur la meilleure façon d'améliorer le mode d'agriculture pratiqué dans les clans ? La joie qu'elle avait toujours éprouvée à ce qu'il la fasse participer à ses recherches – signe qu'il trouvait ses idées intéressantes et enrichissantes – ne s'était décidément pas tarie. Cet échange valorisant ne s'était en revanche jamais produit avec son père ni avec son frère.

— Veux-tu que je te donne ton cahier et un fusain ? demanda-t-elle en se mordillant la lèvre, consciente d'oser une proposition un peu personnelle.

Brandon s'arrêta de marcher et lui sourit.

— Oui, cela me rappellera les temps anciens. Tu pourras noter nos idées et, ensuite, nous élaborerons à deux un plan bien conçu pour nous opposer à ta famille et te garder, ainsi que William, en sécurité.

— Ton cahier broché se trouve-t-il toujours à la même place ?

— Oui, répondit-il sur un ton tranquille en lui faisant signe qu'elle pouvait accéder à sa chambre par le passage secret.

Avec un hochement de tête, Fiona se hâta vers le panneau

mural secret, appuya légèrement dessus et le déplaça sans difficulté.

La chambre de Brandon était chaude et accueillante, son odeur familière. Ce fut cette senteur à la fois ambrée et légèrement épicée, qu'il était le seul à avoir, qui produisit chez elle une flambée de désir. Elle regarda pendant un moment les meubles qu'elle connaissait si bien et le feu qui tremblait dans la cheminée à côté d'elle. Les souvenirs d'une époque meilleure l'inondèrent. Une époque où elle s'était souvent vue comme la lady de cette chambre, grimpant chaque soir dans ce lit pour saluer son mari aimant avant de partager avec lui les secrets du corps, de l'âme et de l'esprit. Elle se frotta les bras, tout frais sous ses paumes, et secoua la tête.

Le couvre-lit froissé, les tapis de fourrure familiers et les tableaux de paysages colorés qui ornaient la chambre étaient exactement les mêmes qu'avant. Sans oublier l'épée du père de Brandon, toujours suspendue à la porte et qui paraissait lui adresser un clin d'œil dans la faible lumière.

Sur le rebord d'une fenêtre, Fiona remarqua un croquis vers lequel elle se dirigea. Les dessins de Brandon l'avaient toujours attirée comme la flamme le papillon.

Elle s'arrêta devant. Son cœur se serra.

William.

Brandon avait dessiné son fils – leur fils –, et il ne pouvait exister représentation plus fine de l'enfant.

— Je viens de réaliser que j'avais besoin de vêtements, murmura soudain la voix de Brandon derrière elle.

Depuis combien de temps se trouvait-il là à la regarder contempler, subjuguée, le visage de leur fils sur le papier parchemin ? Elle l'ignorait.

— C'est absolument remarquable, chuchota-t-elle sans détacher les yeux du croquis, avant de risquer un coup d'œil derrière elle, vers Brandon.

— Après vous avoir découverts tous les deux au bord du loch, c'est tout ce à quoi je parvenais à penser. Son image occupait mon esprit tout entier. Il fallait que je le représente. Je n'aurais pu trouver le sommeil avant de l'avoir dessiné.

Brandon marqua une hésitation avant de reprendre :

— D'une manière ou d'une autre, je devais craindre de l'oublier ou que lui-même disparaisse.

Il s'interrompit mais resta près d'elle sans bouger, avant d'ajouter :

— Pensée stupide mais vraie pensée.

— Peut-être pas si stupide que cela…

Fiona souriait, mais les battements de son cœur s'étaient accélérés tandis que montait en elle l'envie de dire la vérité.

— … car cette nuit-là j'ai en effet réfléchi à différents moyens de m'échapper avec lui.

Brandon lui posa une main sur l'épaule et la fit pivoter sur elle-même, face à lui.

— Et maintenant ?

Elle risqua un sourire plus appuyé et osa un autre aveu :

— Maintenant, je n'y pense qu'un jour sur deux.

Il la dévisagea et lui glissa une mèche de cheveux derrière l'oreille.

— Tu as toujours dû fuir, n'est-ce pas, Fi ? Ton père, ta famille, ton devoir…

Du dos de la main, Brandon lui effleura la joue.

— J'espère que tu réaliseras un jour que tu n'as aucune raison de *me* fuir.

Chapitre 15

Fiona ignora sa déclaration avec habileté et le contourna pour rassembler son cahier relié et quelques fusains. En la regardant s'asseoir sur son lit, pieds nus et jambes croisées, Brandon demeura sidéré par l'impression tout à fait normale qu'il retirait de ce spectacle. Fiona s'était tant de fois installée comme cela ! Et voilà qu'elle se trouvait de nouveau tout à côté de lui, prête à travailler en sa compagnie pour contrecarrer l'offensive MacDonald. En dépit de tout ce qui s'était passé entre eux.

Il traversa la pièce et attrapa le tisonnier pour ranimer le feu qui couvait dans l'âtre, le faire revenir à la vie. Quelques étincelles s'échappèrent, qu'il étouffa avant de se tourner vers Fiona.

— Bien…, commença-t-elle en levant les yeux vers lui. À présent, dis-moi comment tu penses que William et moi pouvons rester en sécurité.

Elle avait tracé deux colonnes sur une nouvelle page du cahier et réfléchissait intensément.

— En tuant ton père, répondit Brandon.

Elle fronça les sourcils.

— Sachant que ce n'est déjà pas une option, je pense en outre que cela ne ferait qu'envenimer les choses entre les deux clans. Tu ne crois pas ?

— Si, mais c'est une *idée* et rappelle-toi que…

Fiona agita la main.

— Oui, je sais, toutes les idées doivent être écrites. Peu importe qu'elles paraissent d'abord plus ou moins stupides.

Il sourit.

— À votre tour, jeune fille.

— Tu pourrais me laisser continuer mon voyage jusque chez les MacNab.

Ce fut à lui de froncer les sourcils.

— Aucune chance…

— Ce n'est pourtant pas pire que ton idée de tuer mon père…

— D'accord, reconnut Brandon en frottant son épaule douloureuse.

Les journées qui venaient de passer l'avaient épuisé corps et âme.

Fiona le fixa.

— Assieds-toi avant de te sentir mal, dit-elle en tapotant la place sur le lit à côté d'elle.

Il hésita, conscient que se rapprocher d'elle n'était sans doute pas la meilleure des décisions à prendre.

La veille, déjà, il avait perdu le contrôle de soi. Inutile de recommencer ce soir-là. Quand bien même une part de lui-même se demandait s'ils ne pourraient pas tout recommencer, une autre, plus rationnelle, savait bien qu'il devait suivre son plan consistant à épouser une femme richement dotée. Son clan avait un besoin désespéré d'argent, de pouvoir et d'alliés. Surtout maintenant que les MacDonald s'estimaient de nouveau agressés et que Fiona, tout comme William, se retrouvait en danger.

Cédant cependant à son corps fatigué, Brandon s'enfonça dans la douceur du lit, se protégea les yeux de son avant-bras et poussa un soupir sonore. Fiona venait de le prendre par le poignet et lui tapotait la main du bout des doigts, faisant naître en lui de petites poussées de désir mêlées à un vrai sentiment de réconfort. Son contact lui avait tant manqué !

— Nous pouvons discuter de cela demain si tu veux, fit-elle.

— Non.

Ôtant son bras de son front, Brandon scruta le plafond à colombages.

— Continue. Nous devons établir une liste, même si nous ne parvenons pas à une conclusion. J'ai l'esprit trop en éveil pour dormir malgré ma fatigue.

Fiona se rétablit sur le lit, reprit le charbon de bois qu'elle avait posé et commença à écrire.

— D'accord. Qu'en est-il de tes alliés ? En as-tu ?

Brandon chercha son regard en riant.

— Aucun en qui j'aurais aujourd'hui assez confiance pour risquer de lui confier la vie de mon peuple.

Il s'interrompit, la gorge soudain serrée.

— C'est aussi à cause de cela que je dois en épouser une autre. Aucun accord ne vaut le mariage pour se faire des alliés sérieux.

Fiona parut se pétrifier, puis baissa les yeux sur le cahier et nota cette *idée* à la suite des précédentes.

Avec ses pieds nus, sa longue chemise, le châle qui lui enveloppait le buste, et ses cheveux qui tombaient comme de longues flammes sur ses épaules et le long de ses bras, elle lui faisait un effet magique. Il sentit son ventre se crisper violemment et ses poings se serrer avec force. De nouveau, ses sens le trahissaient.

— Qu'avons-nous pour le moment ? demanda-t-il, cherchant à offrir une diversion à la force de son désir.

— J'ai fait deux colonnes, répondit Fiona. Celle de gauche contient mes idées :

« Premièrement, poursuivre mon voyage vers la terre des MacNab. Deuxièmement, démarrer une nouvelle existence à Aberdeen ou à Glasgow. Troisièmement, fuir vers l'un des clans plus petits des environs. Quatrièmement, contacter mon frère pour qu'il m'apporte son aide. »

Brandon rencontra le regard vert alors qu'il réfléchissait

à l'énumération qu'il venait d'entendre. Toutes les idées de Fiona concernaient son départ avec leur fils, ce qui était exactement ce qu'il voulait éviter. La pensée de se retrouver séparé de William qu'il venait juste de découvrir et aussi de Fiona, qu'il venait de retrouver de bien des façons, le jetait dans l'anxiété.

S'il ne les protégeait pas lui-même, qui le ferait ? William était son fils. Fiona était la mère de son enfant.

Il se frotta les yeux, et ce fut sur un ton ouvert et patient qu'il remarqua :

— Ta liste ne contient pas une seule idée où tu resterais.

Fiona haussa les épaules.

— À quoi bon ? Pourquoi resterais-je ? Pourquoi même aurais-je envie de rester ici, bafouée, au milieu d'un océan de gens qui me haïssent, qui haïssent William, voudraient nous voir tous les deux morts, et alors que tu en auras épousé une autre ?

Brandon était si fatigué qu'il parvenait à peine à penser de manière cohérente. Néanmoins, son esprit refusait de se mettre en berne et de céder. Se connaissant, il savait d'ailleurs qu'il ne le ferait pas avant d'avoir consigné par écrit toutes ses idées, ses préoccupations et ses projets.

Il fallait qu'il complète la colonne de Fiona par la sienne.

— Donne-moi le cahier, demanda-t-il en tendant la main vers elle.

Elle le lui tendit avec le fusain. Mais le simple contact qui se créa entre eux par le bout de leurs doigts fit naître en lui un élan presque irrépressible.

Après avoir relu la première colonne, il remplit la sienne :

1. Tuer Laird Audric.

2. Garder Fiona et William dans la chambre du haut qui sera surveillée vingt-quatre heures sur vingt-quatre.

3. Installer Fiona et William au village dans leur propre petit cottage avec des rondes régulières de soldats pour les protéger.

4. Épouser Fiona.

La dernière idée lui fit l'effet de s'être écrite toute seule. Brandon fut stupéfait de constater qu'il l'avait ajoutée aux autres et ne s'était pas contenté d'y penser. Était-il possible qu'une part de lui-même la prît vraiment pour une option véritable ? Désirait-il réellement épouser Fiona après tout ce qu'il leur était arrivé ? Et comment réagirait le clan en entendant cette proposition ?

La réponse était trop évidente : les anciens le destitueraient immédiatement avant de proclamer que les deux frères Campbell avaient perdu toute légitimité et ne pouvaient plus prétendre régner, ce qui, à bien y réfléchir, n'était peut-être pas faux. Épouser Fiona en ce moment serait de la folie pure. Un an plus tôt, ne put s'empêcher de penser Brandon, cela n'aurait pas été le cas…

Enfer ! À ce rythme, il n'allait jamais pouvoir s'endormir. Peut-être était-il trop fatigué pour simplement parvenir à penser avec justesse ?

Quittant le lit d'un bond, Brandon se mit à marcher à travers la chambre.

Fiona attrapa le cahier qu'il avait abandonné sur le bord du lit et arqua haut les sourcils en découvrant la dernière idée de la seconde colonne.

— *M'épouser ?* fit-elle lentement. Parmi toutes les idées que j'aurais imaginé trouver dans ce cahier, celle-ci ne m'avait même pas traversé l'esprit.

Le cahier se ferma avec un bruit sec tandis qu'elle poursuivait :

— J'aurais même été sûre de trouver : « Tuer Fiona » bien avant « Épouser Fiona ».

Elle croisa les bras. La méfiance se lisait à présent sur ses traits et dans son regard.

Brandon lui faisait-il le moindre reproche ? devait-elle penser.

Non.

— Peut-être que cette option est peu crédible, répliqua-t-il alors, mais c'est une option quand même.

Il se détourna sans en dire davantage. Il n'était pas question de dévoiler ses sentiments sur la question et encore moins de faire confiance à son corps qui réagissait à la proximité de Fiona d'une manière dont il ne pouvait que se garder.

— Est-ce quelque chose dont tu as vraiment envie ? l'interrogea-t-elle. Toi et moi ensemble de nouveau ?

Elle se trouvait derrière lui maintenant, lui coupant toute possibilité de retraite. Cela ressemblait bien à Fi de réclamer une réponse. De mettre la main sur une blessure avant qu'elle ait le temps de cicatriser.

— Je ne sais pas, répondit-il en la regardant de nouveau.

C'était la vérité : il ne savait pas. Pas vraiment. Comment aurait-il pu réfléchir avec d'un côté son corps en fusion, de l'autre son esprit inondé d'images de soldats morts, son frère rendu à moitié fou par le chagrin, et puis la vie de Fiona ainsi que celle de William en danger. En fait, que voulait-il d'autre, exactement, à part les garder tous deux en vie ?

Elle eut un sourire vague.

— Moi non plus.

— Nous voici au moins d'accord sur quelque chose, conclut Brandon en lui retournant son sourire.

— Alors, concentrons-nous sur la sécurité de William. Et peut-être que le reste se résoudra tout seul le temps venu. Marché conclu ?

Elle lui tendit la main. Ses beaux yeux verts étaient riches d'émotion… et de quelque chose d'autre que Brandon ne parvint pas à identifier.

Il lui saisit la main.

— Marché conclu.

Comme par enchantement, William se mit alors à gémir puis à pleurer pour de bon. Fiona sourit et se détourna.

Brandon l'attrapa par le poignet.

— Laisse-moi y aller, la pria-t-il.

Elle hésita avant d'acquiescer d'un signe de tête.

— Bon, d'accord. Voyons un peu si tu arrives à calmer ton fils.

Désireux de relever le défi, Brandon passa dans la chambre d'à côté par le passage secret, souleva son enfant de son berceau et le prit dans ses bras.

William écarquilla les yeux. Son regard se fixa sur le visage de Brandon.

— Là… là… mon fils. Qu'est-ce que tu veux, hein ? Entendre une histoire peut-être ? De soldats et de batailles ?

Son fils gargouilla et laissa échapper un petit cri comme s'il comprenait.

— De soldats, alors, murmura Brandon en quittant la chambre, son enfant contre lui, et en commençant à lui raconter les histoires que ses père et grand-père lui racontaient lorsqu'il était tout petit.

Ce fut alors que, peu à peu, toutes les tensions de la journée s'évanouirent en lui, à chaque pas, à chaque mot, à chaque seconde qu'il partageait avec son fils.

La poitrine de Fiona se serrait à la vue de Brandon s'occupant de leur garçon. La douceur qu'elle avait toujours adorée chez lui se déployait de manière encore plus radieuse maintenant qu'il était père. Un essoufflement inattendu la saisit pendant qu'elle le regardait, et un profond désir monta du fond de ses entrailles.

Les choses pourraient-elles vraiment être ainsi ? Pouvaient-ils vraiment fonder une famille ?

Folie…

Bien sûr, ils pouvaient vivre heureux et sereins dans cette double chambre. Mais… et les gens du château ? Ceux du village et des champs ? William et elle se transformeraient tous deux au pire en cibles vivantes, au mieux en victimes des insultes de tout le monde toute la journée.

Car le clan ne cesserait jamais de l'accuser de ce qui s'était passé. Et peu importait qu'elle regrettât d'avoir imprudemment livré à Éloïse le secret du tunnel menant au château d'Argyll. Si elle avait pu deviner que son père apprendrait tout de la bouche de cette horrible fille et que cela mènerait à l'attaque qu'elle-même n'avait même pas imaginée possible à l'intérieur des murs du château de Glenhaven, jamais elle n'aurait dit quoi que ce soit…

Brandon se tourna vers elle, la regarda et, souriant comme un beau diable, s'approcha en murmurant :

— Il dort.

— Dans ce cas, tu peux le remettre dans son berceau. Simplement, ne le remue pas trop, car il pourrait se réveiller de nouveau.

Brandon hocha la tête et se dirigea sur la pointe des pieds vers le berceau dans lequel il glissa le petit avec grand soin comme s'il s'occupait d'un oisillon tombé du nid. Puis il regagna sa chambre avec le sentiment du devoir accompli.

— Je dirais que j'ai bien fait. Ne trouves-tu pas ?

Brandon cherchait des yeux son approbation. Elle la lui donna :

— C'est bien pour une première fois.

Puis elle ajouta avec un petit air provocant :

— Peut-être devrais-tu être plus souvent de garde à l'heure de son coucher… ?

— J'aimerais bien pouvoir le faire. J'ai du temps à rattraper. Je veux qu'il sache que je suis ici pour lui et que je le serai toujours.

— Toujours ?

— Pour le moment, en tout cas. D'ailleurs, pourquoi ne pas essayer quelques jours ? Hein, Fi ? Pourquoi pas ?

Elle sentit deux grandes mains attraper les siennes. L'impression de certitude qui se dégageait de la voix de Brandon et le contact de ses mains affaiblissaient ses défenses ainsi que la parole qu'elle venait de donner de se montrer lucide et logique sur ce qui valait le mieux pour l'enfant.

Elle lui serra les mains dans les siennes.

— Essayer quoi ? demanda-t-elle. De prétendre que nous formons une famille ? De vérifier si je peux passer une journée sans me faire menacer ou me faire lapider par les membres de ton clan ?

Il hocha la tête avec vivacité.

— Oui, c'est exactement cela. Pourquoi ne pas tenter de voir si c'est possible avant de décréter que ça ne l'est pas ?

L'esprit de Fiona la pressa immédiatement de repousser la proposition de Brandon. Elle devait protéger son cœur d'une souffrance supplémentaire quand elle comprendrait que cela ne marchait pas. En même temps, le reste de sa personne tâchait de la persuader de tout tenter pour son bien et celui de William. L'échec et le rejet avaient beau être horribles à subir, ne serait-il finalement pas pire de ne rien tenter par peur de prendre le risque ?

Elle acquiesça d'un signe de tête.

— D'accord, je te donne deux jours.

— Ce sera assez, Fi, tu verras.

Elle n'avait plus qu'à espérer que Brandon ne se trompe pas.

Chapitre 16

Brandon fronça les sourcils en regardant par la fenêtre de la chambre. Il fallait qu'il arrête la collecte de la laine. À l'écurie, Hugh devait déjà l'attendre pour leur nouvelle exploration de la ligne frontière.

Après avoir vérifié si William était toujours bien installé dans son berceau et lui avoir déposé un gros baiser sur la joue, il regagna sa chambre par le panneau secret, laissant Fiona plongée dans un profond sommeil. Là, il revêtit une tunique et un tartan propres, se frotta les dents avec un peu de sel, qu'il avait saupoudré sur un petit tissu rugueux, et se rinça le visage à l'eau avant de descendre en courant l'escalier menant au grand hall. Il débordait d'optimisme et avait hâte de prendre le premier repas qui briserait son jeûne avant de commencer sa journée.

Avec Fiona, ils étaient parvenus à instaurer une trêve dans le but de tout miser sur le bien-être et la sécurité de leur fils. Il avait en outre réussi à la convaincre de considérer sérieusement l'éventualité d'un mariage entre eux, celle de fonder une famille et de voir si elle pouvait s'imaginer vivre ici, plutôt que de continuer à poursuivre les idées qu'elle avait inscrites dans le cahier et qui, toutes, supposaient son départ avec William. Ce serait alors pour eux trois un vrai pas en avant. En fin de compte, peut-être… *peut-être* qu'un certain nombre d'espoirs déçus du passé pourraient être dépoussiérés, reconsidérés et rétablis dans le champ des possibles.

— Il semblerait que nos plans aient un peu changé, my laird, déclara Hugh en l'accueillant à l'entrée du grand hall, avant de désigner d'un geste trois anciens qui, assis autour de la table, étaient en train de briser le jeûne.

Brandon fronça les sourcils.

Encore des inepties à venir ? Peut-être que non...

Il fit un léger signe de tête vers les anciens.

— Et ils sont là parce que... ?

Hugh eut l'air un peu moqueur.

— Cela ne peut pas vous surprendre. Vous savez même exactement pourquoi ils sont là. *Fiona,* bien sûr... Vous n'avez pas encore choisi de femme que Fiona se trouve déjà entre vos murs et sous votre protection. Pas étonnant, dans ces conditions, qu'ils se posent des questions sur votre loyauté et sur le respect de votre devoir consistant à faire ce qui est le plus juste pour le clan.

Le franc-parler de son ami stupéfia Brandon. Mais il savait que Hugh disait vrai. Sa décision aurait déjà dû être prise. Rowan, par exemple, l'aurait arrêtée très vite.

— Je ne suis pas surpris, rétorqua-t-il, mais irrité. Une journée ne peut-elle donc pas se passer sans que je doive résoudre une nouvelle crise ?

— Apparemment non, répondit Hugh en souriant. Dois-je dire à ces messieurs d'aller vous attendre dans l'étude ?

— Je vais me rendre à l'étude le premier, et tu les feras entrer une fois qu'ils auront rempli leur estomac. S'il te plaît, demande aussi à un serviteur de m'apporter quelque chose à manger avant leur arrivée. Si je ne me nourris pas un minimum avant de les recevoir, il ne sortira rien de positif de notre discussion.

— Bien, my laird, dit Hugh en lui tapant l'épaule.

L'instant d'après, celui-ci sortait pour donner ses ordres.

De son côté, Brandon s'engagea dans le couloir du fond

menant à l'étude. Il put s'installer tranquillement et profiter, pendant quelques minutes, de sa solitude pour manger en silence avant que les aînés ne viennent le rejoindre.

Puis les trois hommes les plus âgés du clan arrivèrent et se laissèrent tomber dans de larges sièges devant le feu. Il y avait là Anson Campbell, son jeune frère, Douglass Campbell, et Sebastian Stewart, chacun exerçant sur les deux autres un effet miroir et tous se contraignant, stoïques, à une quasi-immobilité avec leurs mains jointes reposant sur leur ventre.

Ainsi que Brandon l'avait craint, ils n'étaient pas contents qu'on les ait fait attendre. Même s'ils s'étaient régalés pendant ce temps avec la nourriture et la boisson, ils restaient de mauvaise humeur. Mais il savait que c'était assez fréquent. Il se prépara donc mentalement à les affronter et attendit de voir qui des trois prendrait la parole le premier.

— My laird…, commença Anson, le plus âgé des trois.

Puis l'homme l'étudia de ses petits yeux bleus enfoncés. Avant qu'il ne s'essaie à une plaisanterie, Brandon demanda :

— À quoi dois-je cette visite inattendue ?

Quittant le bureau de son père, il s'assit, au milieu d'eux, sur l'une des larges chaises vides qui restaient, tandis que Hugh demeurait à l'écart.

— Notre visite ne doit pas vraiment vous surprendre…, remarqua Douglass en s'installant plus au fond de son siège, sur les coussins.

Brandon attendit la suite qui ne tarda pas :

— Un certain nombre de soldats nous ont appris que vous n'aviez pas choisi de fiancée ni arrêté de date pour publier les bans malgré ce qui avait été prévu, reprit Anson qui, droit comme un I, avait posé ses mains flétries sur les bras de son fauteuil.

— En effet, confirma Brandon, laconique, en se penchant en avant.

— Ils prétendent aussi que vous avez décidé de ne pas

faire comparaître Fiona MacDonald pour répondre de ses crimes contre nous.

Sebastian avait parlé d'une voix tranquille, mais ses mots venaient de frapper Brandon comme des pointes.

— En effet, répéta-t-il entre ses dents.

— Nous vous avons confié le rôle de laird, car nous vous pensions plus adapté pour la tâche et plus… *capable* que votre frère.

Le regard de Douglass quitta Sebastian avant de revenir se poser sur Brandon.

— Ces temps-ci, néanmoins, nous nous posons des questions sur notre décision. Votre attachement continu à la femme MacDonald divise en effet toujours plus notre clan.

Brandon secoua la tête.

— Vous aurez été mal informés, messieurs les aînés. Chacune de mes décisions a été prise dans le but de raffermir notre clan et non, cela va de soi, de l'affaiblir. Quant à Fiona MacDonald, je ne puis faire autrement que m'engager auprès d'elle dans la mesure où elle est la mère de mon enfant.

— N'oublions pas non plus les soldats morts, déclara Anson qui s'exprimait de plus en plus vite et dont l'agitation augmentait à chaque phrase. Nous avons entendu dire que c'étaient les MacDonald qui avaient ordonné de tuer ces sentinelles parce qu'ils savaient que c'était ici que vous les protégiez, elle et son bébé. Combien d'autres hommes morts va-t-il encore falloir pour que vous la renvoyiez à l'endroit où elle devrait être ?

— Je sais que les choses peuvent paraître telles que vous venez de les décrire, mais il n'en est rien. Je ne fais pas passer les désirs de Fiona MacDonald avant l'intérêt du clan. Si elle et moi nous marions, cela permettra à nos deux clans de se réunir au lieu de continuer à se diviser jusqu'à la fin des temps. Ne voyez-vous donc pas cela, Anson ?

— À moins que vous ne soyez devenu mou, l'interrompit

Sebastian, et que vous laissiez cette femme vous mener à la ruine !

Brandon eut du mal à contrôler ses nerfs. Déglutissant avec difficulté, il dit juste :

— Non.

— Dans ce cas, vous ne verrez pas d'inconvénient à choisir une fiancée au plus vite et à vous marier, reprit Douglass en se levant avec difficulté. Dès que vous aurez reçu l'agrément du laird de la femme que vous aurez choisie, vous l'annoncerez au clan, publierez les bans et l'épouserez. Quant à la jeune fille MacDonald, on la renverra d'où elle est venue. Le garçon, en revanche, restera ici. Mais *elle* devra partir. Pour le bien de notre clan.

Brandon allait reprendre la parole quand Anson leva la main.

— Et si vous souhaitez continuer à être laird, vous devez dès maintenant considérer ce sujet comme clos.

Les autres hochèrent la tête en signe d'accord et de soutien. La minute d'après, ils quittaient tous les trois la pièce.

Apparue dans l'embrasure de la porte, stoïque et le visage totalement impassible, Beatrice s'était arrêtée pour observer Brandon.

— Mon frère ?

— Oui, répondit-il, très las.

Elle pénétra à l'intérieur et redressa le buste.

— Alors, ça y est ?

Brandon tourna le regard vers Hugh, puis le ramena vers elle :

— « Ça » ?

— Quand ils sont arrivés, j'ai pensé qu'ils allaient sûrement t'évincer de ta position de laird. Est-ce ce qu'ils ont fait ?

Brandon lui saisit le bras.

— Non, Trice. Je suis toujours laird… Pour le moment. Mais ces anciens et leurs alliés conspirent contre nous. Je pense donc préférable de prétendre aller dans le sens de ce qu'ils réclament.

— C'est-à-dire ?

— Annoncer mes fiançailles avec une autre jeune fille, garder William avec moi et chasser Fiona.

Me chasser ?

Glissant en silence sur le chemin, Fiona tourna à l'angle du mur de pierre. Elle était entrée presque par hasard dans la conversation entre Brandon et Beatrice, et était maintenant contente d'avoir un peu tardé en chemin. Au moins savait-elle à présent ce qui l'attendait.

Trahison et abandon. Encore une fois. En tout cas, cela y ressemblait fort. Certes, elle n'avait saisi que la fin de l'échange entre Beatrice et son frère, et peut-être faisait-elle erreur, mais une part d'elle-même lui soufflait que Brandon avait dit la vérité. De plus, pourquoi n'accepterait-elle pas de croire une chose qu'elle pensait depuis longtemps inéluctable ?

À présent, on la considérait comme l'ennemie.

De toute façon, sauf si le clan Campbell l'avait finalement vue comme un atout et non comme une traîtresse, elle n'aurait jamais été heureuse ici. Non plus que William.

Devrait-elle aller voir Beatrice et lui demander de quoi ils avaient plus précisément parlé ? Ou prétendre juste n'avoir rien entendu ? Si elle n'en parlait pas d'elle-même et que c'était Brandon qui le faisait plus tard, elle saurait ainsi qu'il n'avait pas l'intention de la trahir et voulait vraiment poursuivre le plan qu'ils avaient mis au point pour essayer de réparer le passé et poursuivre ensemble leur route, pour le bien de William, vers un avenir plus lumineux.

Elle continua à marcher, mais s'arrêta soudain. Non, il fallait qu'elle vérifie rapidement si Brandon allait lui révéler son autre plan. Ce ne serait qu'ensuite qu'elle pourrait – ou non – lui faire suffisamment confiance pour rester ici avec William.

Prenant une longue inspiration, elle pivota sur ses talons et retourna à sa chambre.

— Jenny, dit-elle en croisant sa servante dans le couloir, je mangerai dans ma chambre, ce matin. Pouvez-vous prier les servantes de cuisine de me faire monter un plateau ?

— Bien sûr, miss, répondit Jenny en hochant la tête avant de poursuivre son chemin.

Fiona sourit. Elle allait se restaurer, planifier sa journée et mettre ses doutes de côté. Ce soir-là, Brandon lui parlerait de sa rencontre avec les anciens et lui relaterait leurs échanges. Et le sujet serait clos. Et s'il ne lui disait rien, elle aurait aussi sa réponse. D'un tout autre type.

Après avoir pris son premier repas, Fiona s'assit et étudia la chambre où elle avait passé les deux derniers jours. L'ironie du sort, qui la faisait à présent se trouver dans la chambre même de la mère de Brandon, l'oppressait. Aussi loin que remontait sa mémoire, la femme du laird résidait d'habitude dans la chambre se trouvant deux étages en dessous de celle-ci.

Brandon avait confirmé que les rumeurs concernant l'attirance du vieux laird pour les femmes étaient fondées… Quelle étrange réalité cela avait dû être, pour le petit garçon qu'il était alors, d'apprendre que son père se souciait si peu de sa mère ! Et quelle femme fine, attentive et capable avait été Emilia ! Fiona avait partagé bien des après-midi avec elle quand la maladie avait commencé à prendre le dessus et que celle-ci avait eu besoin d'assistance.

Étant enfants, elle et Brandon avaient reçu l'autorisation de passer du temps ensemble. Ce n'était que quand ils avaient commencé à grandir et s'étaient attachés l'un à l'autre d'une manière risquant de mettre en péril les mariages que l'on avait arrangés pour chacun d'eux ainsi que la sécurité financière des deux clans, que leurs pères respectifs leur avaient ordonné de cesser de se voir. Les rencontres secrètes avaient alors commencé, et leur histoire d'amour avait pris de l'intensité.

Emilia aurait adoré l'idée même de leur liaison clandestine. C'était une femme si romantique malgré la façon dont son mariage avait tourné… Fiona se rappelait encore toutes les histoires qu'elle lui avait inventées, tous les contes de fées qu'elle lui avait racontés ! De même se souvenait-elle très bien des fois où, perchée sur un vieux livre épais, elle brossait la magnifique chevelure de jais d'Emilia pendant que celle-ci chantait. Les longs cheveux noirs lui caressaient les doigts comme de la soie, et les yeux de la mère de Brandon se reflétaient dans son miroir comme deux étoiles.

La propre mère de Fiona ne s'était jamais montrée aussi chaleureuse avec elle. Après avoir quitté sa fille et son fils un beau matin, elle n'était jamais revenue.

C'était Emilia qui, de fait, s'était comportée avec Fiona comme la mère qu'elle aurait voulu avoir. À la mort de cette femme douce, les larmes de Brandon et les siennes s'étaient mêlées. Aujourd'hui, se trouver ici, dans la chambre d'Emilia, avec le petit-enfant de cette dernière, lui apportait un réconfort immense et inespéré au milieu du chaos invraisemblable où elle s'embourbait. Et cela, même si la pièce ne conservait plus de traces d'elle et qu'on l'avait vidée de ses affaires depuis longtemps.

Du moins le pensait-elle.

Je me demande…

Fiona étudia la pièce. Emilia était intelligente. Aurait-elle pu dissimuler des affaires ici, loin du regard indiscret de son mari ? Maintenant que Fiona se représentait bien mieux ce qu'avait vécu cette femme, elle comprenait qu'une telle précaution aurait alors pu avoir différents mobiles dont celui de lui apporter, si besoin en avait été, un moyen d'assurer sa propre survie.

Fiona réfléchit. Puisqu'elle n'avait rien prévu de spécial à faire ce jour-là, et que William s'était endormi après un bon déjeuner, c'était peut-être l'occasion rêvée de voir si, en plus du passage secret, la pièce dissimulait d'autres mystères.

Ce fut par ce panneau masquant l'ouverture qu'elle décida d'ailleurs de commencer, passant les mains le long du mur, de bas en haut, regardant derrière les tableaux et éprouvant du bout des doigts les surfaces d'apparence singulière. Malgré une recherche minutieuse étendue à tous les murs de la chambre, elle ne trouva rien. Ses épaules ployèrent. Dans quels autres endroits pouvait-on cacher des objets ? Fiona fronça les sourcils, l'esprit en action… et sourit. Sous le plancher, évidemment ! Sans attendre, elle se mit à arpenter la pièce avec lenteur, s'efforçant de bien dérouler le pied depuis le talon jusqu'au bout des orteils pour s'aider à découvrir toute chose qui se révélerait enfouie dessous.

Une légère cavité, sous l'un des tapis, l'arrêta bientôt. Souriant toujours, elle s'agenouilla, le roula sur lui-même et examina la partie du sol ainsi dégagée. Un petit creux rond et étroit sembla lui faire signe. Elle glissa les doigts à l'intérieur pour n'en extirper qu'un morceau de calcaire meuble. Presque choquée par la facilité avec laquelle elle avait pu le retirer, Fiona s'assit et étudia le débris pendant un moment. Sans rien y trouver de spécial. Reportant alors son attention sur le sol, elle découvrit une crevasse que le petit morceau de calcaire avait bouchée jusque-là. Jusqu'à ce qu'elle le retire. Lentement, elle osa y glisser la main… et en extirpa un pochon noir ! Fiona le posa sur le lit, éberluée. Elle s'apprêtait à l'ouvrir quand elle s'arrêta. Avait-elle le droit de faire cela ? Elle n'était pas une Campbell. Les objets contenus dans la pochette ne lui appartenaient pas.

Elle déglutit avec difficulté.

— Que ferais-tu, toi, à ma place ? chuchota-t-elle à William qui venait de se réveiller et qu'elle alla prendre dans son berceau.

Son bébé la regarda en babillant quelque chose.

— Ta réponse ne m'aide pas beaucoup, remarqua-t-elle

sur un ton taquin en passant la main sur les petits cheveux fins. Voyons voir un peu quel trésor nous attend.

Ce disant, elle s'assit sur le lit, tira sur le cordonnet du pochon et le retourna à côté d'elle. Son contenu tomba sur les fourrures.

Fiona retint un cri.

— Emilia, qu'avez-vous fait ? murmura-t-elle.

Une grosse poignée de bijoux, dont quelques-uns sertis, d'autres non taillés et en vrac, étincelaient dans la lumière.

Jamais Fiona n'avait *réellement* songé qu'elle trouverait effectivement un trésor. Pas ici, enterré sous un plancher…

Comme William tendait une main pour attraper le rubis splendide d'une broche, Fiona tressaillit. Soudain, elle reconnaissait le bijou.

— J'ai vu cette merveilleuse broche en rubis sur Emilia… Oui, elle l'a portée devant moi. Ainsi que cette paire de boucles d'oreilles en émeraude, ajouta-t-elle en pointant les doigts vers les boucles. Mais… *elles*, je ne les avais jamais vues… Qu'en dis-tu William ? Ne sont-elles pas magnifiques ?

Ses doigts volèrent vers les pierres précieuses d'une finesse rare. Elles resplendissaient telles la liberté, l'espérance et la rédemption. Fiona battit des paupières. Si elle parvenait à fuir avec ces pierres, elle avait peut-être une chance de commencer une nouvelle vie, une existence plus grandiose que celle qu'elle aurait jamais pu imaginer. De se libérer de cet endroit… de se libérer des Highlands. De s'assurer un avenir heureux, loin d'ici, avec son enfant.

Sauf que ces bijoux ne lui appartenaient pas. Son ventre se serra. Pourrait-elle jamais voler Brandon et sa famille, même si c'était pour le bien de son fils ?

« Annoncer mes fiançailles avec une autre jeune fille, garder William avec moi et chasser Fiona. »

Les mots prononcés quelque temps plus tôt par Brandon lui revenaient en mémoire, faisaient écho dans sa tête. Elle fit glisser les bijoux dans le creux de sa main. Si Brandon ne lui parlait pas de sa rencontre ni de sa discussion avec les anciens, s'il ne lui disait pas qu'il ne pouvait plus respecter leur projet, alors… eh bien, oui… oui, elle pourrait passer à l'acte.

Chapitre 17

Brandon lança un nouveau poignard à travers la clairière vers la cible installée plus loin. Mais l'arme toucha une partie dure de l'arbre et tomba dans l'herbe. Il jura entre ses dents.

— Qu'est-ce qui vous trouble ? Les exigences des anciens, peut-être ? demanda Hugh.

Lui jetant un regard furieux, Brandon lança une autre lame. Cette fois, ce fut le bord de la souche en bois servant de cible que la dague toucha.

— Ma satanée cible, pour le moment !

Hugh sourit et hocha la tête.

— Je parierais quelques pièces que ce doit être un peu plus que cela.

— Pensais-tu qu'après tout ce que j'ai fait pour soutenir et protéger ce clan – tout ce que j'ai fait pour l'empêcher de partir en morceaux – les anciens m'en seraient un tant soit peu reconnaissants ? Eh bien, non ! Tout ce qu'ils trouvent à faire est de se plaindre de la décision que j'ai prise de protéger, cette fois, mon propre fils et sa mère. Pourquoi ne peuvent-ils me permettre de tenter de réparer ce qui s'est passé entre elle et moi ? Pourquoi n'ai-je pas droit à un peu plus de temps ? Ils m'ordonnent de choisir une autre femme et chassent Fiona ! Autrement, m'avertissent-ils, ils me destitueront et me remplaceront par qui leur semblera mieux convenir. Quant à Fiona, je sais qu'ils la pendront. Et William, qui sait ce qu'il adviendra de lui ?

Hugh ne répondit pas.

— Oui, je sais que tu sais tout cela ! Tu étais toi-même présent à cette réunion. Mais je suis très en colère ! Te rends-tu compte que je n'ai droit à aucune alternative ? Pourquoi n'ai-je droit à aucune option alors que *je* suis le laird ? gronda Brandon.

Prenant une profonde inspiration, il expira en lançant une nouvelle dague. Bien que celle-ci s'approchât un peu plus du centre de la cible, le résultat restait bien en deçà de ce que les compétences de Brandon lui permettaient d'habitude de réaliser.

Se retournant d'un mouvement brusque, il aperçut Hugh en train de le scruter. L'irritation sans nom qui montait en lui se répandit de plus belle.

— Dis ce que tu as à dire, maugréa-t-il, tout en sachant très bien que, quelle que fût la vérité que Hugh s'apprêtait à énoncer, elle ne serait pas du tout à son goût.

— Il aurait été plus simple de la laisser partir, déclara Hugh.

— Oui, mais pas d'abandonner mon enfant, rétorqua Brandon en avançant le menton.

— Vous savez comme moi que vous pouviez faire jouer vos droits sur lui et la forcer à quitter ces terres. Ou la faire pendre. Enfer ! Les gens auraient applaudi. Vous êtes laird. Personne n'aurait interrogé votre décision.

Si, moi.

Le poignard qu'il lança alors atterrit directement dans l'herbe. Il se frotta la tête et demanda sans reprendre haleine :

— Et *toi*, chasserais-tu la mère de ton enfant ? La ferais-tu condamner à mort ? Laisserais-tu son fils grandir sans elle ?

Il avait posé ces questions en regardant son ami droit dans les yeux. L'expression vide de celui-ci lui confirma ce qu'il devinait.

— Non, répondit Hugh, je ne crois pas.

Et comme Brandon commençait à récupérer ses poignards, Hugh lui emboîta le pas en ajoutant :

— Je ne dis d'ailleurs pas qu'il aurait été bien de la chasser. Je dis juste que cela aurait été plus facile pour vous en tant que laird.

Brandon eut un petit rire.

— Voilà une réflexion qui te ressemble, et je comprends ce que tu veux dire. Mais c'est justement la raison pour laquelle je voudrais planter l'un de mes poignards dans le cœur du père de Fiona. Car c'est à cause de *lui* que nous en sommes là aujourd'hui. Si, à l'époque, il nous avait autorisés à nous marier, Fiona et moi, nous n'aurions pas été obligés de nous fréquenter en cachette, et n'aurions eu nul besoin d'utiliser ce tunnel secret dont elle a évoqué à tort l'existence devant quelqu'un un peu plus tard.

Là-dessus, Brandon se pencha pour ramasser les poignards qui se trouvaient à terre, se redressa et détacha les deux premiers qui avaient atteint leur cible.

Près de lui, Hugh haussa sans rien dire un sourcil allusif.

Brandon agita la tête.

— Bon, d'accord... De mon côté, je ne me serais pas non plus conduit comme l'imbécile amoureux qui lui a montré le tunnel, concéda-t-il en nettoyant ses lames sur son kilt. Maintenant que je me trouve coincé entre deux mondes, tout cela me met autant en colère que si l'attaque contre le château d'Argyll datait d'hier.

— Voilà pourquoi vous n'arrivez pas à atteindre votre cible, déclara Hugh en ramassant ses propres dagues.

Ils entamèrent une nouvelle épreuve de lancer.

— Aucun homme ne peut viser correctement s'il est submergé par la force de ses émotions.

Brandon soupira avec bruit puis dit en riant :

— J'ai le choix entre envoyer ces lames vers quelque chose

et les lancer sur quelqu'un… Alors disons qu'aujourd'hui je ne choisis pas le meurtre.

La seconde d'après, il faisait voler un nouveau poignard. Celui-ci atterrit sur la cible, légèrement à droite du centre.

— Vous visez mieux, constata Hugh, mais peut-être devriez-vous imaginer votre ennemi devant la cible. Personnellement, c'est ce que je fais. Me représenter des soldats britanniques avant de faire mon lancer m'aide…

Comme le jeune soldat prononçait ces mots, sa lame fendit l'air, atteignant la cible en son centre. Brandon hocha la tête, commençant à comprendre. Se présenta alors à sa mémoire la tête du salaud à barbe blanche qu'était le père de Fiona, l'homme qui avait fouetté sa fille avec pour but qu'elle en meure ainsi que le bébé qu'elle portait.

L'homme qui était la cause de tout.

Brandon laissa échapper un grognement et lança sa dague. Celle-ci atteignit directement le cœur de la cible qui vibra sous l'impact.

— Vous voyez… ? dit Hugh, tout sourires. Votre émotion doit vous nourrir, vous rapprocher du but, non vous distraire et vous en éloigner. C'est un truc que l'on m'a appris il y a longtemps, quand j'étais gamin. Soit vous laissez la douleur vous dévorer vivant, soit vous l'utilisez pour vous propulser vers l'avant.

— Alors je choisis la seconde proposition.

Un groupe de soldats passa devant eux en les regardant d'un air renfrogné qui reflétait bien leur mécontentement, mais Brandon s'en moquait. Ils ne comprenaient sa situation ni en tant que laird ni en tant que père d'un bébé pris entre deux clans rivaux. Il exigerait d'eux obéissance jusqu'à ce que, d'une manière ou d'une autre, ils acceptent sa logique et son raisonnement. Lui restait auparavant à trouver la meilleure façon de s'y prendre pour avancer.

Hugh l'attendait, comme il le faisait toujours.

Brandon se frotta la nuque en soupirant.

— Je ne ferai pas comme mon père. Je ne me conduirai pas mal envers Fiona et William juste pour pouvoir me conduire bien envers le clan.

Hugh hocha la tête.

— Ne laissez pas non plus votre désir de ne *pas* être comme votre père vous rendre fou d'une autre manière. Parfois, à force de vouloir plaire à tout le monde, on ne plaît plus à personne, y compris à soi-même.

Comme d'habitude, Hugh avait raison. Mais sur un point dont Brandon n'avait pas envie de discuter. Comme il fixait l'horizon sans un mot, son ami reprit la parole :

— Vous ne pouvez vous permettre de rester aveugle à la colère du clan. Ni nier ce qui s'est passé lors de l'attaque.

— En effet. Je sais que beaucoup sont en train de s'allier contre moi. En ce moment même.

— Mais, peu à peu, le chagrin et la rage les engloutiront, spécialement à force de voir Fiona tous les jours sur ces terres. Sa présence ne fait qu'enfoncer de manière plus profonde en eux la conscience de ce qu'ils ont perdu. Incapables de voir au-delà, ils refusent, en plus, de passer à travers.

— Et cela finit par les consumer. Comme cela a fait pour Rowan ?

Hugh inclina la tête.

— Oui, cela l'a poussé jusqu'au point de non-retour de la colère. Peut-être, à terme, à la destruction de notre clan.

— Que pourrait-il faire ? demanda Brandon en se passant la main sur le visage. Et toi, pourquoi te permets-tu sans cesse de te placer entre eux et moi ? C'est une place dangereuse…

Hugh haussa les épaules.

— Vous m'avez accueilli quand je n'étais qu'un petit garçon ne possédant rien en propre. À vous deux, vous constituez ma famille, la seule que j'aie. Voilà pourquoi j'ai choisi de ne pas vous voir vous déchirer jusqu'à vous réduire en poussière.

Brandon rit et éluda :

— J'aperçois les garçons d'écurie qui arrivent avec nos montures. Pile à l'heure. Mettons-nous en route. Nous devons finir d'explorer le secteur que nous sillonnions, la dernière fois, avant de découvrir ces soldats.

— Espérons que notre sortie d'aujourd'hui sera beaucoup plus calme, répondit Hugh. Je n'en peux plus.

— Moi non plus, grommela Brandon en grimpant sur son étalon.

Il s'accorda à la cadence de Hugh. Ensemble, ils s'éloignèrent sans plus parler jusqu'à se retrouver fort loin du village.

— Alors, allez-vous en choisir une ? lui demanda soudain Hugh en rompant le silence.

— Une quoi ?

— Une épouse.

Brandon fit lourdement basculer sa tête en avant.

— Non. Je n'en ai ni l'intention ni l'envie. Le fait que les anciens l'ordonnent ne signifie en rien que je doive le faire.

Hugh éclata du rire chaleureux et insouciant de l'homme n'ayant encore jamais pensé à se marier.

— Cela ne veut pas dire pour autant que vous ne deviez pas considérer la question. Vous et moi savons bien que le clan a furieusement besoin de plus d'argent, de plus de pouvoir et d'un allié supplémentaire.

— Je le sais, en effet.

Brandon scruta son ami.

— Pourquoi ai-je l'impression que tu as déjà réfléchi au problème ?

— Parce que c'est le cas. Votre frère et moi avons réduit la liste des candidates potentielles depuis des semaines, avant même le retour de Fiona. Nous vous avons sélectionné trois fiancées possibles, et je crains que, si vous décidez d'épouser une autre femme que Fiona mais n'arrêtez pas rapidement votre choix, vos possibilités deviennent encore plus…

— Encore pires ?

— Oui. Alors, pour me permettre de vous aider à mieux

considérer vos options, si vous me citiez les qualités que vous attendez d'une épouse ?

Il y en avait beaucoup que Brandon avait autrefois espéré trouver chez sa future femme. Mais à présent, il lui semblait que tout cela ne comptait plus beaucoup.

— Quelle est celle qui a la plus grosse dot et qui apportera l'alliance la plus puissante à notre clan ?

Hugh réfléchit un instant.

— Susanna Cameron. Elle vient du Nord.

— Alors, mon choix est fait… Dans la mesure où j'aurai décidé de suivre les commandements des anciens.

Son ami hésita.

— Vous ne voulez vraiment rien savoir d'elle du tout ?

— Non. À partir du moment où j'épouserai une autre femme que Fiona, mon union se résumera à l'accord que j'aurai passé, rien de plus. Mon épouse procurera des forces nouvelles à notre clan en nous fournissant une alliance sûre, des héritiers et de l'argent. Et, si j'ai de la chance, peut-être parviendrons-nous aussi, à l'occasion, à nous apprécier un peu.

Hugh fronça les sourcils.

— Et si vous choisissez Susanna Cameron, que ferez-vous de Fiona et de votre fils ?

— Voilà une décision qu'il me faudra prendre, mais… une autre fois. Car il faut que j'y réfléchisse sérieusement : est-ce que je préfère tout perdre en épousant Fiona ou en épouser une autre pour le salut du clan, mettant ainsi fin à mes chances d'être heureux ? Avant cela, allons explorer le secteur pour décider de ce que l'on peut faire de cette terre et des montagnes qui la bordent. Ce sera sûrement une décision beaucoup plus facile à arrêter.

Fiona avait entrepris de s'occuper de tâches ménagères au cours de la matinée. Mais, à présent, elle ne supportait plus du tout de rester enfermée et désirait profiter du chaud soleil de l'après-midi. Aussi exhorta-t-elle Daniel et Jenny à venir avec elle et à la laisser emmener William en promenade afin de brûler le trop-plein d'énergie, mais aussi d'anxiété, qu'elle avait emmagasiné.

Finalement, Daniel céda et la suivit avec Jenny. Ensemble, ils arpentèrent le vallon sous le soleil et se dirigèrent vers la grange. Jenny tripatouillait les bords de sa chemise, et Fiona cheminait en silence à son côté. Quant à William, il dormait d'un sommeil profond dans le tartan dont Fiona l'avait enveloppé et qu'elle avait noué avec adresse et en toute sécurité autour de son buste.

— Je vous suis reconnaissante pour votre gentillesse, Jenny, déclara-t-elle. Je sais que, depuis mon retour, il vous a été difficile de me servir.

Les joues de sa servante se teintèrent de rose.

— Au début, je vous ai haïe, je ne peux pas le nier. Mais je sais maintenant que vous êtes restée la même femme que celle que j'appelais mon amie. Vous êtes d'une gentillesse incroyable à mon égard, comme vous l'avez toujours été.

— Parce que j'ai caché à Brandon que vous ne m'aviez pas allumé de feu les deux premiers matins, et n'aviez pas rempli mon pichet et ma bassine d'eau douce ? s'enquit Fiona en riant. En fait, j'éprouvais un respect réel pour votre courroux.

Son regard se fit grave quand elle ajouta :

— Et je le comprenais aussi. Je suis tellement désolée pour tout ce que vous avez perdu à cause de ma famille, à cause de moi.

— Il faudra du temps, mais cela finira par faire moins mal… Du moins je l'espère.

— Je l'espère aussi, dit Fiona en ratant un pas tandis qu'elles accédaient ensemble à la dernière colline.

Oui, elle aussi souhaitait que leurs blessures deviendraient un peu moins douloureuses. Mais combien de temps faudrait-il pour cela ?

Fiona guettait le retour de Brandon et tentait de s'accoutumer à l'existence du sac de bijoux, valant une fortune, qui se trouvait à présent camouflé dans le berceau de son fils. Cet endroit lui avait en effet semblé le plus indiqué pour dissimuler le pochon jusqu'à ce qu'elle ait déterminé ce qu'elle allait exactement en faire et si elle devait parler à Brandon de sa découverte.

En attendant, elle s'accrochait de toutes ses forces à l'espoir que l'échange verbal dont elle avait surpris la fin ne fût qu'un tout petit morceau non représentatif du reste de la discussion qui s'était tenue entre Brandon et sa sœur, et un morceau beaucoup plus menaçant que la totalité ne l'avait été en réalité. Après tout ce qu'ils avaient commencé à restaurer entre eux depuis quelques jours, elle ne pouvait croire que Brandon pût avoir décidé d'en épouser une autre et de la chasser sans son fils. Ils s'étaient trop rapprochés par le cœur et par l'esprit, s'engageant l'un envers l'autre à essayer de voir si le fait de fonder une famille ensemble ouvrait la voie d'un possible avenir commun.

Elle se mit à faire les cent pas dans sa chambre. Dehors, le soleil déclinait dans un dégradé magnifique de rouges et de pourpres, et elle avait déjà pris son repas du soir. En jetant un regard par la fenêtre, elle aperçut soudain Brandon qui venait de s'arrêter devant le portail du château et descendait de monture. Il décrocha sa sacoche, la passa en bandoulière à son bras et tendit les rênes de son étalon au palefrenier qui patientait près de lui.

Comme il levait soudain les yeux, elle agita la main. Et bien qu'elle eût juré qu'il l'avait vue et avait marqué un très léger temps d'arrêt, il ne la salua pas en retour.

Le sourire de Fiona se gela. Son sang se pétrifia dans ses veines.

Après tout, peut-être ai-je bien entendu, peut-être a-t-il vraiment l'intention d'en épouser une autre et de me chasser d'ici ?

À peine cette pensée l'eut-elle traversée que Fiona s'ordonna d'arrêter de sauter à des conclusions hâtives ou de laisser son imagination et sa peur prendre la place sur sa raison. Car rien n'était certain. Brandon allait lui raconter sa journée quand il monterait rendre visite à William, et tout se passerait bien.

Après s'en être convaincue pendant un bon quart d'heure, Fiona l'entendit frapper à la porte de sa chambre et l'ouvrir pour entrer. Un grand soulagement l'envahit.

— Comment va notre fils ? demanda-t-il en se dirigeant vers William, bien réveillé dans son berceau.

— Il se bat contre le sommeil. Je crois qu'il t'attendait.

Quittant son enfant du regard, Fiona tourna les yeux vers Brandon.

— Journée chargée ?

De manière curieuse, sa tentative pour adopter un ton dégagé ne réussit qu'à lui donner une voix basse et essoufflée. Elle s'éclaircit la gorge.

— Chargée, en effet, répondit Brandon. Hugh et moi avons terminé notre exploration de la ligne frontière et du col. Il reste quelques terres en bon état que l'on pourrait utiliser pour les cultures. Que des bonnes nouvelles, en somme.

Sur ces mots, Brandon tendit la main pour caresser la joue de William avant de le sortir de son berceau.

Sans un mot, Fiona le regarda bercer le petit dans ses bras et lui murmurer des mots gentils à l'oreille, mais son cœur grondait d'impatience. Pourquoi ne lui rapportait-il pas tout de suite ce qui s'était passé avec les anciens ?

— Rien d'important ? Pas de visites ?

Elle guetta la réponse tout en se mordillant la lèvre avec nervosité, tentant de toutes ses forces de pousser Brandon vers ce qu'elle rêvait d'entendre : la vérité.

Celui-ci demeura immobile, embrassa William sur la joue et lui fit recouvrer sa place dans son berceau.

— Non. Une journée comme les autres…

Le sourire dont il ponctua sa réponse étira ses lèvres sans atteindre ses yeux. Fiona se sentait l'estomac retourné.

— Je suis épuisé, Fi, reprit Brandon. Je vais regagner mes appartements. Dors bien.

Enfer.

Avant qu'elle ait eu le temps de répondre, il avait quitté la chambre et déjà refermé la porte derrière lui.

Fiona se laissa tomber sur le lit avec un bruit sourd et se réfugia aussitôt sous les fourrures. Voilà donc ce qui les attendait ? Un océan de secrets ? Brandon n'avait-il donc tiré aucune leçon de tout ce par quoi ils étaient déjà passés ?

Les larmes guettaient. Fiona les ravala très vite. Tout cela ne signifiait peut-être rien. Après tout, il pouvait très bien être *réellement* fatigué.

Ineptie.

Elle connaissait assez Brandon pour savoir qu'il ne lui disait pas tout. Du reste, depuis la veille, quelque chose en lui avait changé. Bien sûr, tout cela pouvait avoir un rapport avec la visite des anciens comme n'en avoir aucun. Et si elle ne posait pas la question, elle n'aurait jamais la réponse. En même temps, elle ne voulait pas connaître sa position si celle-ci avait quoi que ce soit à voir avec le fait qu'il lui vole son fils et la chasse du château. L'abandonne. Une fois de plus.

Elle s'assit devant sa petite coiffeuse et commença à ôter les épingles qui retenaient ses longs cheveux de flamme. Puis elle saisit sa brosse et les démêla en entonnant une chansonnette pour étouffer son inquiétude naissante. Que pouvait-elle faire ? Il lui était impossible d'obliger Brandon à lui accorder sa confiance. Mais tout aussi impossible d'attendre qu'il la renvoie d'ici.

Lorsqu'elle eut fini, Fiona posa sa brosse sur la coiffeuse, se leva et retira son châle. Elle le plia, le posa sur la chaise et se prépara à se mettre au lit tout en sachant très bien qu'elle ne trouverait pas le sommeil de sitôt.

Avant qu'elle ait eu le temps de réfléchir plus avant à sa

situation, le panneau glissa entre les deux chambres et Brandon fut de nouveau là. Il referma derrière lui et la regarda sans un mot comme s'il voyait à travers elle, ne voyait qu'elle.

L'espace entre eux semblait lourd et chargé comme l'air autour du loch après l'orage.

Torse et pieds nus, Brandon portait le pantalon taille basse des soldats écossais. Ses yeux brûlaient d'un désir ardent capté par la lumière de la torche qui clignotait contre le mur.

Il commença à traverser la pièce et s'arrêta, hésitant, la souffrance plaquée sur son visage, son buste se soulevant à un rythme précipité comme s'il était hors d'haleine. Fiona le considéra, figée à côté du lit, sentant son cœur s'accélérer dans sa poitrine et le désir se répandre en elle comme une vague lente.

Brandon la voulait. Tout comme elle le voulait. Leur désir mutuel était évident.

Sans un mot, il réduisit l'espace entre eux et s'arrêta à un souffle d'elle. La chaleur qu'il dégagea alors fit rosir Fiona. Un frisson d'anticipation remonta le long de sa colonne vertébrale. La senteur ambrée de Brandon lui montait aux narines, le désir continuait à s'insinuer en elle. Cela faisait si longtemps… trop longtemps… Son corps commençait à trembler, appelant, réclamant celui de Brandon.

Il ne fallait pas céder, et elle le savait. Très bientôt, il serait promis à une autre et elle se retrouverait toute seule, une fois encore.

— Brandon, murmura-t-elle, je…

Il franchit le pas qui les séparait encore. Puis ce fut un effleurement de doigts brûlants sur ses épaules fines et ses bras nus, comme une torture délicieuse. La respiration de Fiona devenait irrégulière à mesure que les doigts s'attardaient sur son poignet… avant de disparaître enfin, la laissant le souffle coupé et avec l'envie que cela continue.

Le besoin impérieux qui l'avait saisie l'empêchait à présent de se faire confiance. Elle resta sans bouger.

Elle sentit les doigts de Brandon se glisser dans sa longue chevelure et la lui ramener sur le côté, puis poursuivre leur assaut silencieux le long des cicatrices qui marquaient son dos avant de se glisser peu à peu, et avec douceur, à l'intérieur de sa chemise pour lui découvrir davantage les épaules. Le souffle chaud de Brandon sur sa peau prolongeait ses frissons.

Bientôt, ce furent deux lèvres tendres que Brandon lui posa avec douceur sur les cicatrices roses qu'avait laissées chacun des atroces coups de fouet de son père.

Les yeux de Fiona étaient à présent brûlants de larmes. Cela faisait si longtemps qu'elle n'avait pas éprouvé une telle douceur, que quelqu'un l'avait touchée non par haine mais par amour… Qu'elle n'avait pas eu l'occasion de se rappeler la façon dont, à l'époque, Brandon et elle se comportaient ensemble, leur amour mutuel, leur intimité partagée…

Avant qu'elle ait pu reprendre sa respiration ou prononcer un mot, Brandon était repassé devant elle et lui prenait le visage entre les mains. L'urgence et l'attention avec lesquelles il l'embrassa lui donnèrent l'impression d'être en train de flotter sur les eaux du loch. La chaleur des lèvres qui se posaient sur sa peau, mêlée à celle du corps qui se pressait contre le sien, lui arracha un soupir. Brandon y répondit avec un grognement étouffé.

Très vite, ce furent de chauds baisers qui se déposèrent dans son cou et derrière ses oreilles. Elle plongea les doigts dans les cheveux de Brandon. Aussitôt, le souvenir des mèches soyeuses qui lui frôlaient la peau quand ils faisaient l'amour et qu'il embrassait sa chair nue lui revint en mémoire. Brandon continuait à lui écarter les pans de sa chemise. Le vêtement glissa et finit par tomber à terre. Fiona l'enjamba, le repoussa du bout d'un pied et posa les mains à plat sur les épaules musclées avant de refermer les bras sur Brandon avec un long soupir étouffé.

Le moment où elle serra sa peau nue contre celle de Brandon lui arracha un petit cri. Cette fois, la vague de désir s'abattait sur elle sans retenue. Brandon la souleva du sol tandis qu'elle lui entourait le bassin de ses jambes comme elle l'avait fait tant de fois. Ce furent collés ainsi l'un à l'autre qu'ils parvinrent jusqu'au lit, poussés par le même désir. Elle se sentait comme attachée à Brandon. Peu importait ce qui était arrivé entre eux, elle ne pouvait nier qu'une part d'elle-même serait toujours à lui... Juste comme une part de Brandon serait toujours à elle.

Brandon serra Fiona plus fort contre lui. Son sang coulait, brûlant, dans ses veines en la réclamant. Avait-il déjà ressenti un tel besoin, un tel désir pour une femme ? Non, *jamais*. Il avait beau connaître chaque parcelle, chaque courbe de sa chair luxuriante, il n'était jamais repu de son corps délicieux. Même écrasé contre elle, il la voulait encore plus près, comme si cette proximité pouvait les ramener dans le passé ou les projeter dans un avenir différent. Un avenir où ils pourraient rester ensemble sans que cela crée de complications.

Fi lui rendait ses baisers avec la même force qu'avant, le rendait incapable de penser et encore moins de raisonner. Chacune des envies et des demandes qu'elle formulait en silence au moyen de caresses lui parvenait aussi clairement que si elle les lui avait énoncées.

Comme elle posait, en tâtonnant, une main sur la taille de son pantalon, Brandon sourit en l'embrassant sur la tempe, sachant et comprenant très bien le désir qu'elle avait de ne faire qu'un avec lui. Il lutta pour dominer le sien, s'exhortant à la patience pour savourer encore mieux l'instant où ils se réuniraient et qui, comme il le savait, serait le dernier qu'ils partageraient.

Chapitre 18

En se réveillant, Brandon eut pleinement conscience d'être bien le salaud qu'il s'était senti être. À quoi avait-il pensé ? Il roula sur le côté en grognant. À rien. Il n'avait pensé à rien. Il s'était juste laissé mener par son désir. Au lieu de garder ses distances vis-à-vis de Fiona ainsi qu'il se l'était promis la veille pour pouvoir prendre la décision logique et saine qui s'imposait sur leur avenir commun, il était revenu la voir dans sa chambre et lui avait fait l'amour.

Ce qu'il avait fait était mal, et Brandon aurait voulu se détester pour sa conduite, mais il n'y parvenait pas. Car, la veille au soir, au fond de son cœur, il avait su que la nuit à venir représentait les dernières heures que Fiona et lui passeraient ensemble. Il devait épouser Susanna Cameron. C'était son devoir.

Sur ce sujet au moins, il se réveillait avec les idées claires. Pour le reste, il avait créé une grosse confusion et, à cause de cela, Fiona allait le haïr. Ce ne serait d'ailleurs que justice. De plus, peut-être que, finalement, la haine qu'elle éprouverait pour lui faciliterait les choses.

Il fit glisser ses doigts sur la nuque blanche de Fiona, descendit jusqu'aux épaules déliées, essayant de garder en mémoire chacune des courbes délicieuses de ce corps qu'il aimait tant. Pour son grand bonheur, elle ne bougea pas, ne se réveilla pas, lui permettant ainsi de se plonger dans l'instant présent – et futur souvenir précieux – pendant qu'il le pouvait encore.

Car ce moment l'aiderait à passer le reste de son existence. Comment l'ignorer ? Il n'était certes pas assez stupide pour penser que l'amour serait présent dans l'alliance qu'il allait bientôt conclure. On ne rencontrait jamais deux fois l'amour au cours de sa vie.

Le désir se remit à flamber en lui, mais il l'étouffa sans pitié. Résigné à la décision qu'il devait prendre en tant que laird, il embrassa Fiona une dernière fois avec douceur, s'autorisant à laisser ses lèvres s'attarder sur la chair tendre avant de se glisser hors du lit. Il avait le devoir d'aimer assez Fi pour la laisser partir, même si, au plus profond de lui, il savait que leur séparation serait capable de le détruire de l'intérieur.

Pieds nus sur le sol froid, Brandon se retira dans sa chambre, faisant glisser le panneau secret qui séparait les deux pièces. Là, il s'habilla et se prépara à affronter une journée difficile.

En sortant, il trouva Hugh en train de l'attendre juste derrière la porte, ses doigts repliés s'apprêtant à frapper sur le battant avant d'entrer. Le regard vide qu'il surprit dans les yeux de son ami fut pour Brandon un signal d'alarme, et il n'eut pas besoin d'attendre longtemps pour que celui-ci lui dise ce qui n'allait pas.

— Ils nous ont laissé un nouveau message, my laird…

Brandon comprit tout de suite de qui son ami parlait. Des MacDonald. Encore et toujours.

— Quel message, cette fois ?

— Un autre soldat mort.

— Nom du ciel ! Où ?

— De l'autre côté de notre frontière à hauteur du col du Glencoe, tout à côté du loch où nous avons découvert Fiona. Ils ajoutent qu'ils continueront à tuer jusqu'à ce que nous la leur renvoyions… en compagnie de votre fils.

— Continuons à marcher un peu, répondit juste Brandon,

craignant, s'ils demeuraient dans le couloir, que Fiona pût surprendre leur conversation.

Hugh adopta son pas à mesure qu'ils descendaient l'escalier et pénétraient à l'intérieur de l'étude.

Claquant la porte derrière eux, Brandon avança vers le milieu de la pièce et se tourna vers son ami.

— Raconte-moi tout sans rien oublier. Je t'écoute.

— Ce matin, Daniel se trouvait dehors avec un groupe de soldats en train d'exécuter les ordres que vous aviez donnés hier. Il venait de leur expliquer comment définir les lignes de séparation lorsque viendrait le temps de planter dans ce secteur quand, juste après qu'ils eurent atteint le rocher qui surplombe le loch et laisse le col en dessous, l'un des soldats l'a l'appelé. Il venait de repérer un noyé au bord de l'eau.

Hugh s'arrêta. Un muscle de sa mâchoire battait.

— Apparemment, reprit-il, quelqu'un l'avait poignardé avant de le noyer. Une note avait été épinglée sur son torse comme pour les deux sentinelles précédemment tuées.

Sans transition, Hugh lui tendit une note froissée et ensanglantée.

Plus vous attendrez pour nous renvoyer Fiona et son bâtard, plus nombreux seront vos hommes à mourir.

— C'est assez clair, il me semble, non ? lança Brandon avec mépris avant de chiffonner le message au creux de sa main et de le lancer dans le feu qui brûlait dans l'âtre.

Le papier parchemin s'enflamma tout de suite et se consuma avant de se ratatiner en quelques secondes et de devenir une petite boule carbonisée. Détruit avec une telle facilité… Comme la vie du soldat de Brandon.

— Et notre soldat ? s'enquit-il d'une voix plus douce que son geste. Où est-il ?

— On l'a ramené ici. J'ai pensé que vous voudriez peut-être

le voir une dernière fois avant que nous nous rendions au village pour remettre son corps à sa famille.

Brandon ne répondit rien. Il y avait quelque chose que Hugh ne lui disait pas mais qu'il percevait à une légère déchirure inhabituelle dans sa voix.

— Et… ?

Sourcils froncés, il considéra fixement son ami et attendit.

Hugh passa d'un pied sur l'autre en évitant le regard de Brandon, puis se glissa avec nervosité une main dans les cheveux.

— C'est le père de Joseph qui a été tué.

Brandon jura en abattant son poing contre le mur. *Le père de Joseph.* L'un des garçons d'écurie qu'il préférait au village et dont il espérait que son fils saurait s'inspirer pour mieux servir son clan. Et maintenant ? Comment ce garçon pourrait-il garder confiance en son laird et en la vie après avoir perdu son père de cette façon et à seulement neuf ans ?

Quelles qu'aient été ses hésitations sur ce qu'il devait s'employer à faire en tant que laird pour protéger son peuple et l'avenir de son clan, celles-ci s'envolèrent toutes dans la fumée et les cendres, telle la note des MacDonald épinglée sur le corps sans vie du soldat qui s'était consumée dans le feu. Il devait épouser une autre femme que Fiona pour assurer la paix de son clan tout en y infusant assez d'argent et de ressources diverses pour maintenir les MacDonald à distance.

Une fois qu'il aurait franchi ce cap et sentirait son peuple assez protégé, il pourrait commencer à chercher la meilleure façon de s'occuper de Fiona. Car c'était son accord pour rester ici avec leur fils qu'il voulait obtenir d'elle. Quand il l'aurait, peut-être pourrait-il alors persuader les anciens d'accéder au compromis qu'il avait en tête ? Car il découvrait que sa crainte concernait moins un refus de coopérer venant d'eux que de Fiona elle-même. Ne cherchait-elle pas en effet à fuir ce château depuis qu'il l'y avait emmenée ? Mais il ne pouvait traiter qu'une crise à la fois.

— Alors, c'est décidé, dit-il enfin.

Marchant jusqu'à son bureau, Brandon attrapa une feuille de papier parchemin, sa bouteille d'encre, une plume et un morceau de cire écarlate pour y imprimer son sceau.

— Je vais aller avec toi expliquer à Joseph et à sa famille la perte qu'ils viennent de subir. Mais, avant cela, il me faut rédiger une lettre et la faire parvenir par messager le plus tôt possible. Trouve un cheval et un cavalier des plus frais et des plus rapides, et prépare-les à un départ immédiat. Je veux que cette lettre soit remise avant le coucher du soleil quoi qu'il arrive. Je ne peux pas attendre.

— Qu'y a-t-il de si urgent ? s'enquit Hugh en se posant les mains sur la taille.

— Je dois écrire au laird du clan Cameron sans délai afin de garantir mon union avec Susanna, sa fille aînée. Il m'est en effet devenu parfaitement clair que cette alliance est mon seul moyen de tous nous protéger. Jamais les MacDonald ne s'arrêteront tant qu'ils penseront avoir encore la moindre possibilité de nous attaquer ou de récupérer Fiona ainsi que mon fils.

Les pleurs matinaux de William pour réclamer son lait arrachèrent Fiona à son sommeil. À peine eut-elle ouvert les yeux qu'elle cligna des paupières pour se protéger du soleil trop brillant qui se déversait dans la pièce et fit courir sa main sur la literie, à la place à côté d'elle.

Juste pour découvrir que Brandon était parti.

Se couvrant alors les yeux de ses paumes, Fiona poussa un gémissement sonore. Qu'avait-elle fait ? Pourquoi s'être autorisée à faire l'amour avec l'homme qui allait précisément épouser une autre femme et peut-être la chasser de son château ? Était-elle vraiment aussi faible que cela ?

Oui.

Elle se força à se lever et à dire bonjour à son fils, qui

avait à l'évidence hâte de se nourrir. Comme elle le prenait contre elle pour lui donner le sein, elle regarda par la fenêtre et constata soudain combien le soleil était haut dans le ciel.

— Désolée, mon enfant, susurra-t-elle à l'oreille de William. Il est tard. Rien d'étonnant à ce que tu sois affamé.

En lui essuyant les larmes qui perlaient au coin de ses yeux, elle le vit presque sourire.

Elle avait trop dormi. Avec Brandon, ils s'étaient éveillés à l'aube, ainsi qu'ils le faisaient souvent autrefois, pour explorer leurs corps et se rassasier l'un de l'autre. Tant de choses avaient changé entre eux. Et, d'une autre manière, si peu… Leur passion endormie s'était si vite réveillée et ravivée…

Fiona se rappelait encore le contact de leurs corps au cours de la nuit précédente et elle essaya de se le reprocher, mais sans succès. Quand elle avait vu Brandon devant elle, dans la chambre, et avait croisé le regard affamé qu'il posait sur elle, elle avait cédé au désir que, de son côté, elle ressentait toujours également pour lui. Elle était la seule à blâmer. Enfin… non… lui aussi l'était. S'il n'était pas entré dans sa chambre par le passage secret, si beau et à moitié nu…

Du bruit et un débordement d'activité à l'extérieur du château attirèrent l'attention de Fiona. Marchant vers la fenêtre, elle observa ce qui se passait.

Pour quelle raison menait-on plusieurs chevaux à l'écurie pour être bouchonnés ? Les anciens étaient-ils revenus pour avoir de plus amples échanges avec Brandon ? Un peu plus loin, on sortait quelques marchandises de leurs paniers pour que Beatrice les trie et détermine où on devait les emmener tandis que, de son côté, Daniel menait un groupe de soldats à l'entraînement. Plus loin, un messager quittait en hâte le château, laissant derrière lui la poussière soulevée par les sabots de son étalon qui s'éloigna à toute vitesse vers le flanc de la colline.

Quelque chose s'était produit pendant qu'elle dormait, elle l'aurait juré sur sa vie. Mais quoi ? Fiona fronça les sourcils.

Brandon et Hugh étaient tous deux absents du spectacle qui se déroulait sous ses yeux. Peut-être étaient-ils partis de bonne heure pour repérer davantage de zones frontalières ?

Avant de pouvoir y songer davantage, elle les vit soudain qui gravissaient la colline, côte à côte en direction du château. Nul besoin pour elle de distinguer leurs visages pour savoir qu'ils étaient en colère. La rigidité de leur démarche et la raideur de leur maintien parlaient pour eux. Ce fut pour Fiona comme un avertissement qui s'infiltra dans son esprit.

Tandis que Brandon approchait, Beatrice l'intercepta. Ce que lui dit sa sœur ne fit que le rendre encore plus sévère. Il posa une main sur le manche des armes qu'il portait à la ceinture, accéléra le pas et monta en courant l'escalier menant à la grande porte du château.

Fiona se mordilla la lèvre. Il était temps pour elle de prendre les choses en main et de découvrir ce qui se passait. Elle ouvrit la porte de sa chambre en silence et regarda à l'extérieur. Puisque aucun garde ne se trouvait présent pour l'empêcher de sortir, elle garda William, maintenant bien nourri, contre elle et, avec le moins de bruit possible, descendit furtivement le couloir et l'escalier.

Arrivée dans le grand hall, elle se réfugia dans l'une des alcôves. Ici, il n'y aurait personne pour la remarquer, se dit-elle pendant qu'elle murmurait des mots apaisants à William, car ils étaient tous deux protégés par l'ombre complice. De sa place, elle vit bientôt Brandon pénétrer dans l'étude. Avantage supplémentaire pour elle, la porte demeura entrouverte après qu'il fut entré. Enfin, comme tous les hommes rassemblés à l'intérieur, semblant aussi contrariés les uns que les autres, parlaient fort, leurs voix portaient loin dans le couloir et elles parvinrent sans peine à ses oreilles toutes disposées à entendre.

— Merci de nous honorer de votre présence, my laird, déclara l'un des aînés sur un ton glacial et mordant.

— Anson, répondit Brandon avec fermeté, on ne vous

a pas fait attendre de manière intentionnelle. Ma journée a été jalonnée de difficultés. Ce matin on a trouvé un autre soldat tué, et j'ai voulu parler directement à la famille pour lui présenter immédiatement mes condoléances. Le fils de l'homme qui a été tué est l'un de mes garçons d'écurie.

— C'est précisément pour cette raison que nous nous trouvons ici aujourd'hui, repartit Douglass. Nous sommes au courant. On nous a avertis de ce meurtre. Chaque jour qui passe rend les MacDonald plus téméraires. Vous n'avez plus le temps de reconsidérer votre position. Une décision sera prise dès aujourd'hui pour le bien de notre clan.

— La décision a déjà été prise. Ce matin, j'ai fait envoyer une lettre par messager au laird du clan Cameron. Elle contient ma demande en mariage à sa fille aînée ainsi que l'ouverture d'une discussion sur les termes à adopter de part et d'autre qui confirmeront cette union.

Quoi ?

Le sang de Fiona passa du feu à la glace. Une colère sourde ainsi que la peur de ce que la décision de Brandon signifiait pour elle comme pour William montaient en elle, doublées de la douleur froide et familière de l'abandon. Comment Brandon pouvait-il lui faire cela ? Qu'en était-il de tous les jolis mots qu'il avait eus pour elle et qu'il avait employés pour lui proposer de tout recommencer, de tisser entre eux la confiance… et d'aimer William plus que tout le reste ?

Mensonges. Tous ces mots n'avaient été que des mensonges. Et elle était tombée dans le piège que contenait chacun d'eux. Exactement comme avant. Avec elle, Brandon s'était en fait contenté d'assouvir ses désirs. Et leur nuit d'amour, qui avait signifié pour elle tant de choses, n'avait rien représenté pour lui.

Elle avait eu une réaction stupide. Une fois encore.

Une envie terrible de pleurer envahit Fiona. Mais elle se reprit. Elle n'avait plus le temps pour ce genre de choses, et il lui fallait toute son énergie pour écouter la suite de la conversation. Plus elle en apprendrait sur le plan de Brandon, plus cela l'aiderait dans sa fuite, qui semblait décidément être sa dernière chance.

Le choc qu'elle venait de subir en découvrant la situation dans laquelle elle se trouvait maintenant lui avait coupé les jambes. Avant que celles-ci puissent se dérober, Fiona s'assit sur une chaise près de l'alcôve. Refoulant ses larmes et prenant une profonde inspiration, elle reporta toute son attention sur la discussion.

Ce fut Anson qui repartit avec sécheresse :

— Je suis content d'entendre que vous vous êtes finalement rendu à la raison. Il était temps. Maintenant, vous devez décider de ce que nous allons faire avec les MacDonald. Votre fils restera au château, bien sûr, mais, elle, nous ne pouvons l'autoriser à rester. Cela ne ferait qu'inciter son père et les hommes de son clan à manifester encore plus de violence à notre égard.

— Vous êtes prié de ne plus me dire ce que j'ai à faire, le contra Brandon avec des mots aussi tranchants et cassants que le ton de sa voix. C'est *moi* qui déciderai de ce qu'il adviendra de Fiona et de mon fils. Ni vous-même ni l'un d'entre vous. En aucun cas.

— Vous semblez oublier que l'on peut encore vous remplacer, lui rétorqua l'un des aînés.

— Par qui ? Mon frère n'est plus en état de diriger un clan, et il n'existe pas d'autre Campbell de sang noble. Vous n'avez rien avec quoi me menacer.

Une longue pause s'ensuivit. Avant qu'une voix s'élève :

— Nous pouvons aller chercher votre petit cousin.

— Sean ? ricana Brandon. C'est de son plein gré qu'il a quitté ce clan. Après ce que vous avez fait à sa mère, il est évident qu'il ne reviendra pas. Il s'agit d'une menace en l'air, Douglass, et vous le savez.

Fiona fronça les sourcils. Était-ce vraiment une menace en l'air ? Les hommes prêts à marcher sur le corps des cadavres d'autres hommes pour prendre le pouvoir à la moindre occasion ne manquaient pas. Et peu importait le passé. Oui, Fiona savait tout cela... et Brandon aussi en était conscient malgré son phrasé hautain. Ainsi, Sean pouvait bien être parti à cause de la manière dont les aînés avaient humilié et isolé sa mère, mais l'idée de prendre sa revanche pouvait être très tentante pour lui... autant que pour sa mère.

— Ce n'est pas une menace en l'air, déclara Douglass sans attendre. La promesse du pouvoir peut soulager un homme de quelques mauvais souvenirs.

Il poursuivit en haussant les épaules :

— De plus, Sean peut aussi en avoir assez de vivre au sein du peuple de son épouse. Quant à sa mère, c'est d'elle-même qu'elle a pris les décisions qui l'ont ensuite menée au traitement qu'elle a subi jadis. Elle ne peut donc jeter le blâme que sur elle-même.

— Les choses ne fonctionnent pas comme cela, rétorqua Brandon en durcissant le ton. Un garçon n'oublie pas si facilement les péchés commis contre sa mère ni ceux qui les ont commis, vous pouvez me croire.

Le silence tomba entre eux. Puis s'étira. Fiona suspendit sa respiration.

— Nos visites se poursuivront jusqu'à ce que les changements annoncés aient pris effet, my laird, décréta finalement Anson. En outre, la prochaine fois, nous ne prévoyons pas de devoir attendre.

— Et moi, rétorqua Brandon du tac au tac, la prochaine fois, je ne prévois pas de devoir recevoir un seul ordre.

Ses mots froids et mordants ne laissaient aucune place à une mauvaise interprétation.

Dès qu'elle entendit les aînés se lever, Fiona se dissimula en hâte derrière une grande tapisserie et ne bougea plus du tout. Ceux-ci traversèrent le grand hall et claquèrent la haute porte du château derrière eux dès qu'ils l'eurent franchie. Dérangé dans son sommeil, William battit une ou deux fois des paupières... avant de se rendormir immédiatement.

Brandon parlait maintenant à Hugh dans l'étude, mais trop bas pour que Fiona pût saisir ce qu'il disait. L'espace d'un instant, elle eut à moitié envie de se faufiler le long du mur pour mieux entendre, mais elle n'était pas entièrement sûre de vouloir en apprendre plus. L'homme dont elle avait cru qu'il l'aimait de nouveau, qu'il rêvait maintenant d'une existence commune avec elle et leur fils et avait commencé à l'édifier, s'était tourné vers une autre.

Se redressant, Fiona leva le menton et prit le chemin de sa chambre. Elle en avait assez de patienter. Au lieu de rester à pleurer en attendant le moment où Brandon voudrait bien la trahir, elle allait s'efforcer de déjouer ses intentions. Et elle avait un peu d'avance puisqu'il ignorait qu'elle connaissait son plan et qu'elle avait appris qu'il allait les abandonner. À partir de maintenant, c'était donc décidé, elle utiliserait tout son temps à préparer sa propre évasion. Les bijoux qu'elle avait découverts lui donnaient les moyens de commencer une nouvelle existence ailleurs. Pour y parvenir, elle devrait juste trouver le moment qui conviendrait le mieux à sa disparition et décider de la meilleure route à emprunter.

Fiona fronça les sourcils. Un plan de rechange trottait aussi déjà dans sa tête. Au cas où rien de ce qu'elle avait imaginé ne se déroulerait comme prévu.

Chapitre 19

Brandon se traîna jusqu'à la chambre de Fiona. Après cette journée atroce, il avait besoin de voir son fils. Pour être honnête, il avait aussi besoin de voir Fi. Mais l'idée de la laisser croire qu'il n'était pas un misérable sur le point de la trahir après avoir fait l'amour avec elle la nuit précédente lui tordait le cœur.

Convoquant une force qu'il ne réussit pas à trouver, il ne frappa pas, se contentant d'entrer directement dans la pièce.

Tournant aussitôt la tête vers la porte, Fiona interrompit la chanson douce qu'elle était en train de fredonner à William. Enveloppé dans de la fourrure, l'enfant dormait, blotti contre le sein de sa mère.

Brandon s'assit près d'elle sans un mot. Pendant quelques instants, il étudia le visage paisible de son fils et laissa son cœur adopter un rythme plus régulier et moins rapide. Fiona et William étaient en vie et en sécurité… pour le moment. Quant à lui, il savait que ce qu'il faisait en épousant une autre femme les aiderait à demeurer sains et saufs… même s'il se sentait pitoyable.

Brandon repoussa très vite cette pensée. Mais tout de même, il s'était montré si stupide de croire que Fiona et lui pourraient recouvrer leur amour d'autrefois et être de nouveau heureux ensemble ! Tout se passait décidément comme si les lairds n'étaient pas censés connaître le bonheur. En son temps, son propre père en avait été la preuve et, aujourd'hui, c'était son tour… La seule chose qu'il pouvait espérer, à présent, était que son fils ferait mieux qu'eux deux.

— J'ai appris que tu allais te marier…, dit soudain Fiona sur un ton calme, les yeux posés sur son enfant.

Enfer… Comment avait-elle déjà découvert cela ?

Elle prit avec douceur la main de William et y traça une sorte de chemin du bout de son doigt. Le bébé ouvrit son poing microscopique et lui saisit le petit doigt avant de libérer un soupir et de se rendormir.

La poitrine de Brandon se serra. Il ferma fort les yeux et hésita avant de répondre à Fiona, se demandant ce qu'elle savait exactement et comment elle l'avait appris.

— En effet.

— Et tu avais l'intention de ne rien me dire… Tu préférais que je l'apprenne par une tierce personne…

Elle avait chuchoté ces mots, mais la douleur que contenait le beau regard vert était criante. Brandon se sentit aussi insignifiant qu'un grain de sable.

— J'ai tout d'abord considéré cela comme de la gentillesse, même si je n'étais pas totalement persuadé que ce soit la bonne attitude à adopter. Et puis, ce matin, il m'est apparu que je devais agir ainsi, quoi que je puisse vouloir ou ressentir.

En s'entendant prononcer ces mots, Brandon les trouva creux et ridicules, même à ses propres oreilles. Il avait toujours été un piètre menteur, trait de caractère que, jusque-là, il avait d'ailleurs considéré comme une qualité.

Fiona eut un petit rire sans joie.

— De la *gentillesse* ? Non. C'est de la lâcheté. Décidément, il me semble que l'homme que j'ai maintenant devant moi est bien différent de celui qui a quitté mon lit ce matin.

— Peut-être as-tu raison…

Elle arqua les sourcils, stupéfaite.

— Tu es surprise que j'abonde en ton sens ? demanda Brandon, un instant amusé par sa réaction.

— Très surprise, en effet.

Un soupçon de légèreté venait de toucher la voix tendue de Fiona. Brandon décida de saisir l'occasion. Il *fallait* absolument essayer de lui faire comprendre son point de vue.

Tendant la main vers celle de la jeune femme, il la lui prit et la garda, fraîche et légère, dans la sienne, telle une ancre familière à son âme fatiguée.

— Mon projet est le seul moyen que je connaisse pour vous garder tous les deux en sécurité tout en arrachant ce clan et mon peuple à un nouveau chaos possible. Cela va leur faire plaisir de savoir que je ne t'épouserai pas. De plus, cela apportera une richesse certaine ainsi qu'un supplément de pouvoir au clan… qui en a désespérément besoin pour se défendre.

Contre ton père…, ajouta Brandon *in petto.*

Fiona retira sa main et secoua la tête.

— Tu es stupide si tu penses vraiment ce que tu viens de dire. Ton attitude ne servira qu'à renforcer les aînés dans leur certitude que c'est *toi*, leur laird, qui suis leurs ordres alors que ce sont *eux* qui devraient suivre les tiens !

Brandon fronça les sourcils.

— Tu déformes mes propos. Je ne suis pas leurs ordres, c'est réellement ce que je veux.

Fiona lui jeta un regard affligé et se leva, William dans les bras.

— Vraiment ? Aurais-tu donc tant changé en quelques heures que tu désirerais épouser une inconnue ? Non, je ne te crois pas.

— Ce n'est pas cela ! cria-t-il, saisi de colère.

Il se leva et la rejoignit avant de poursuivre :

— Je me marie pour l'avenir de mon clan et de mon fils. En tant que laird, il est de mon devoir de protéger mon peuple, et je ne peux pas le faire seul. Ce matin, on a découvert un nouveau soldat du clan tué sur les ordres de ton père, rien de moins. Préférerais-tu que, cédant à ses exigences, je te renvoie à lui ainsi que William ? Pour que tu reçoives là-bas la punition atroce, quelle qu'elle soit, qu'il t'a préparée ? Est-ce cela que tu veux ?

Fiona resta un moment les sourcils froncés, recevant ses mots dans toute leur horreur comme si, finalement, elle comprenait la gravité de la situation.

Brandon hocha la tête en silence.

— Non, cela va de soi… Dans ces conditions, quelle solution reste-t-il ? Je dois me marier pour protéger non seulement le clan, mais aussi toi et William. Ne comprends-tu donc pas ?

— Non ! cria-t-elle en réponse. Tu es tout simplement faible ! Tu te résignes à épouser une femme que tu ne connais pas pour plaire aux aînés de ton clan. Mais cette union réduira ton âme en cendres.

— Aucune épouse ne pourra me rendre ne serait-ce qu'à moitié aussi misérable que tu l'as fait…

Comme Fiona restait pétrifiée, bouche bée, et que ses yeux se baignaient de larmes incontrôlables, Brandon regretta ses paroles, même si elles étaient sorties de lui comme la vérité claire et sans fard que contenait son cœur et exprimaient à la perfection ce qu'il avait ressenti lorsqu'elle l'avait trahie l'année précédente.

Il songea à tendre la main vers elle pour l'effleurer, mais se retint.

— Parce que tu penses que je… *nous*… n'avons pas souffert à cause de toi ? rétorqua-t-elle sans attendre. Si ma tante n'avait pas préparé notre fuite de Glenhaven avec la complicité de quelques gardes en qui elle avait confiance, William et moi serions déjà morts ! Tout allait bien pour nous avant que tu ne nous captures et nous amènes en ce lieu. Nous nous trouvions en route vers une nouvelle vie quelque part loin d'ici et, soudain, tu me kidnappes, tu me gardes ici tout en te réclamant de William, et tu nous plonges tous deux dans un danger incommensurable en nous entourant de gens qui n'attendent rien d'autre que de nous voir morts. Nous ne sommes aujourd'hui plus que deux cibles qui vont forcément se faire piétiner dans la mêlée entre vous et mon père, et tu en es conscient. Si tu veux vraiment nous mettre en sécurité, libère-nous ! C'est la seule façon qu'il te reste pour y parvenir, bien qu'il soit déjà presque trop tard pour William comme pour moi. Je le sais maintenant et toi aussi.

Vraiment ?

Il était surtout sûr qu'une part de Fiona était en lui telle une graine et qu'elle y demeurerait toujours, prête à fleurir comme l'espoir… Si seulement elle disait les mots justes. Peut-être était-il temps pour lui d'écraser cette graine ? Pour son propre bien autant que pour celui de Fiona.

Mais son fils… Ne pouvant ni arracher le petit à sa mère ni la laisser l'emmener loin de lui, il se retrouvait enfermé dans sa misère. Peut-être qu'après avoir épousé la fille Cameron, il deviendrait capable d'y voir plus clair et de trouver une solution ?

— Je vais me marier, décréta-t-il. Alors autant que tu t'habitues à cette idée : William et toi resterez ici… même si je dois faire de vous mes prisonniers. Je ne perdrai *pas* mon fils.

Sur ces mots, Brandon pivota sur ses talons et se dirigea vers la porte.

— Cela a donc fini par arriver…

Il se retourna et la fixa.

— Quoi donc ?

— Tu es devenu un laird. Comme ton père.

Les mots le frappèrent durement, tel un coup de poing dans le ventre, et il s'arrêta un moment de respirer. Mais, s'ordonnant de ne rien ajouter, il sortit.

Salaud !

Elle avait été stupide.

Comment avait-elle pu croire un seul instant que Brandon bâtirait un avenir avec elle et leur fils ? N'avait-il pas déjà prouvé à maintes reprises que, lorsque les choses devenaient trop dures ou trop compliquées, il cherchait la solution la plus facile et se pliait aux desiderata des autres ? Après avoir répété cent fois qu'il ne deviendrait pas comme son père, c'était ni plus ni moins ce qu'il avait fait. Oui, Brandon la sacrifiait, ainsi que William, de la même façon que, pour le clan, son père avait sacrifié sa femme et le bonheur de leurs enfants.

Si tout cela n'avait pas été si tragique et si elle n'avait pas eu le cœur tellement brisé, nul doute que l'ironie de la situation aurait pu la faire rire.

Sauf qu'elle se retrouvait de nouveau abandonnée comme elle l'avait craint. La seule différence était que, cette fois, elle n'accepterait pas un destin pareil, même si on voulait le lui imposer à tout prix. Elle et William allaient faire sortir leur avenir des ruines du passé. Faire surgir une vie meilleure dont ils sauraient s'emparer. Or, pour arriver à ce résultat, elle n'avait pas besoin d'un homme. Tout ce qu'il lui fallait, c'était garder l'esprit clair, trouver la force en elle et faire appel à sa créativité pour organiser son évasion.

Tout en installant William dans son berceau, Fiona commença à jeter les premières bases de son plan. Puis elle se mit à arpenter la chambre et à songer à ce dont elle allait avoir besoin. Bien que ce ne fût pas l'option la plus prudente dans la mesure où l'on pourrait découvrir son secret, elle décida de coucher ses idées par écrit. Si elle ne le faisait pas, elle ne trouverait pas le repos.

La petite table de chevet regorgeait de papier parchemin et d'encre. Après avoir préparé de quoi écrire, Fiona commença à dresser l'inventaire des premières fournitures nécessaires à la réussite de son évasion, puis celles indispensables à son voyage jusqu'au clan des MacNab. Quant à son plan, il était simple : reprendre la route vers la maison de la cousine à qui elle avait déjà écrit pour lui demander asile. De cette façon, celle-ci continuerait à les attendre, elle et William, et, au fur et à mesure, l'aiderait à déterminer ce qu'elle devrait faire pour mettre toutes les chances de son côté pendant son périple.

Lorsqu'elle eut terminé sa liste, Fiona la plia et la glissa dans un pli de son corsage, le seul endroit sûr qu'il lui restait. Car, à partir de maintenant, bien entendu, Brandon allait la surveiller. Ne s'attendait-il pas à ce qu'elle s'échappe ? Elle secoua lentement la tête. En fait, ce n'était pas certain. Brandon était si sûr d'avoir le pouvoir de la garder sous contrôle et de maîtriser leur avenir commun que son arrogance pourrait peut-être la servir. Dans le même ordre d'idées, elle pourrait d'ailleurs aussi exploiter ce qui se profilait à l'horizon. En effet, un événement pourrait distraire Brandon de tout le reste : l'annonce officielle de son mariage.

Fiona sourit. Tout cela était parfait.

Quel meilleur moment, en effet, pour se faufiler à l'extérieur du château que celui où tout le monde se trouverait accaparé par l'arrivée de la future mariée et soucieux d'impressionner les membres du clan Cameron, déjà sous l'effet de l'alcool.

Se sentant à moitié délivrée, Fiona sautilla de bonheur en claquant un gros baiser sur la joue de son fils. C'était vraiment parfait, oui ; les Cameron n'étaient pas stupides et, pour eux, ce mariage représentait l'occasion rêvée d'absorber le clan Campbell à plus ou moins long terme. Dès qu'ils se seraient tous mis d'accord sur le texte, ce qui pouvait prendre plusieurs jours, la publication des bans suivrait de manière très rapide. Fiona compta sur ses doigts. Peut-être que deux semaines suffiraient ?

Cela lui donnerait en tout cas assez de temps pour étudier les allées et venues des gardes, connaître l'heure et la durée de leurs déplacements et en déduire le moment précis où elle pourrait se glisser dehors avec son bébé sans être vue.

Sans parler de l'aide involontaire de sa servante qui pourrait aussi lui servir le cas échéant. Bien que Fiona détestât l'idée de profiter de la gentillesse ainsi que de la clémence grandissante de Jenny, elle le ferait quand même s'il le fallait pour le salut de William.

Elle était une femme des Highlands, après tout. Et elle savait qu'il fallait saisir toutes les opportunités. Qu'elle ne pouvait attendre de personne qu'on lui donne quelque chose. Du moins pas de manière volontaire…

Chapitre 20

La célébration de l'annonce de son engagement officiel avec Susanna Cameron se ferait dès le lendemain. Et cela tourmentait Brandon jusqu'à la moelle des os. Il s'accouda à l'une des fenêtres de sa chambre, le regard plongé dans le noir mystérieux de la nuit. Mais cette fois, contrairement à d'habitude, le calme des montagnes de Glencoe n'apporta pas de réponse à ses questions.

La terreur l'habitait. Ce qui, deux semaines plus tôt, ressemblait encore à un arrangement bien défini pour protéger Fiona et leur fils brillait aujourd'hui d'un éclat faux. Chaque jour, son cœur se serrait davantage. Certes, il savait qu'il devait épouser la fille du clan Cameron, et il en avait lui-même décidé ainsi, mais c'était pourtant la dernière chose qu'il avait envie de faire. Or, dès le lendemain, il lierait son destin à celui de cette femme qu'il ne connaissait même pas. Brandon tourna la tête et fixa le panneau qui séparait sa chambre de celle de Fiona. Ils se conduisaient ensemble de manière fort civile, et il était passé tous les soirs voir William. Pour autant, une réelle froideur s'était immiscée dans leur relation et, bien qu'il fût heureux de cette sérénité, il regrettait leur amitié, ainsi que l'intérêt qu'ils s'étaient de nouveau manifesté, avant leur dispute, à propos de la décision qu'il avait prise d'en épouser une autre.

Le contact physique de Fiona lui manquait aussi… Et il détestait qu'il en fût ainsi.

Brandon demeura pendant quelques minutes les doigts posés sur le panneau de communication entre les deux chambres, avec l'envie de s'arrêter de l'ouvrir. Sans succès. Il avait besoin de voir Fiona, à défaut d'en avoir le droit. Enfin, le panneau fut complètement ouvert.

Assise sur le bord de son lit, Fiona fredonnait tout en se brossant les cheveux, et Brandon sentit son corps réagir tout de suite à cette vue. Décidément, le désir mettait à mal la logique de ses raisonnements. Jamais ils ne seraient de nouveau ensemble, jamais Fiona ne serait sa femme. Pour autant, son corps, qui ne pouvait effacer le souvenir de celui de Fiona, le trahissait.

— William dort, murmura-t-elle sans même se retourner.

Il ne dit rien, mais la fixa de dos, toujours autant attiré.

Probablement intriguée par son silence, elle posa sa brosse et se retourna :

— Que se passe-t-il ? On dirait que tu viens d'ingurgiter l'une des boissons de Miss Emma.

Il rit.

— Non, rien d'aussi sinistre. Je voulais juste vous voir, toi et William. Tout va changer, demain, au moment de l'annonce.

Il se frotta la joue avant de croiser les bras. En lui, la culpabilité et la confusion étaient en train de gagner du terrain.

— Je voulais aussi m'assurer que vous vous débrouilliez bien, tous les deux, et que tu ne t'inquiétais pas à propos de ton avenir en ce château. Jamais tu n'en seras bannie. Avec William, vous y serez toujours chez vous. Je tiens à ce que tu n'en doutes pas.

— Même si les aînés ordonnent le contraire ? s'enquit avec insolence Fiona, toujours assise au bord de son lit.

Sans attendre la réponse, elle ramena sa chevelure sur le côté gauche et commença sa tresse. Comme elle tâtonnait, à la recherche des petites mèches éparses, Brandon avança sa main.

— Laisse-moi t'aider, proposa-t-il sans pouvoir s'en empêcher.

Fiona s'immobilisa, et l'indécision, qui se refléta au fond de son regard vert, parut en fin de compte bien justifiée à Brandon. Lui-même savait-il exactement ce qu'il faisait ? Non. Tout ce qu'il désirait – et de cela, il était sûr – était de pouvoir la toucher une dernière fois avant de se retrouver promis à une autre. Toucher ses longs cheveux roux. Mais il faudrait que cela s'arrête là.

Il s'avança un peu derrière elle, plus près du lit. Fiona dégageait une senteur de lavande et de menthe mêlées qu'il respira profondément en glissant les doigts dans les cheveux de soie flamboyants. En lui, la part logique et raisonnable savait qu'il rôdait le long de la frontière dangereuse qui les séparait du passé, et qu'il était à un doigt d'y sombrer, tête baissée. Mais sa part plus instinctive avait besoin de l'odeur, du contact et de la voix de Fiona, ainsi que de revivre les souvenirs qui les avaient autrefois unis, corps et âme, ou de raviver les rêves toujours nichés entre eux.

Et c'était parce qu'il s'agissait ce jour-là de la dernière fois qu'il ne pouvait s'empêcher de se conduire comme un idiot.

Après avoir fait glisser ses doigts sur toute la longueur des cheveux de flamme, Brandon les laissa errer autour des petites oreilles parfaitement dessinées. Et quand il la sentit retenir sa respiration parce qu'il lui caressait le lobe du bout de son pouce, il comprit qu'il n'était pas le seul à regretter leur intimité physique aujourd'hui interdite.

Sans un mot, il partagea la chevelure de Fiona en trois parties d'égale épaisseur qu'il entrecroisa ensuite, formant ainsi le début d'une natte qu'il poursuivit sans un mot.

— Depuis quand sais-tu faire les tresses ? s'enquit-elle d'une voix étrangement haute.

Il rit, savourant ce petit moment de laisser-aller.

— Tu oublies que j'ai une sœur plus âgée et une nièce plutôt exigeante dont m'occuper. J'ai appris vite sous la houlette de la petite Rosa. Et puis, ses éloges sur mon habileté m'ont galvanisé.

Sans qu'il eût besoin de le lui demander, Fiona attrapa, près de sa brosse, un ruban jaune comme le soleil qu'elle agita devant lui pour qu'il attache la natte.

Alors qu'il le lui prenait des doigts, elle reprit sans hausser le ton :

— Après l'attaque, pourquoi as-tu été si sûr que j'avais trahi *exprès* ? J'ai toujours voulu savoir comment tu avais pu te persuader si facilement d'une chose pareille. Tu aurais en effet pu penser qu'il s'agissait d'un accident dû à la négligence et rien d'autre.

Brandon hésita et s'éclaircit la gorge en nouant sa natte avec le ruban jaune. Réussissant ensuite à rassembler ce qu'il lui restait de courage, il répondit :

— Il était facile pour moi de croire que tu m'avais trahi, car j'ai toujours trouvé que je ne méritais pas que tu m'aimes. Au point que, par moments, ton amour a pu m'effrayer.

Elle se tourna pour lui faire face et lui posa la main sur la cuisse. Ce contact fit naître une sorte d'orage sous la peau de Brandon.

— Toi, effrayé ? se moqua-t-elle, les sourcils froncés. Et pour quelle bonne raison ?

Il soutint le regard vert. Celui-ci brillait. Fiona était en quête évidente de vérité. Aussi osa-t-il la lui livrer :

— Parce que j'avais peur de ce que cet amour supposait. Personne ne m'avait encore aimé de tout son être à part ma mère. Et quand je l'ai perdue, j'ai eu peur d'aimer quelqu'un d'autre autant qu'elle. Il m'était donc plus simple et plus sûr de croire que tu ne m'avais en fait jamais aimé, que tu m'avais juste utilisé pour asseoir le pouvoir des MacDonald sur les Highlands.

— Je comprends en partie ton raisonnement, répondit

Fiona. En ce qui me concerne, je me suis toujours reproché le départ définitif de ma mère. Si j'avais été une fille meilleure, me disais-je, elle serait restée. Voilà comment, de fil en aiguille, j'ai fini par me persuader que tu m'avais, toi aussi, abandonnée. Que je n'étais pas assez bien pour toi.

Brandon posa la main sur la sienne et se pencha en avant.

— Je promets que je ne t'ai pas abandonnée à l'époque et que je ne le ferai pas davantage dans l'avenir. William et toi serez toujours protégés ici. Toujours.

— En dépit de ce que Lady Susanna pourra vouloir ?

— Oui. Et si tu as des inquiétudes, tu viendras me voir. D'accord ?

— Oui. Mais je pourrais avoir à trouver des moyens subtils de la tourmenter, remarqua-t-elle avec un petit sourire.

— Non. Il faut que tu aies pitié d'elle, Fi. Après tout, en m'épousant, elle ne fera rien d'autre que suivre les ordres de son père. De la même façon que, de mon côté, je remplis le devoir que requiert ma fonction de laird. Et au bout du compte, personne de nous ne sera heureux.

Il embrassa Fiona sur les joues et se leva, désireux de s'éloigner d'elle pendant qu'il en avait encore le pouvoir.

Fiona trembla quand le panneau entre les deux pièces se fut refermé. Le corps vibrant encore du contact délicat de Brandon, elle se laissa aller en arrière sur les couvertures et s'efforça de prendre de longues inspirations régulières pour ralentir les battements de son cœur.

Elle avait son plan et pouvait le mettre à exécution. Le lendemain soir, quand l'annonce des fiançailles s'élèverait au milieu de la foule, ce serait le moment rêvé pour fuir. Tout le monde serait alors accaparé par les caprices de Lady Susanna et de sa famille, et personne ne se soucierait du reste.

Durant la brève visite inattendue que Brandon venait de lui rendre, ils avaient comblé la brèche qui s'était formée entre eux quelque temps plus tôt. Aussi partirait-elle la conscience tranquille. Ils s'étaient dit tout ce qu'il y avait à dire, et elle n'avait aucune raison de s'attarder. Peu importait aussi que le contact de Brandon lui ait donné la fièvre car, si son corps ignorait ce qui était bon pour elle et pour William, son esprit, en revanche, le savait. Le lendemain, elle partirait avec le petit.

En attendant, elle devrait jouer le rôle de la femme vaincue et faible qui acceptait sa nouvelle situation. Ce serait dur, mais elle le ferait. Car après cela, tout allait changer pour elle : une nouvelle aventure commencerait au cours de laquelle elle suivrait sa quête d'une vie meilleure pour elle et pour son fils.

Brandon, de son côté, tout à la nouvelle famille avec qui il devait maintenant se mesurer, les oublierait vite. Oui, elle allait rapidement se transformer en lointain souvenir, ainsi que William.

Avant de partir, il lui resterait juste à s'introduire discrètement dans la chambre de Brandon pour prendre la carte des Highlands qu'il rangeait, elle le savait, dans son sac à dos. Elle lui emprunterait aussi un tartan supplémentaire dans lequel s'enrouler pour rester bien au chaud, avec son enfant, pendant leur long voyage. Quant à la nourriture, elle avait déjà substitué des morceaux de bœuf séché et du pain de gruau dans les cuisines, prouesse qui lui avait été facile à réaliser quand elle avait réussi à distraire la cuisinière pendant qu'elle lui détaillait le menu qui célébrerait l'annonce de l'union du laird et de sa future épouse.

Quant aux bijoux, elle les remettrait dans leur pochon et coudrait celui-ci sous sa robe à hauteur de la ceinture. De cette façon, elle avait toutes les chances pour qu'on ne les découvre pas si elle était prise en embuscade durant son voyage.

Elle emporterait aussi la dague d'Emilia, celle que Brandon lui avait offerte pour se protéger, ainsi qu'une seconde qu'elle lui subtiliserait dans sa chambre, en même temps que la carte ou le sac à dos.

D'ici, tout semblait si facile que Fiona en avait le cœur presque retourné. Tout ce dont elle aurait besoin serait la clarté de la pleine lune pour guider ses pas et un minimum de chance pour son échappée belle. Si ces deux conditions étaient réunies, et peut-être aussi un minuscule plus, elle pourrait alors s'aventurer vers un nouvel avenir, loin de ce lieu où elle était retenue prisonnière avec son enfant. Un endroit dont elle n'aurait jamais rêvé de partir un an plus tôt mais où, aujourd'hui, elle ne pouvait demeurer plus longtemps.

Brandon était assis dans l'un des vastes fauteuils de l'étude, l'esprit mis à mal par le feu qui le consumait. Cela faisait une heure qu'il avait renoncé à dormir, et il s'était rendu dans cette pièce propice au travail dans le but de s'occuper l'esprit. Une fois installé, il avait essayé de trouver un plan concernant la nouvelle section de terres agricoles près de la frontière, mais avait rapidement renoncé à cela aussi. La concentration lui faisait sans arrêt défaut. Il allait annoncer son union officielle avec Susanna Cameron le lendemain et se sentait dans un état peu enviable.

Un léger coup retentit soudain contre la porte. Le regard de Brandon vola aussitôt vers la haute pendule de son grand-père. Son cœur eut un raté. Minuit était déjà passé. Était-ce Fiona qui le cherchait ?

— Entre, lança-t-il.

Quand son frère passa la tête dans l'embrasure, sa déception fut immense.

— À ton air, remarqua aussitôt Rowan, un peu moqueur, je parierais que je ne suis pas la personne que tu attendais…

Il pénétra quand même dans la pièce dont il referma la porte derrière lui.

— Mais si, répondit Brandon, je suis content de te voir. Comment vas-tu ?

Et, en effet, il était ravi de voir son frère debout et paraissant mieux qu'il ne l'avait été depuis des lustres.

— Eh bien… disons que le sommeil continue à me fuir de temps à autre. Mais je vois que je ne suis pas le seul à souffrir dans ce domaine. Qu'est-ce qui te tient éveillé, toi, mon frère ?

Tout en parlant, Rowan s'était assis sur la chaise en face de lui.

— L'avenir… Quoi d'autre ?

— Tu penses aux MacDonald ou à ton futur mariage ?

— Les deux ne font-ils pas qu'un ?

— Tu sais…, commença Rowan.

Il marqua un temps, puis reprit :

— … tu n'es pas obligé d'épouser la fille Cameron. Pas si tu as envie de te battre pour Fiona, si c'est toujours d'actualité pour toi et que tu l'aimes toujours…

Brandon fixa son frère en balançant la tête, les yeux écarquillés.

— Je sais, dit alors Rowan en levant légèrement la main. Je suis la dernière personne que tu t'attendais à entendre prononcer de tels mots. Mais écoute-moi bien un instant… S'il te plaît.

Le « s'il te plaît » l'emporta. Brandon capitula.

— Je t'écoute, répondit-il.

— Ce… Mon chagrin m'a beaucoup donné à penser et m'a fait revenir sur nombre de mes erreurs, déclara Rowan. Il semble aussi m'avoir conduit vers une clarté à laquelle je n'avais précédemment pas accès. Malheureusement, je sais qu'il est également presque arrivé à me faire perdre l'esprit en de précédentes occasions. Il m'a fallu toute ma rage pour en sortir.

Rowan s'éclaircit de nouveau la gorge avant de continuer :

— Il s'agit de *ta* vie, Brandon, et *tu* es le laird. C'est à toi que le choix de la personne que tu vas épouser revient. À toi seul.

— Tu sais bien que ce n'est pas si simple. Si je ne fais pas quelque chose pour nous donner plus de pouvoir et de stabilité, les MacDonald nous engloutiront. Et je ne puis les laisser faire cela.

— Ce n'est pas quelque chose que tu *sais*, Brandon, mais que tu *crains*. Cela n'a rien à voir.

— Le clan hait Fiona. En l'épousant, je soulèverais une véritable insurrection. Et, après tout ce par quoi nous sommes récemment passés, une émeute de cet ordre ne servirait qu'à nous affaiblir davantage.

— Mais, frère… si tel était *ton* choix, nous y survivrions. En revanche, je ne suis pas sûr que tu survivras et seras heureux sans elle.

Rowan risqua un sourire avant de poursuivre :

— Je vous ai vus ensemble. Il y avait de l'amour entre vous. Le passé est le passé, et tu ne peux le défaire. Mais tu ne dois pas non plus en devenir l'esclave.

Brandon n'arrivait pas à croire ce qu'il entendait.

— Suis-je devenu fou ou es-tu vraiment en train de m'encourager à épouser Fiona ? Après tout ce que tu as personnellement perdu à cause de sa famille ? Après tout ce que le clan a perdu !

— Oui. Car je crois que ce mariage te rendrait heureux. Or, si je suis personnellement parvenu à comprendre cela et à pardonner à Fiona, toi aussi, tu le peux…

Rowan quitta sa chaise.

— Je te laisse y réfléchir.

Arrivé à la porte, il se retourna et regarda Brandon une dernière fois.

— Si tu l'aimes, ne renonce pas à elle. Tu ne peux savoir à l'avance le jour où elle risquerait de disparaître.

Les mots de Rowan atterrirent dans le cœur de Brandon comme sur une enclume. Sa douleur éclatait dans chaque syllabe. S'il y avait un homme qui connaissait le sens profond des mots *perte* et *regret*, c'était bien Rowan.

Lorsque la porte se ferma, Brandon laissa aller sa tête en arrière contre le dossier de sa chaise et lança un juron. Peu importait que son frère eût, ou non, raison. En ce qui le concernait, il avait déjà tracé son avenir : le lendemain, il annoncerait ses fiançailles avec la fille Cameron, et personne n'y pourrait rien changer.

Chapitre 21

Fiona se mordilla la lèvre inférieure pour au moins la centième fois en s'efforçant de se rappeler qu'elle n'avait pas de souci à se faire. Tout était prêt pour son évasion. Le sac à dos regorgeait de ses affaires et était caché au fond de la garde-robe d'Emilia, mélangé à des habits et à une paire de bottes toutes simples qu'elle avait préparés pour remplacer sa tenue actuelle sitôt qu'elle trouverait le bon moment pour quitter la soirée de célébration.

En attendant, elle allait devoir se présenter, dans la tenue adéquate qu'elle avait choisie, pour assister aux fiançailles de Susanna Cameron et de Brandon.

Elle déglutit avec difficulté. Elle savait que cette soirée serait l'une des plus longues de sa vie.

— Où en êtes-vous ? demanda Jenny de l'autre côté de la chambre tout en pliant les couvertures de William.

Comme Fiona, qui venait d'ajuster ses gants, se détournait du miroir pour faire face à sa servante, celle-ci sourit et dit en libérant un soupir :

— Vous êtes belle, miss…

En vérité, Fiona avait simplement remarqué qu'elle avait perdu un peu de ce côté effronté et tranchant qu'elle avait autrefois. Et puis, avec William qui dormait à quelques pas d'elle, il lui était difficile de ne pas s'effrayer des nombreux risques qu'elle s'apprêtait à prendre. Oui, elle s'inquiétait beaucoup de savoir si elle avait opté pour la meilleure ou la pire décision de son existence.

— Vous trouvez ? demanda-t-elle en retour à Jenny.

La situation était tellement fausse ! Et son rôle ne l'était pas moins. Avoir soigné sa tenue pour aller écouter l'annonce des fiançailles de Brandon avec une autre, et prétendre, de plus, être heureuse pour lui était d'une hypocrisie ridicule…

Jenny la fit pivoter une fois encore sur elle-même pour qu'elle se retrouve face au miroir oblong.

— Regardez vous-même si vous ne me croyez pas. *Belle*, je vous dis ! Le laird ferait aussi bien de repenser sa déclaration.

Comme la servante lui adressait un clin d'œil dans le miroir, Fiona avisa alors, de bonne grâce, son reflet.

Jenny avait raison. Elle était belle.

Et horrible.

Tout cela en même temps.

Passant la main sur la robe vert émeraude à l'endroit où celle-ci mettait sa taille en valeur, elle resta en admiration devant la femme qui renvoya à Jenny son clin d'œil. Le corset à baleines était de fabrication délicate, et Jenny l'avait lacé avec tout le soin possible. Et puis, la vue de cette robe somptueuse – celle d'Anna – boutonnée à la perfection lui faisait du bien.

Peut-être que je suis une traîtresse. Après tout, je me trouve dans votre robe, Anna, alors que c'est à cause de ce que j'ai fait que vous vous êtes fait tuer.

Fiona cligna des paupières pour chasser ses larmes naissantes. Non, elle était ridicule. Anna ne lui aurait pas jeté l'anathème pour ce qu'elle avait fait, même si les autres l'avaient maudite.

Mais que pourrait-il sortir de tant de honte ? Rien que la célébration de ce soir…

Secouant la tête à cause des larmes qui revenaient, Fiona s'essuya les yeux et poursuivit son examen. Ses tresses auburn se rejoignaient maintenant en un petit nœud, bas sur sa nuque. Quant aux mèches trop courtes qui lui entouraient le visage, elles tombaient de jolie façon, en vagues lâches lui atteignant à peine le haut des épaules. De jolies boules vertes ornaient ses oreilles, et un ruban orné d'une breloque lui soulignait la gorge.

Elle se trouva *somptueuse*... Jusqu'au moment où elle pivota un tout petit peu sur elle-même. Son sourire se figea alors à la vue des cicatrices roses et profondes qui resteraient à jamais des rappels du passé, de *son* passé. Des souvenirs impossibles à fuir.

Fiona déglutit péniblement et s'enveloppa dans un châle vaporeux pour les cacher. Mais jamais une robe comme celle-ci ne pourrait recouvrir ces souvenirs. Ils resteraient pour toujours les marques qui feraient d'elle une femme abîmée, indésirable et hideuse. Peut-être était-ce d'ailleurs pour cela que son père les lui avait infligées. Par ce moyen, il devait se sentir sûr qu'elle n'oublierait jamais le pouvoir qu'il avait sur elle.

— Je ne crois pas qu'il reviendra sur son choix, Jenny, mais je vous suis reconnaissante pour votre aide de ce soir. Ainsi que pour tout ce que vous avez fait pour moi et pour William.

Sur cette déclaration, elle sourit.

Jenny inclina alors la tête sur le côté.

— En ce qui me concerne, vous savez que je suis toujours heureuse de me trouver à votre service. Et ne vous inquiétez pas : Lady Susanna ne me volera pas à vous, si c'est ce que vous craignez. Du reste, j'ai entendu dire qu'elle disposait d'une belle collection de servantes et qu'elle les a toutes amenées ici avec elle.

— Oh ! eh bien, c'est un soulagement.

À peine avait-elle dit cela que Fiona s'efforça de sourire de nouveau pour cacher sa drôle de réponse. En fait, elle venait presque de se trahir en remerciant Jenny, mais la mauvaise interprétation de la servante lui fournit une excuse plausible.

— Désolée de me montrer un peu sentimentale, ce soir, Jenny, mais je crains que le fait de porter la robe d'Anna altère quelque peu mon tempérament naturel.

— C'est normal, miss. N'importe qui comprendrait votre réaction. Je trouve d'ailleurs personnellement admirable de votre part que vous gardiez la tête haute et assistiez à l'annonce qui va être faite. Dans votre position, cela doit être tout sauf facile.

Voir que le père de votre enfant a choisi une autre épouse que vous, compléta Fiona en son for intérieur.

— Ça ne l'est pas, en effet. Mais William et moi sommes forts. Je suis sûre qu'en fin de compte tout se passera bien pour nous.

Sur ces mots, Fiona saisit la main de Jenny et la serra dans la sienne.

— Je vais me montrer dehors pendant un certain temps, puis je rentrerai ici pour être avec William.

— Bien sûr, approuva Jenny en commençant à ranger la pièce. Dans ce cas, je ne saurais trop vous conseiller de vous hâter. Je crois qu'ils envisagent de faire l'annonce dans quelques minutes.

Fiona hocha la tête, lissa le bas de sa robe et inspira profondément.

— Je suis plus prête que je ne le serai jamais. Si, de votre côté, vous pouviez prévoir d'apporter du thé à l'écorce de saule dans ma chambre dans une heure, je vous en serais éternellement reconnaissante.

— Très bien. Je finis de m'occuper de William et je vais ensuite vous chercher un peu de thé. De cette façon, il sera prêt à votre retour, répondit la jeune servante. Bon courage.

— Merci, Jenny. Je vais en avoir besoin.

Fiona jeta un regard en arrière à son enfant et quitta la chambre.

Consciente que la nuit qui tombait serait la dernière

qu'elle passerait au château, elle ouvrit la porte et jeta un œil dans le couloir.

Brandon était là. Lui tournant le dos, il regardait en contrebas par-dessus la rambarde en direction du grand hall bourdonnant déjà du bruit de la célébration qui se préparait.

Comme elle fermait sa porte, il se retourna.

— Es-tu prête ? demanda-t-il, je…

La suite mourut sur ses lèvres tandis qu'il posait les yeux sur elle sans, visiblement, pouvoir les détacher.

Fiona eut l'impression que chacune des fibres du corps de Brandon s'était figée au moment précis où il avait posé le regard sur elle. Au point qu'elle se demanda si ce n'étaient pas les cicatrices de son dos qui lui avaient provoqué cet effet, si elles ne restaient pas trop hideuses et effrayantes même grandement dissimulées. Oui, sans doute que le contraste ainsi créé avec la beauté de la robe d'Anna était trop terrible pour un homme aussi décent que lui.

Ce fut alors qu'une grande douceur passa dans les yeux de Brandon, d'une façon révélant une appréciation et une affection profondes, ainsi que… quelque chose d'autre. Quelque chose que Fiona ne voulait pas reconnaître.

— Tu…

Il s'interrompit de nouveau. Il y avait un problème avec sa voix…

— Tu es plus belle que j'imaginais possible de l'être.

Le compliment lui fit se tordre les mains de gêne. Elle sentit ses joues devenir brûlantes. Brandon sourit et s'approcha d'elle.

— Après toutes ces années, dit-il, aurais-je finalement réussi à vous faire rougir comme il faut, Fiona MacDonald ?

— Oui, répondit-elle.

En quelques secondes, l'éloge de Brandon la réchauffa jusqu'à ses orteils qu'elle recroquevilla dans ses douces petites ballerines.

Et ce soir, tu vas t'engager avec une autre femme…

L'ironie de la situation ne lui échappait pas, mais elle la mit de côté. Elle avait pris sa décision. Brandon aussi.

Ce fut à cet instant que Hugh arriva, mettant fin à ce moment hors du temps.

— C'est Hugh qui veillera sur toi, ce soir, déclara Brandon. Pour ma part, je dois y aller. L'annonce…

Il hésita comme s'il voulait en dire plus, mais elle vit qu'il faiblissait. Se contentant alors de détourner les yeux, il s'éloigna sans rien ajouter.

— Venez.

Fiona tourna la tête. Hugh lui offrait le bras.

Un instant plus tard, ce dernier l'entraînait vers le couloir et l'escalier menant au balcon inférieur d'où l'annonce serait faite à la foule rassemblée plus bas dans le grand hall.

Ce fut seulement alors que les oreilles de Fiona captèrent les bruits de la fête qui montaient. En bas, la musique des harpes et des flûtes résonnait tandis que le bourdonnement des voix et des chants mêlés montait. Cela faisait deux jours que les réjouissances se préparaient.

Une petite voix, profondément enfouie, monta en elle :

Tout est pour le mieux. Tu dois le laisser partir… Laisser tout ceci se faire…

Elle carra les épaules, congédiant aussitôt ses désirs personnels. Pour protéger vraiment son fils, il n'existait pour elle qu'une possibilité : sourire, serrer les dents, tolérer l'annonce qu'elle allait entendre et participer à des conversations sans intérêt. Ensuite, elle regagnerait sa chambre, rassemblerait ses affaires, prendrait son enfant et partirait commencer une nouvelle existence loin de Brandon qui, de la même façon, en commencerait une loin d'elle.

Brandon baissa les yeux vers le grand hall, guettant l'arrivée de sa future épouse. Le moment aurait dû être joyeux. L'espace était saturé, débordant de membres du clan, de soldats et de femmes vêtues de leurs plus beaux atours. Dans un coin, un groupe d'hommes qui ne semblaient pas en être à leur premier verre riaient et plaisantaient avec les filles qui remplissaient les chopes.

Néanmoins, cet endroit était vraiment le dernier où Brandon aurait eu envie de se trouver. Il n'était pas d'humeur à festoyer et avait l'impression d'avoir le cœur coupé en deux.

Quelle naïveté de sa part d'avoir cru que Fiona et lui pourraient de nouveau mêler leurs vies sans récolter les conséquences de leurs actes… C'était du reste avec cette même naïveté qu'il avait commencé, depuis qu'il l'avait amenée ici avec William, à se soucier d'elle et à lui réitérer sa confiance. Très vite, le désir qu'il étouffait depuis des mois avait commencé à revenir en force, lui faisant mettre de côté ses devoirs de laird. Oui, il avait tout oublié, y compris qu'il n'avait pas le droit de choisir son avenir… qu'il ne l'avait plus. Il avait même fallu quelques soldats tués à la frontière pour le lui rappeler…

Brandon leva le menton et redressa le dos, comme s'il voulait ne rien perdre de sa haute stature en atteignant le centre du balcon où son frère annoncerait son arrivée. Il s'éclaircit la gorge, tentant de se concentrer. Il ne fallait pas se laisser distraire. Le résultat pourrait être désastreux. Afin de s'assurer une union heureuse et de garantir à Fiona, à William et à son clan en général une protection susceptible de durer, il devrait impressionner sa future épouse ainsi que les soldats de celle-ci.

Hugh se dirigea vers lui. Il regardait Fiona en train de bavarder avec Beatrice à l'autre extrémité du balcon.

— Comment vous sentez-vous, ce soir ? lui demanda le jeune soldat.

— Aussi bien que tu peux t'en douter…, répondit Brandon en comprenant que ses mots manquaient autant de relief qu'il en manquait lui-même en cet instant.

— Eh bien, je vous conseillerais d'utiliser votre meilleur

masque. Votre future femme et ses hommes sont arrivés au château et se trouveront sous peu à quelques pas de nous. Ils se sont montrés assez exigeants jusqu'ici, ce qui devrait rendre la soirée intéressante…

Hugh se frotta la nuque mais, avant que Brandon ait pu en apprendre plus, il entendit la voix retentissante de Rowan s'élever pour ordonner aux musiciens de cesser de jouer.

— Amis, commença-t-il en s'adressant à la salle, emplie d'invités venus festoyer, et de membres du clan. Comme vous le savez, nous nous trouvons réunis ici ce soir pour célébrer l'engagement de mon frère, votre laird, envers Lady Susanna Cameron. Merci d'être venus nombreux et de vous joindre à présent à moi pour souhaiter la bienvenue à nos hôtes et à la future lady du clan Campbell.

Rowan ponctua sa phrase d'un geste en direction de l'autre côté du grand hall. Une femme vêtue d'une cape noire émergea d'une alcôve, suivie de quatre membres du clan Cameron. Sous sa peau, Brandon sentit son sang bouillir.

— Diable, murmura-t-il en grommelant, pourquoi se trouve-t-elle là-bas ? N'était-il pas prévu que nous nous présentions ensemble ? Afin de montrer notre unité et notre équité !

— Justement, répondit Hugh, je m'apprêtais précisément à vous apprendre qu'elle avait pris ses propres dispositions concernant l'annonce officielle de vos fiançailles. Je l'ai su il y a quelques minutes seulement, et suis tout de suite parti à votre recherche pour vous en avertir, mais je n'ai pas réussi à vous trouver. C'est Susanna Cameron qui a exigé de faire une arrivée séparée, et de la façon qu'elle déciderait.

Brandon jura de nouveau entre ses mâchoires serrées.

— Frère, proclama alors Rowan d'une voix très forte pour être entendu de tous, puis-je te présenter Susanna Cameron, ta future épouse ?

Brandon acquiesça d'un signe de tête et s'inclina profondément devant celle-ci. C'était, pour un homme, l'une des marques de respect requises envers sa promise. Toute autre attitude eût été considérée comme un affront… quand bien même Susanna venait de l'offenser en ne respectant pas le souhait qu'il avait formulé qu'ils se présentent ensemble sur le balcon.

— My lady, cria-t-il en direction de celle qui était en train de devenir sa fiancée, et sur le ton le plus sincère qu'il put, soyez la bienvenue au château d'Argyll, votre futur foyer.

Son cœur cognait dans sa poitrine. Les muscles de son cou se tendaient. À présent, c'était lui qui allait devoir la rejoindre, coup supplémentaire porté à son orgueil.

Susanna hocha la tête et s'inclina pour une révérence, avant de faire glisser le capuchon de sa cape vers l'arrière. La vue de ses traits troublants et de son visage pâle laissa Brandon pétrifié tandis qu'un murmure traversait la foule. Mais quand les yeux gris rencontrèrent les siens, leur froideur s'enregistra immédiatement en lui.

Il descendit rapidement le dernier escalier pour venir saluer sa future épouse, sans cesser de balayer la salle du regard, pressé de voir de quelle façon les membres de son clan – essentiellement les aînés – réagissaient à cette situation.

Tout le monde semblait satisfait.

Tout le monde sauf lui.

Car, au fond de son esprit, Brandon savait que, si au dernier moment il avait osé annoncer ses fiançailles avec Fiona à la place de Susanna, Fiona serait morte ainsi que William, et peut-être lui aussi, dans les heures qui auraient suivi. Tout le monde, oui, aurait attaqué Fiona et William, à commencer par les anciens et leurs alliés. Quant à lui, ce seraient les Cameron qui l'auraient tué pour avoir commis un tel affront envers Susanna, la fille de leur laird, après avoir réclamé sa main. Ensuite, c'est contre le peuple du clan Campbell qu'ils se seraient tournés.

Malgré le raisonnement qu'avait tenu Rowan la veille au

soir, Brandon savait qu'il n'avait pas le choix d'épouser qui il voulait. Justement parce qu'il était le laird.

Arrivé sur la dernière marche, Brandon inspira, se préparant à se montrer charmant… même si son cœur était empli d'effroi.

— My lady, proposa-t-il, la main tendue, en soutenant le regard inflexible de Susanna Cameron.

Elle lui tendit la main au-dessus de laquelle il s'inclina avant de déposer un chaste baiser sur les doigts froids couverts de bagues.

Quand il la lâcha, il remarqua qu'une certaine surprise se dessinait sur le visage de la jeune femme.

— M'accorderiez-vous cette danse ? demanda-t-il.

— Peut-être, répliqua-t-elle en scrutant l'espace derrière lui mais, pour le moment, j'aimerais que vous m'emmeniez faire le tour de ma future demeure. J'aimerais ensuite rencontrer le reste de votre famille. Cela m'aidera à préparer ce qui va suivre.

Son ton contenait une note si résignée que, pendant un bref instant, Brandon faillit sourire. Il savait exactement ce qu'elle ressentait. Car tout ce dont il avait envie était de se trouver avec Fiona. Pour la protéger. Malgré cela, il était là, comme un guide à une soirée qui aurait été donnée en son honneur mais à laquelle il n'avait même pas envie de participer. Du tout.

Il jeta un regard à Hugh qui hocha la tête en lui rendant son regard. Il se sentit tranquillisé. Fiona serait en sécurité, Hugh saurait s'en assurer.

— Bien sûr, répondit-il avec un sourire mesuré.

Et il guida Susanna à travers la foule vers l'alcôve se trouvant du côté opposé à celui par lequel elle avait fait son entrée remarquée.

Le bruit des réjouissances s'estompa à mesure qu'il avançait avec Susanna vers la bibliothèque, avant de passer en arrière-plan puis de se transformer en bruit sourd.

Arrivée devant la porte, Susanna s'arrêta, lui lâcha le bras et pénétra dans la pièce. Après y avoir déambulé pendant un moment en observant les livres alentour, elle s'attarda près du mur du fond devant des recueils de poèmes sur la reliure desquels elle fit courir ses doigts sans hâte tout en relevant les titres des yeux.

Elle se mouvait comme un chat. De la porte d'entrée, Brandon suivait des yeux ses gestes lisses et félins, attendant que le jeu auquel elle voulait s'adonner commence.

— J'ai entendu dire beaucoup de choses sur vous, my laird.

— Oh ? Lesquelles peuvent-elles bien être ? répliqua-t-il en la rejoignant vers le fond de la pièce.

Elle s'arrêta net et lui fit face.

— Entre autres que vous avez usurpé la place de votre frère, que vous avez un enfant et que la femme qui l'a porté vit sous votre toit.

La surprise figea Brandon. Son pas se fit légèrement hésitant. Ils se jaugèrent en silence. Il fallait qu'il se décide vite : devait-il dédaigner Susanna ou se laisser intriguer par sa franchise ? Incapable de trancher, il continua à l'observer sans répondre ni réagir.

— Ne m'avez-vous pas entendue ? demanda-t-elle en s'approchant de lui.

— Si. J'ai une bonne oreille.

Il croisa les bras.

Susanna continuait à l'approcher, et chacun de ses pas rendait son regard plus glacial.

— Ces rumeurs sont-elles vraies ?

— Oui, toutes.

Tendant la main vers elle, il prit entre ses doigts une boucle de ses longs cheveux à la fois noirs comme l'ébène et doux comme un tulle très fin.

Susanna écarquilla les yeux et recula d'un pas d'un air stupéfait qui interrogea Brandon : était-ce à cause de quelque chose qu'il avait dit ou qu'il avait fait ? Il n'aurait su le dire.

Cherchait-elle à lui faire perdre patience ? Décidément, cette femme semblait indéchiffrable.

— J'en ai vu assez, déclara-t-elle enfin en le dépassant et en reprenant le chemin du grand hall.

Brandon lui emboîta le pas, suivant l'ondulation serpentine du tissu de sa robe sombre.

Comme ils atteignaient le bord de la piste de danse, Susanna se retourna et le regarda bien en face :

— Une danse ne sera pas nécessaire, my laird. Je sais tout ce que je dois savoir… pour le moment.

Sur ces mots, elle s'installa entre deux soldats de son clan, le regard perdu au loin, sans paraître voir quelqu'un en particulier.

Du moins à ce qu'il semblait.

Car à peine Brandon eut-il suivi le regard de Susanna qu'il sentit sa gorge se serrer : Fiona se trouvait en plein milieu de son champ de vision… Or la dernière chose dont la mère de William avait besoin en ce moment était d'un ou d'une ennemie. De plus, Brandon ne voulait pas que le premier sujet de tension avec sa future femme fût la mère de son enfant.

— Comme vous voulez, my lady. J'espère que les festivités vont vous être agréables. Je reviens vers vous sous peu.

Sur ces mots, il hocha la tête et prit congé, impatient de se retrouver n'importe où ailleurs qu'avec sa future femme.

Chapitre 22

Qui savait que l'on pouvait s'ennuyer à mourir et avoir en même temps l'impression de se trouver dans des orties ?

Fiona libéra un autre rire tendu tandis que certaines des femmes dont elle était tout à fait sûre qu'elles l'avaient maudite le jour même de son arrivée quelques semaines plus tôt discutaient maintenant avec elle des dernières récoltes à venir ou des herbes à faire sécher, lui donnant même des nouvelles de leurs enfants et petits-enfants, fort nombreux, à en croire le mal qu'elle éprouvait à suivre le récit des aventures de chacun d'eux.

Dès qu'elle en eut l'occasion, elle présenta ses excuses à ses interlocutrices et se glissa dans la foule comme un poisson qui remonte le courant pour quitter les noceurs qui célébraient l'union en instance de Brandon Campbell et de Susanna Cameron.

Son cœur se serra au rappel de l'objet des réjouissances de cette soirée… Ignorant les regards que Susanna lui avait jetés pendant la plus grande partie de la soirée, Fiona plaqua un sourire sur ses lèvres, repéra Brandon et se dirigea vers lui. La soirée semblait le chagriner autant qu'elle, ce qui était une mince consolation. L'un d'entre eux aurait dû être content, non ?

— Tu as le droit d'avoir envie de sourire, my laird, murmura-t-elle, un peu moqueuse, en arrivant à sa hauteur. Ce sont bien tes fiançailles que l'on célèbre, non ?

Il la regarda en riant.

— J'essaie. Mais, déjà, je trouve ma future femme très…

Il s'interrompit, hésita et dit enfin, tout en délivrant un soupir :

— … exigeante.

Fiona étouffa un rire.

— Un mariage est fait de compromis. Ne renonce pas trop facilement.

Secouant la tête, il termina, caustique :

— Dit la personne qui n'épouse pas quelqu'un d'inconnu.

— Non, répliqua-t-elle sur un ton posé, je ne vais pas faire cela.

La phrase de Brandon l'avait piquée comme une pointe d'aiguille.

— Excuse-moi…

Brandon se passa une main sur le visage.

— Je ne voulais pas…

Fiona lui posa la main sur l'avant-bras.

— Je sais, n'en parlons plus. Je voulais juste te souhaiter une agréable soirée. En ce qui me concerne, je vais aller voir si William n'a besoin de rien et me retirer. Quant à toi, profite de ta célébration.

Brandon commença à dire quelque chose. Peut-être voulut-il lui demander de rester. Mais il s'arrêta. Sans doute en réalisant la cruauté de sa requête.

— Merci pour ta présence ici ce soir, déclara-t-il à la place. Et embrasse-le pour moi.

— Je le ferai, répondit-elle en lui serrant le coude et en lui jetant un ultime regard.

Brandon, l'homme qu'elle avait aimé autrefois, celui qu'elle laissait partir aujourd'hui, l'homme qui appartenait maintenant à une autre…

Elle s'éloigna et se dirigea pour la dernière fois vers l'escalier menant à sa chambre.

Pour autant qu'elle rejetât Susanna Cameron qui menait

sa vie comme *elle* avait voulu le faire à une époque, Fiona ne pouvait nier l'image impressionnante qu'elle et Brandon donnaient d'eux-mêmes quand ils se trouvaient côte à côte. Se croiser à ces festivités lui avait rappelé la force qu'ensemble leurs deux clans pourraient mobiliser et la prospérité qu'ils seraient susceptibles d'apporter à bon nombre des habitants des Highlands. Cette union de leurs deux clans poserait aussi un défi formidable à son propre clan et à son père.

Demeurer ici avec Brandon, en revanche, ne ferait qu'entraver cet avenir. Le regarder créer un nouveau chemin sans elle, depuis les ombres, relèverait en effet du domaine de l'impossible. Cette position, Fiona le savait, la détruirait… et leur fils aussi. Décidément, il devenait de plus en plus clair que le fait qu'elle quitte Brandon et le clan Campbell était la meilleure solution pour tout le monde, bien qu'elle tînt toujours à cet homme.

Comme Fiona l'avait espéré, un seul garde surveillait le couloir menant à sa chambre. Trouver un moyen de le distraire pour se sauver serait facile. Un vrai soupir de soulagement franchit ses lèvres. Elle avait déjà passé la première épreuve.

En ouvrant la porte, elle découvrit Jenny en train de fredonner une chanson à William en l'attendant. La jeune servante lui avait apporté le thé à l'écorce de saule commandé et allait pouvoir l'aider à sortir de cette robe dont s'extirper seule aurait été à la fois compliqué et douloureux. Car, malgré sa grande beauté, ce vêtement requérait autant d'assistance pour l'enfiler que pour s'en débarrasser. De fait, Jenny devenait une pièce utile de son plan d'évasion, car aucune femme n'aurait pu prendre la fuite, encombrée d'une robe pareille. Fiona sourit. Elle avait passé la deuxième épreuve.

En la voyant entrer, Jenny se leva.

— Comment était-ce ? s'enquit-elle en se mordillant la lèvre parce qu'elle connaissait très bien la réponse.

Fiona eut un petit rire.

— Aussi maladroit et affreux que ce à quoi on pouvait

s'attendre. Aussi me suis-je contentée de sourire et de supporter le mieux possible des conversations insipides. Et puis, à un moment, je suis allée rejoindre Brandon pour lui souhaiter le bonsoir.

— Comment vous avez pu arriver à tenir, je me le demande…, remarqua Jenny à voix basse.

— Je suis partie quand j'en ai eu assez de feindre.

Sur cet aveu, Fiona fit glisser son châle de ses épaules, puis ôta les boucles vertes de ses oreilles et le collier de son cou. Elle déposa ensuite le tout avec soin sur la coiffeuse.

Jenny commença alors à défaire l'interminable colonne de boutons et de fermoirs qui jalonnaient le dos de la magnifique robe vert émeraude d'Anna. Et, quand le vêtement glissa comme une vague lisse vers le sol, Fiona libéra un vrai soupir de soulagement.

Un second suivit un peu plus tard quand la servante lui eut ôté le corset à baleines se trouvant sous la robe. Fiona se frotta alors doucement le buste et les côtes avec un bonheur non dissimulé.

— Bien que cette tenue ait atteint son but en me mettant en valeur vis-à-vis des autres, je suis très contente d'en être délivrée, murmura-t-elle en inspirant puis en expirant sans entrave pour la première fois depuis que Jenny lui avait lacé sa robe de longues heures auparavant.

— Désirez-vous passer une autre robe ou préférez-vous rester simplement avec votre chemise, miss ? demanda Jenny en ramassant la robe à terre avec beaucoup de précautions.

— Ma chemise fera très bien l'affaire. Pour commencer, je vais boire mon thé, puis je chanterai une berceuse à William pour le préparer au sommeil. C'est tout ce que je vous demande pour ce soir. Je ne doute pas un instant que vous ayez à cœur de vous installer un peu sur le balcon pour suivre les réjouissances, voire, si vous en avez envie, de descendre en douce pour *prélever* quelques gâteaux et quelques cakes. Je vous conseille même ceux aux baies. Ils sont particulièrement délicieux. La cuisinière les a elle-même concoctés dans l'après-midi.

Les yeux de Jenny se mirent à briller.

— Peut-être ferai-je ce que vous me conseillez après que j'aurai remis la robe de Lady Anna dans son ancienne chambre.

— Vous avez raison. Et… merci, Jenny.

— De rien, miss. Demain sera un nouveau jour. Et un meilleur.

Fiona hocha la tête tandis que sa servante ouvrait la porte, et répondit :

— Oui, je crois qu'il le sera.

Dès que Jenny eut disparu dans le couloir, elle se changea en hâte, se faufila dans la chambre de Brandon par le passage secret pour y prendre la carte dans le sac à dos, et glissa William à l'intérieur d'un tartan dont elle l'enveloppa très soigneusement pour qu'il soit en sécurité au cours du voyage. De cette façon, en effet, à moins de l'entendre pleurer au cours de leur périple, personne ne pourrait soupçonner qu'elle pût voyager avec un bébé.

Après avoir fait à nouveau glisser le panneau secret, elle entra dans la chambre de Brandon en respirant une dernière fois la senteur ambrée qu'elle connaissait si bien. Là, elle subtilisa un poignard dans le tiroir principal et le remplaça par un mot d'adieu sur lequel elle déposa les bijoux. Après y avoir bien réfléchi, en effet, l'idée de les voler lui était devenue insupportable. Pour subvenir à ses besoins et à ceux de William, elle trouverait un autre moyen.

Du pochon de bijoux, elle tint néanmoins à extraire une émeraude. Ce bijou, elle le donnerait à William – quand il aurait l'âge de comprendre – en souvenir des Campbell et de sa merveilleuse grand-mère qu'il n'avait jamais connue. En attendant ce jour, c'était décidé, elle ne s'en séparerait jamais. Avoir un souvenir de Brandon et de sa famille à donner à leur fils le temps venu était important pour elle.

D'une main tremblante, Fiona referma le tiroir, s'efforçant de se rappeler que partir était la meilleure décision et le meilleur plan d'action qu'elle aurait pu prendre. Pour tout le monde.

L'horloge indiquait presque 22 heures. Le moment était venu où la sentinelle se faisait remplacer, lui offrant sa meilleure chance de se faufiler sans être remarquée en empruntant le passage, réservé aux servantes, qui menait à l'arrière du château.

Elle ouvrit sans hâte la porte de la chambre de Brandon, scrutant le couloir, avec William bien serré contre son dos. Comme elle s'y attendait, le garde avait d'ores et déjà déserté le seuil de la porte et guettait l'arrivée de son remplaçant au bout de l'escalier principal en jetant des regards avides vers le grand hall d'où montaient la musique et le brouhaha des conversations.

Reconnaissante pour cette diversion, Fiona quitta la pièce sur la pointe des pieds, ferma la porte sans bruit derrière elle, et se dirigea vers l'escalier – celui que les servantes utilisaient pour passer sans être vues entre les différents étages du château. Elle savait le risque qu'elle prenait en l'empruntant, même s'il était minimisé par le fait qu'en cet instant la plupart des servantes se trouvaient en pleine effervescence, soit au milieu des invités, soit dans les cuisines. Ce ne serait que beaucoup plus tard qu'elles monteraient dans les étages pour s'occuper des chambres familiales et de celles des invités.

De toute façon, c'était le seul moyen qui s'offrait à elle pour prendre la fuite. Après l'attaque, en effet, tous les passages secrets du château avaient été condamnés. Chacun de ses pas silencieux pour se rapprocher de l'escalier lui faisait battre le cœur plus vite. Quand elle arriva en haut des marches, elle inspira à fond et se lança.

Après une progression régulière, elle se trouvait sur

l'avant-dernière marche en pierre quand elle entendit crier tout près d'elle :

— Allison !

Dans l'embrasure de la porte menant aux cuisines, la cuisinière appelait une servante.

En hâte, Fiona se réfugia dans l'ombre.

— Oui ! répondit la voix d'Allison venant de la direction opposée. Ne t'inquiète pas, je ne le perdrai pas, ton chapeau !

— Cette gamine me fera mourir, marmonna la cuisinière en rentrant à l'intérieur.

De son côté, Allison passa dangereusement près de l'escalier où se trouvait embusquée Fiona avec son fils. Mais dès que la jeune fille se fut un peu éloignée, Fiona regarda alentour : elle était seule. Elle s'élança.

Bien vite, elle se retrouva à l'extérieur, et sa première bouffée d'air frais eut le goût de la liberté dont elle avait rêvé toute sa vie.

— Es-tu prêt, mon amour ? demanda-t-elle à William dans un murmure.

L'espèce de roucoulement que celui-ci émit en réponse fit s'épanouir un sourire sur ses lèvres.

— Alors, allons-y, mon chéri, répliqua-t-elle, plus que jamais prête à franchir le premier pas vers l'aventure d'une nouvelle vie sans Brandon Campbell.

Elle s'arrêta cependant très vite, l'oreille aux aguets. L'horloge sonnerait quelques instants plus tard. C'est alors que les sentinelles se croiseraient aux abords du château. À ce moment-là, elle disposerait de deux minutes pour se précipiter et atteindre l'amas de rochers voisin. Si elle parvenait à le faire sans se faire voir, William et elle se trouveraient alors, et pour de bon, sur le chemin menant à la liberté.

Jetant un coup d'œil vers les murs du château, Fiona en remarqua le côté émoussé qui racontait des siècles d'usure. Les deux sentinelles commencèrent à se déplacer vers la gauche, signe qu'elles se préparaient à être relevées. Nul doute que les soldats avaient grande hâte de rejoindre la fête qui, à en croire la musique qui traversait les murs du château, battait son plein.

Fiona s'élança comme une flèche vers les rochers. Pendant sa course effrénée, les nuages eurent la bonne idée de passer devant la lune, ce dont elle leur sut particulièrement gré. Mais quand la première goutte de pluie lui toucha le visage alors qu'elle dérapait un peu derrière les rochers, elle fronça les sourcils. Compte tenu des circonstances, la pluie n'était pas une bénédiction. Elle risquait, au contraire, de ralentir leur avancée, de les laisser glacés et trempés, ce qui ne serait bon ni pour elle ni pour le bébé.

Un petit récapitulatif des choix qui s'offraient à elle s'imposait, songea alors Fiona.

Au départ, son espoir avait été de traverser le col de Glencoe qui était, à vol d'oiseau, le chemin le plus court pour parvenir chez les MacNab. Mais à présent que la pluie s'annonçait, elle se demandait s'il n'allait pas devenir dangereux. Avec l'eau qui s'accumulerait le long de la vallée avant de rejoindre le loch Leven, le col risquait d'être vite inondé.

Alors que Fiona levait la tête vers les nuages, force lui fut de constater qu'elle ne pouvait dire si cette pluie serait de courte durée ou si elle menaçait de se transformer en tempête qui ferait rage.

Un brusque coup de tonnerre lui fit froncer de nouveau les sourcils. En cette période de printemps, il était difficile de faire des prévisions. Mieux valait donc s'attendre au pire et poursuivre son voyage à travers les frontières et la forêt. Là, au moins, elle trouverait des abris naturels pour protéger William en cas de besoin. Aussi longtemps, du moins, que les soldats de son père ne les intercepteraient pas… Il avait longtemps caché des hommes dans la forêt par mesure de sécurité. Cela ne lui importait guère de dissimuler ses hommes le long de la frontière qu'il partageait avec les Campbell et d'autres clans. Le laird n'avait jamais été très doué pour suivre les règles.

Elle commença son périple à travers champs en utilisant l'obscurité provoquée par la tempête imminente pour l'aider dans sa furtive progression. Mais soudain, le ciel s'ouvrit et un déluge s'abattit sur elle. Elle avait à peine parcouru quelques centaines de mètres. Elle jura dans un souffle.

Les semelles de ses bottes touchaient à peine le sol tant elle marchait vite. Cependant, très rapidement, la boue lui éclaboussa les jambes tandis que la pluie l'aveuglait presque complètement. Cependant, rien de tout cela n'y faisait. Rien ne l'empêcherait de saisir cette occasion unique pour s'échapper de sa prison.

Déviant sa route, Fiona se dirigea vers le chemin le plus direct longeant la frontière, bande de prairies ouvertes et de collines sans couverture pour la protéger des éléments. Cela dit, demeurer le plus longtemps possible sur cette ligne dangereuse et insolente lui ferait gagner du temps. Pour dissimuler son approche, elle bifurquerait à un moment donné vers les bois et la forêt longeant la frontière. C'était en effet indispensable pour que les soldats MacDonald ne la repèrent pas et, d'une manière plus générale, pour devenir la plus invisible possible.

Et elle ne mourrait pas avant de savoir avec certitude que William était en sécurité.

À chaque foulée, sa cape devenait plus lourde de toute la pluie qui s'abattait maintenant comme si elle ne devait plus jamais s'arrêter. La visibilité était presque nulle. On ne voyait rien à plus d'un pas. Fiona aurait tant aimé se débarrasser de ce vêtement devenu insupportablement encombrant ! Mais celui-ci servait de protection à William contre la pluie et le froid.

Bientôt, se dit-elle, elle pourrait disparaître dans la forêt, telle une nymphe.

Lorsque la lisière des bois fut enfin en vue, Fiona vit les

branches des arbres se balancer dangereusement, malmenées par les vents violents.

Le chemin qui s'ouvrait maintenant au milieu des conifères denses et moisis dont s'échappaient des branches cassées l'obligeait à avancer en faisant le moins de bruit possible. Si elle devait chercher un endroit où s'embusquer, ce serait ici. En y réfléchissant bien, il lui fallait d'ailleurs trouver rapidement une cachette pour y rester camouflée pendant un certain laps de temps. Continuer à avancer devenait en effet trop dangereux avec les éclairs et la foudre qui lançaient, à un rythme régulier, de nombreux faisceaux de lumière autour d'elle.

Comme William bougeait contre elle, Fiona le rassura du mieux qu'elle put, lui assurant que tout allait bien. Jamais il ne se plaignit ni ne cria. Son enfant était un ange.

Avisant une petite clairière entourée de grands conifères, Fiona s'y replia avec William.

Enfin à l'abri de la pluie, se dit-elle avec un soupir de soulagement.

Et elle s'installa avec son fils sur un gros rocher.

Scrutant l'espace autour d'eux, elle ne remarqua rien d'extraordinaire. Seulement la pluie, l'obscurité et les éclairs occasionnels qui, l'espace d'une ou deux secondes, illuminaient leur environnement proche. Au cours de l'heure qui venait de passer, la température avait chuté et Fiona tremblait dans sa cape mouillée. Chacune de ses respirations se signalait par un petit nuage de buée qu'elle maudissait l'un après l'autre. Il était impossible, bien sûr, de faire disparaître tout ce qui signalait sa présence. Elle allait toutefois s'y employer au mieux.

Remontant un pli de sa cape au-dessus de sa bouche, elle tenta d'orienter ses exhalaisons avant que celles-ci ne lui échappent et s'élèvent au-dessus d'elle.

À quelques pas, elle entendit une branche se briser. Elle plissa les yeux dans l'obscurité pour tenter de voir qui ou ce qui avait provoqué ce craquement. Difficile de savoir avec cette pluie battante et les feuilles qui bruissaient.

Fiona ferma les yeux et prêta l'oreille, s'obligeant à respirer plus lentement. Ses oreilles pourraient-elles lui révéler plus de choses que ses yeux ? Hélas, elle ne perçut rien d'autre que le tonnerre et le ruissellement de la pluie dans les arbres. Le hasard voulut qu'elle rouvrît les yeux au moment où un éclair traversait le ciel. Un petit cri lui échappa à la vue d'un homme se trouvant, de dos, à une dizaine de mètres, et son ventre se serra quand elle reconnut le plaid familier avec ses couleurs vert foncé, bleu marine et rouge. C'était un soldat MacDonald, et Fiona comprit aussi tout de suite que cet homme n'était pas parti seul en éclaireur.

L'urgence la pressait. Il fallait obliger cet homme à se taire pendant qu'elle le pouvait. Tirant le poignard de son étui, elle se faufila derrière le soldat et, lui contournant le torse avec son bras, le poignarda dans le ventre avant qu'il ait pu pousser un seul cri susceptible d'avertir les autres.

Malheureusement, il chut avec une lourdeur extrême.

Le bruit de son corps touchant le sol fit autant de vacarme qu'un arbre qui tombe. L'air retentit aussitôt de cris d'autres soldats MacDonald.

Tête baissée dans l'obscurité, Fiona s'éloigna à toute vitesse du soldat tombé à terre. Des branches lui cinglaient les bras. Au moment où elle s'engageait sur le flanc d'une petite colline, ce fut derrière elle qu'elle entendit des cris.

Malédiction ! Ils l'avaient repérée.

Comme elle manquait déraper, le rocher, tout près d'elle, où elle se retint au dernier moment, lui permit de recouvrer un semblant d'équilibre. Très vite, elle entoura un arbre de ses bras pour reprendre son élan et repartir – ou, du moins, ce qu'elle avait cru être un arbre. Mais un muscle d'acier se contracta sous ses doigts. Une forme balaya l'air et s'abattit si fort contre son cou qu'elle haleta, éprouvant du mal à respirer.

Elle s'agrippa à l'avant-bras qui la maintenait prisonnière. Ce fut alors que William poussa un cri.

— Cesse de te débattre, ordonna le soldat.

Inquiète pour la sécurité de son fils et se sachant en position de faiblesse, Fiona s'immobilisa.

— Si toi et ton bâtard avez envie de vivre, vous venez avec nous. Sans faire de bruit.

Sur ces mots, le soldat la serra plus fort en lui tirant d'une étrange manière le bras vers l'arrière, jusqu'à ce qu'elle en vienne à craindre qu'il le lui casse. Retenant sa respiration, elle acquiesça d'un signe de tête, les yeux braqués sur l'homme qui la maintenait sous son emprise.

— Le garçon ? demanda une voix un peu plus loin.

Un autre soldat approchait, beaucoup plus grand que celui qui tenait Fiona, à présent pantelante et épuisée. L'espace d'un instant, elle aperçut son visage sous un éclair, mais celui-ci ne lui évoqua rien. Le fait était étrange et la marqua. Elle connaissait tous les soldats de son père. Qui étaient ces hommes ?

— Il est ici. Je l'ai entendu pleurer. Prenez-le ! ordonna le premier soldat.

Comme le second esquissait un geste vers elle, Fiona tenta de le repousser.

— Non ! s'écria-t-elle. Il reste avec moi, hors d'atteinte du froid et de la pluie !

Au lieu de se mettre en colère, l'homme le plus grand sourit.

— Ah, vous êtes visiblement la Lady Fiona dont j'ai entendu parler. Aucune autre femme n'oserait se montrer assez stupide pour opposer une fin de non-recevoir à une de mes demandes.

— Oui, je suis Lady Fiona. Qui êtes-vous ? Vous avez beau arborer le plaid des MacDonald, vous n'êtes pas l'un des nôtres. Je ne vous ai jamais vu. Or je connais tous les soldats de mon père !

— Allons-y ! commanda alors le premier homme en

l'entraînant derrière lui. Considérez-nous comme les nouvelles recrues de votre père, désireuses de mettre de l'ordre dans les Highlands. Votre capture représente une partie limitée mais nécessaire de notre plan.

Il la poussa devant lui.

Des mercenaires ! se dit soudain Fiona. Voilà ce qu'ils étaient ! Il n'y avait pas d'autre explication possible.

Les minutes passèrent en silence tandis qu'elle essayait de découvrir exactement ce qui se passait et de trouver un moyen de se sauver. Il lui apparut rapidement que les deux soldats les emmenaient, elle et William, vers Glenhaven. Toutefois, quelque chose d'important lui manquait. Si elle faisait partie d'un plan élaboré par son père, quel était le rôle qu'il lui avait attribué et qu'elle allait devoir jouer ?

Très lentement, les pièces du puzzle lui donnèrent l'impression de s'assembler.

Brandon. Avaient-ils prévu de l'attaquer ou encore de le tuer ?

La respiration de Fiona se suspendit. Était-ce là le véritable but que son père avait poursuivi en réclamant son retour ainsi que celui de William ? Y avait-il vu une façon de punir Brandon et de finir par faire sombrer tout le clan Campbell dans le chaos, en l'attaquant au moment où l'attention de ses membres serait accaparée par le moyen de la secourir, elle et son fils ?

Fiona jura entre ses dents, supportant mal de ne pouvoir deviner avec plus de précision ce qui allait se passer. Puis, désireuse de ne pas perdre davantage de temps en conjectures, elle entreprit d'étudier sa situation actuelle.

Parviendrait-elle à échapper à ses ravisseurs et à abattre ces deux soldats sans que son enfant soit blessé ? La réponse était évidemment *non.* Elle était seule face à des hommes, des mercenaires, qui n'hésiteraient pas à la tuer. Et William aussi. Or jamais elle ne ferait quoi que ce soit risquant de mettre en péril la vie de son enfant. Surtout après ce par quoi elle était déjà passée.

Fermant les paupières, Fiona pria pour que quelqu'un lui vienne en aide.

La prenant par surprise, l'image qui se mit immédiatement à flotter devant ses yeux fut celle de Brandon, l'homme dont elle venait d'enlever le fils… l'être certainement le moins susceptible et le moins désireux, pour l'heure, de lui porter secours.

Chapitre 23

Fiona s'était retirée, et Brandon regardait les réjouissances se poursuivre. Ses hommes étaient visiblement contents, et le manifestaient en dansant et en célébrant l'avenir. Après avoir rempli le grand hall, ils s'étaient dispersés dans les parties extérieures et avaient fini par les occuper aussi.

Leur joie n'aurait-elle pas dû être contagieuse ? N'avait-il pas pris, en fin de compte, une décision qui allait assurer l'avenir de son clan tout en protégeant en même temps Fiona et William ? Et pourtant… en lieu et place de la joie, c'était bel et bien de la terreur qui s'était glissée sous la peau de Brandon. Son mariage avec Susanna Cameron ne le réjouissait pas. En fait, presque rien ne le contentait à part le fait de pouvoir voir Fiona et William lors de cette soirée.

Il était tard à présent, 23 h 30 passées. Malgré cela, il avait toujours envie d'aller les retrouver pour leur souhaiter bonne nuit. Du reste, pourquoi ne pas les rejoindre tout de suite, sans attendre que l'heure ait encore avancé ? se dit-il soudain. S'ils dormaient déjà, ce qui était très probablement le cas, il se contenterait de faire glisser le panneau sans bruit pour ne pas les réveiller et de les regarder dormir. Seul ce rapprochement apporterait à son âme si lasse un peu de bonheur en lui rappelant qu'il faisait tout cela pour eux et que la sécurité de leur avenir valait bien le sacrifice personnel qu'il avait consenti.

Il s'approcha de Hugh.

— Si quelqu'un me demande, je reviens dans quelques minutes. Je veux aller vérifier si Fiona et William n'ont besoin de rien.

— Bien. De mon côté, je garde un œil sur votre future épouse et ses hommes.

Hugh s'interrompit, expira profondément et dit :

— Tout ce que j'espère est qu'ils ne manifestent pas de nouvelles exigences.

Brandon lui tapota le dos.

— Courage et merci.

Pressé de partir, il pivota sur ses talons et grimpa l'escalier quatre à quatre jusqu'à la chambre de Fiona. Après avoir hoché la tête à l'intention de la sentinelle qui gardait la porte, il frappa. Pas de réponse. Une manipulation un peu musclée de la poignée ne donna rien de plus. La serrure était fermée de l'intérieur.

Brandon sourit, rassuré de constater que Fiona se protégeait, avec son fils, en gardant la porte fermée lorsque Hugh et lui n'étaient pas là. Puis il poursuivit jusqu'à sa propre chambre, y entra et fit glisser le panneau secret entre les deux pièces. Comme d'habitude, celui-ci s'ouvrit avec facilité.

La chambre de Fiona était plongée dans l'obscurité et le silence. Pas une seule flamme ne dansait dans l'âtre malgré la fraîcheur certaine qui régnait à l'intérieur et qui fit tout de suite frissonner Brandon.

Étrange.

Appeler Fiona ? Non. Il n'avait pas envie de la réveiller ni de déranger William dans son sommeil. La lumière scintillante venant de sa propre chambre créait des ombres mystérieuses qui disparaissaient tout aussi étrangement. Brandon s'habitua à l'obscurité pour constater que le lit et le berceau étaient vides. Où était Fiona ? Où était William ?

Les cheveux de Brandon se hérissèrent sur sa nuque. Sa

bouche devint sèche. Quelque chose n'allait pas. Pas du tout. Minuit approchait, et ils n'étaient là ni l'un ni l'autre.

Son esprit se mit à travailler très vite, à passer en revue les raisons possibles de leur absence. Aucune ne tenait.

Il se dirigea vers l'armoire et en ouvrit la porte. Plusieurs tenues appartenant à Fiona manquaient. Quant au berceau de William, il était vide : ses couvertures et un plaid Campbell avaient été ôtés, ainsi que le cheval de bois que Brandon avait lui-même sculpté pour son fils.

Son ventre se crispa, sa poitrine se serra.

Son fils et Fiona avaient disparu.

Fermant fort les yeux, Brandon s'exhorta au calme, à rejeter la panique qui s'infiltrait partout en lui et à faire appel à sa raison. Il ne disposait pour le moment que d'un trop petit nombre d'informations.

Après avoir regagné sa propre chambre par le panneau secret, il sortit dans le couloir. Appuyée contre la rambarde du balcon d'où elle observait la fête, Jenny flirtait avec le soldat sentinelle.

Brandon la rejoignit en hâte et lui saisit le bras.

— Où est Fiona ? Et William ?

Les yeux de la jeune servante s'agrandirent. Elle bredouilla :

— Dans… dans leur chambre, my laird. J'ai aidé Miss Fiona à retirer sa robe, je lui ai servi du thé et, à 21 h 30, je l'ai aidée à s'installer pour la nuit. Elle m'a alors dit qu'elle n'avait plus besoin de moi et a barré la porte. J'ai moi-même entendu le loquet tomber.

— Pour ma part, déclara alors le soldat, je suis de garde depuis qu'elle est montée à sa chambre et elle ne l'a jamais quittée.

— En êtes-vous bien sûr ? Ne vous êtes-vous pas du tout éloigné ? Même un court instant ?

Le soldat regarda Jenny et se mit à rougir.

— Il se peut que je me sois écarté un court moment pour jeter un coup d'œil à la célébration de vos fiançailles, my laird.

Carrant les épaules, il soutint le regard de Brandon qui se mit à jurer, sachant très bien qu'un *court moment* était tout ce dont une guerrière comme Fiona avait besoin pour s'enfuir.

— Nous allons nous occuper de vous... Mais pour l'instant, commencez immédiatement à les chercher. Je dois vérifier quelque chose.

Jenny et le soldat s'éloignèrent en hâte tandis que Brandon retournait dans sa chambre. À chaque pas, il lui semblait marcher dans la boue d'une tourbière qui menaçait de l'aspirer vers le fond. Une partie de lui-même se doutait de ce qu'il allait découvrir... L'autre partie voulait le nier aussi longtemps que possible.

Sur le seuil, il prit une solide respiration et pénétra de nouveau dans sa chambre. En bas, la musique s'était assourdie, et le silence qui montait à la place devenait imposant. Le même que celui que l'on percevait juste avant les batailles, quand le temps ne se réduisait plus qu'à presque rien.

Fiona et William étaient partis. Il le savait. Oui, même s'il ignorait comment elle avait fait, elle s'était enfuie.

« Embrasse-le pour moi », avait-il dit.

Et elle avait répondu : « Je le ferai. »

Brandon frissonna en se rappelant le regard qu'elle avait posé sur lui à peine quelques heures plus tôt à l'issue du banquet. Il s'agissait d'un dernier regard. D'un au revoir.

Le juron qu'il poussa fut sonore. Comment n'avait-il pas remarqué ce regard ? Pourquoi ne s'était-il pas montré plus attentif ?

Parce qu'il était idiot. Parce qu'il s'était laissé distraire. Et parce qu'il n'avait pas voulu croire Fiona capable de lui faire cela : le trahir en lui enlevant son fils.

— Personne ne l'a vue, my laird, annonça le garde, de retour, depuis le pas de la porte.

Jenny le rejoignit :

— Aucune servante ne l'a vue non plus.

Brandon laissa échapper un long soupir et secoua longuement la tête.

— Oui… Elle a pris la fuite.

— Par un temps pareil ? remarqua Jenny tandis qu'un coup de tonnerre retentissait.

Brandon passait des émotions du père dont le fils avait disparu à celles du laird responsable de la mission qui permettrait de retrouver ce fils avant qu'il ne soit trop tard.

— Jenny, commença-t-il, réunissez des couvertures et de la nourriture pour mon fils, et apportez-moi le tout.

Se tournant vers la sentinelle, il ajouta :

— Allez me chercher Hugh tout de suite, mais sans alarmer quiconque. Je ne laisserai personne gêner mes propres recherches pour les retrouver.

Quand Jenny et le garde furent partis, Brandon se débarrassa de sa veste de circonstance, pénible à porter, et de son kilt, leur préférant un manteau avec un pantalon de laine et des bottes de cuir, plus adaptés à la température qui chutait et à la pluie qui tombait à verse.

Il se refusait à penser à ce qui avait pu arriver à l'un ou à l'autre au cours des heures qui s'étaient déjà écoulées. Comment n'avait-il pas compris que Fiona allait s'en aller alors qu'il la bloquait dans cet endroit où elle n'avait jamais voulu venir et qu'il allait en épouser une autre ? La célébration des fiançailles avait servi de couverture parfaite à sa fuite.

Il ouvrit en grand le tiroir qui contenait sa ceinture d'armes et introduisit la main à l'intérieur pour saisir deux poignards. Mais la vue de l'écriture familière de Fiona sur du papier parchemin l'arrêta net. Un frémissement lui traversa le corps. S'emparant de la lettre avec avidité, il s'assit sur le bord du lit et l'ouvrit avec des doigts tremblants.

Brandon,

Au moment où tu lis cette lettre, tu sais que nous sommes partis. Ne te fais pas de soucis pour nous. J'ai toujours pris soin de notre fils, et le voyage jusqu'au clan MacNab nous prendra deux jours si le temps reste stable.

Tu sais comme moi que mon départ d'ici vaut mieux pour tout le monde. Tu pourras construire une nouvelle vie avec Susanna Cameron, faire refleurir le clan Campbell et refouler toute menace provenant de mon père. Si je restais, cela ne ferait qu'entraver ton aptitude à devenir le guide et le laird que mérite ton clan.

D'un point de vue égoïste, je ne pourrais, en ce qui me concerne, supporter de te regarder édifier une existence avec une autre femme… existence que j'avais un jour rêvé de partager avec toi.

Ne te lance pas à notre poursuite. Profite de la nouvelle vie qui t'a été donnée. J'en ferai autant de mon côté.

Fi

Brandon laissa la lettre tomber à terre et se pencha en avant, les coudes appuyés sur ses cuisses et la tête reposant lourdement entre les paumes de ses mains. Comment n'avait-il pas anticipé cette situation ? Comment avait-il osé croire qu'il avait le contrôle de tout ? Que ses décisions plairaient à tout le monde ? Que tout se passerait pour le mieux ?

Parce qu'il s'était de nouveau conduit comme un idiot. Voilà pourquoi. C'était la seule explication, celle sur laquelle il revenait inlassablement buter.

Fixant le tiroir resté ouvert, Brandon remarqua un pochon de velours noir qu'il n'avait encore jamais vu. Trop pressé de lire la lettre de Fiona, il n'avait pas aperçu ce petit sac pourtant rangé à côté. Il le prit dans sa main, délia le cordon qui le fermait, le retourna et en fit glisser le contenu dans la paume de sa main gauche. Brillants, scintillant de mille feux, les bijoux multipliaient les clins d'œil dans sa direction.

Collée contre la paroi intérieure de velours noir se trouvait aussi une petite note qu'il prit, déplia et lut. Elle était également écrite de la main de Fiona.

Je les ai trouvés dans la chambre de ta mère. Ils ont dû lui appartenir et être mis de côté par sécurité. Un moment, j'ai pensé les emporter pour commencer notre nouvelle existence, à William et à moi, mais cette idée m'est devenue insupportable dans la mesure où c'est à Emilia qu'ils appartenaient.

Je suis sûre qu'elle aurait voulu qu'ils te reviennent. Ils sont aussi beaux qu'elle était belle.

L'émotion emplit Brandon. Des bijoux de sa mère ? Des bijoux que Fiona aurait pu lui subtiliser sans même qu'il sache qu'elle avait décidé de recommencer sa vie... et qu'elle avait au contraire laissés là, pour lui, tout en sachant ce qu'ils auraient pu lui apporter.

Il arrivait à peine à respirer. Ses doigts maladroits faiblirent lorsqu'il replaça les joyaux et la seconde note de Fiona dans le pochon avant de fermer le tiroir.

— My laird ?

Hugh l'appelait de la porte entrouverte.

— Vous avez besoin de moi ?

— Oui, répondit Brandon. Entre et ferme la porte.

Son ami s'exécuta.

— Que se passe-t-il ?

— Fiona est partie. En emmenant William avec elle.

Hugh cligna des yeux.

— Partie !

— Oui. Elle a laissé un mot avant de prendre William et de poursuivre son chemin avec lui vers le clan MacNab.

Elle écrit que cela vaut mieux pour tout le monde. Surtout pour moi.

Brandon se leva, se frotta la nuque et commença à arpenter la pièce.

— Sous cette tempête ? fit Hugh.

— Oui.

— De quoi avez-vous besoin ?

— Je veux les retrouver le plus vite possible. Avant qu'ils ne se fassent intercepter.

Il n'eut pas besoin d'expliciter. Hugh savait aussi bien que lui ce qui pouvait arriver à Fiona dans le col de Glencoe avec un bébé, en pleine nuit et sous la pluie. Mais il bannit toutes les images qui lui venaient à l'esprit avant qu'elles puissent ébranler sa raison.

Son pouls battait pendant que son corps lui criait son envie de partir et l'urgence qu'il y avait à le faire *tout de suite*. Mais Brandon savait qu'il devait se procurer les fournitures incontournables avant son départ, partir sans être vu et avoir un plan. Il ne prendrait pas le risque de bouleverser sa future épouse ou d'inquiéter les hommes de celle-ci en quittant ouvertement sa propre fête de fiançailles pour partir à la recherche de son fils et de la femme qu'il…

Il devait aussi s'interdire de continuer à penser de la sorte et inverser ses priorités. Oui, avant toute chose, il fallait ramener Fiona et William. Et c'est seulement ensuite qu'il songerait au clan et à son propre avenir en tant que laird, comme il aurait dû le faire dès le départ.

Il abattit son poing contre le mur. N'eût-il pas été aussi stupide, rien de tout cela ne serait arrivé. Mais son application à se comporter en bon laird lui avait fait oublier la manière de se conduire en homme bien et en bon père. C'était une leçon qu'il aurait pourtant dû avoir comprise depuis longtemps, depuis l'époque où son propre père avait commis la même erreur.

Fiona s'en voulait beaucoup. Son impatience à rallier le clan MacNab et à contourner les éléments dans le col de Glencoe l'avait menée droit dans le piège, sur la route des soldats MacDonald.

Ne savait-elle pas que les hommes de son père patrouillaient à la lisière de la forêt ? Bien sûr que si. Mais elle avait quand même continué à avancer de ce côté au lieu de rester cachée en attendant que le temps s'améliore et qu'elle puisse reprendre le chemin de Glencoe. Oui, si elle s'était contentée de suivre ses plans de départ, elle ne se trouverait pas prise maintenant dans une situation aussi désastreuse. Simplement, la patience n'avait jamais été l'une de ses qualités premières.

Elle tira sur les cordes qui la liaient, traîna des pieds et se prit même les jambes dans les broussailles et la boue, n'importe quoi pour ralentir leur progression. Car à présent, Glenhaven, maison de son enfance et château du clan MacDonald, se dressait tel un aigle imposant contre le ciel, et ses drapeaux scintillaient dans le vent comme une mise en garde contre ce qui allait suivre.

Il y avait longtemps de cela, Fiona s'était dit qu'elle ne reviendrait plus dans cet endroit à moins d'être morte, et que, si on l'y amenait de force, elle se battrait jusqu'à la mort.

Dès qu'elle saurait son fils à l'abri du danger, elle pourrait s'en prendre à tous les soldats qu'elle rencontrerait pour tenter de s'échapper. Mais pour le moment, en cet endroit et avec cette tempête…

William gémit dans son plaid, et Fiona le rassura comme elle put. Tant qu'il se trouvait contre son corps, elle se refusait à tout empoignement avec les mercenaires.

Lorsqu'ils s'approchèrent des torches allumées bordant le chemin menant aux portes du château de Glenhaven, elle s'aperçut que les deux côtés de l'entrée étaient flanqués de soldats MacDonald au visage taciturne et à l'air renfrogné. Pas exactement l'accueil chaleureux que la fille du laird aurait pu s'attendre à recevoir… De plus, pourquoi ne reconnaissait-elle environ qu'un soldat sur deux ? Les choses avaient-elles donc tant changé depuis son départ ? Peut-être était-il temps de le découvrir.

Frissonnante, Fiona tâcha de repousser les mèches de cheveux mouillés qui lui barraient le visage.

— Conduisez-moi auprès de mon père, cria-t-elle en fixant la rangée des innombrables soldats – parmi lesquels elle en reconnut certains – qui se trouvait devant elle.

Quelques-uns avaient déjà su la protéger. Seamus ? Gordon ?

— Dites-lui que je suis ici et menez-moi à lui.

Les deux soldats qu'elle avait bien connus lui rendirent à peine son regard et ne répondirent rien.

Hors d'elle, Fiona repoussa son ravisseur et lui cracha au visage :

— Brute... Allez le prévenir !

Pour toute réponse, il la gifla avec force.

Fiona dut lutter pour ne pas perdre l'équilibre et sentit un goût de sang lui envahir l'intérieur de la bouche. En même temps, William se mit à pleurer contre elle. À travers ses cheveux, elle vit Gordon faire un pas en avant pour lui venir en aide. À moins qu'il s'agît plus d'un réflexe que du résultat d'une décision personnelle. De toute façon, Seamus le fit aussitôt rentrer dans le rang.

En fin de compte, songea Fiona, peut-être que tous les MacDonald ne s'étaient pas retournés contre elle ! Et l'espoir lui enflamma le cœur. Si tous les soldats n'étaient pas aussi froids et sans-cœur que ces nouvelles recrues, pourquoi ne tenterait-elle pas de monter les premiers contre les seconds ou, du moins, de plaider sa cause pour qu'ils lui permettent de s'échapper, voire l'aident à le faire avant qu'elle ne se fasse tuer, ainsi que William ?

Recouvrant tout à fait son équilibre, elle se dressa de toute sa taille et sourit. Un plan était en train de germer dans son esprit.

— Tu oses me sourire, catin ! s'exclama la brute.

— Oui. Seuls les lâches sont capables de gifler les femmes sans défense. Or il se trouve que…

Elle huma l'air de manière appuyée.

— … je sens un lâche…

Fou de rage, l'homme leva de nouveau la main. Fiona pivota aussitôt le buste sur le côté pour protéger William et se préparer au coup.

— Ce ne sera pas nécessaire.

Une voix forte venait de s'élever depuis les portes du château.

— Faites-la entrer. Maintenant !

Fiona leva la tête pour rencontrer le regard de l'homme qu'elle avait espéré ne plus jamais revoir. Laird Audric MacDonald, son père.

Chapitre 24

— Fi ! Fi !

Brandon avait la gorge en feu tandis que la pluie trempait ses vêtements. Le tonnerre qui grondait partout autour de lui rendait vaines ses tentatives répétées pour faire entendre son cri. Mais bien qu'il eût compris que cela ne servait à rien, il ne pouvait s'empêcher de continuer, son cerveau n'autorisait rien d'autre.

Il appela encore et encore. Son cœur cognait dans sa poitrine, et ses poumons le brûlaient après l'effort fourni par sa course d'une traite entre le château et le col de Glencoe, là où il pensait retrouver Fiona sur la route menant au clan MacNab.

Mais quand il atteignit le bord de la falaise menant au passage inférieur, Brandon avisa une rivière qui descendait, tumultueuse, jusqu'au ravin du loch Leven… phénomène courant pendant les pluies de printemps, que Fiona connaissait et qu'elle avait dû prendre en compte avant de poursuivre son voyage plus avant.

— Elle ne peut pas avoir pris cette route… pas avec William ! hurla-t-il à Hugh en couvrant de sa voix le fracas de la pluie. Trop dangereux !

Pour mieux se faire comprendre, il pointa du doigt l'eau qui se précipitait en contrebas.

Hugh hocha la tête en signe d'assentiment.

— La forêt reste donc le seul passage où elle a pu s'aventurer pour rejoindre la route menant au château des MacNab, répondit-il avec un geste vers la forêt, au loin et à l'opposé du chemin qu'ils venaient d'emprunter.

Passer par le col leur avait fait perdre du temps, mais cela avait été pour Brandon le seul moyen de s'assurer que Fiona ne s'y trouvait pas. À présent, il était au moins soulagé de savoir qu'elle n'avait pas pris le risque de s'aventurer au milieu de ces eaux débordantes et très agitées.

Il fit demi-tour et, suivi de Hugh, repartit vers l'endroit d'où ils venaient. Comme ils approchaient de la grange par la colline herbeuse, Brandon constata que la terre était tellement gorgée d'eau que même les semelles de ses bottes ne parvenaient pas à s'y ficher solidement. Se penchant en avant, il arracha une poignée de fleurs sauvages que le vent pliait en deux. Leur arôme vif et franc lui rappelait Fi. Et tout ce qu'il risquait de perdre avec elle.

En arrivant au sommet de la colline, il se dégagea les yeux des cheveux qui lui brouillaient la vue et baissa le regard vers la vallée plongée dans l'obscurité. La foudre éclairait à intervalles rapprochés le ciel de nuit. Pendant ces brefs instants, loin sur sa gauche, le loch Leven se mettait à briller.

Yeux plissés, oreille tendue, Brandon se concentra pour tenter de capter la moindre lueur, le moindre son, le moindre mouvement. Mais rien…

La confiance qu'il ressentait encore une heure plus tôt avait été ravinée comme la terre par les pluies. Atteindre en compagnie de Hugh l'endroit où commençaient à la fois la lisière de la forêt et la frontière commune avec les MacDonald ne lui demanderait pas beaucoup de temps. Ce n'était pas cela qui rendait Brandon inquiet. C'était Fiona. Qu'était-elle devenue ? Tant de choses avaient pu se produire entre le moment où elle avait quitté le château et maintenant…

Devait-il se préparer au pire ?

Hugh le rejoignit à cet instant, essoufflé mais battant.

— Nous allons les retrouver !

Vraiment ?

La peur que taisait Brandon lui étouffait le cœur. Même s'ils les trouvaient, Fiona et William seraient-ils encore en vie ? Sa plus grande peur gisait-elle dans les plis d'un plaid froissé ? Fi et leur fils… morts… abattus par les MacDonald.

Ses mâchoires se serrèrent. Dire que c'était à cause de lui que Fiona s'était mise en danger… À cause de la faiblesse dont il n'avait cessé de faire preuve. S'il avait tenu tête plus tôt aux aînés, s'il s'était montré un dirigeant plus ferme dont on n'aurait pas contesté les décisions, il aurait pu suivre ses élans et protéger en priorité sa famille comme il l'avait pourtant décidé au départ.

Mais il avait fait passer son clan avant Fi et William, et s'était incliné quand on avait exigé de lui qu'il devînt laird à la place de Rowan.

Tout comme l'avait fait son père avant lui, obligeant sa mère à en payer les conséquences la première… Avant que cela ne touche son frère aîné, sa sœur et maintenant… lui.

Rowan lui-même avait tenté de le mettre en garde contre des fiançailles avec Susanna Cameron. Mais il ne l'avait pas écouté. Résultat, en cet instant même, c'étaient Beatrice et Rowan qui s'occupaient de Susanna Cameron et de ses hommes tandis que la célébration tirait à sa fin et qu'ils s'apprêtaient tous à passer la nuit sur place, autre conséquence importune de la subite dégradation du temps.

Brandon repoussa de nouveau ses cheveux trempés de son front et, avec un juron, fouilla la vallée du regard.

— Jusqu'où Fiona a-t-elle pu aller ? demanda-t-il tout haut.

Hugh tourna la tête vers lui.

— Vous connaissez la réponse.

— Oui. Elle peut être déjà arrivée à la frontière et avoir abattu tous les hommes qui se trouvaient sur son chemin.

— Nous savons qu'elle est une excellente guerrière et que, face à elle, ces hommes ne seront pas les plus malins. C'est donc plutôt pour *eux* que vous devriez être soucieux. S'ils se mettent sur son chemin ou menacent son fils, ils sont morts.

— Oui, fit-il très vite.

Une petite lueur d'espoir venait de se blottir contre sa peur. Il ajouta :

— Et si Fiona ne les tue pas en premier pour protéger notre fils, je le ferai.

Là-dessus, Brandon fit un pas de côté. Son pied dérapa sur l'herbe détrempée. Ce fut alors qu'il eut l'idée de se laisser glisser sur la pente, laissant la pluie et les broussailles faciliter les choses jusqu'à ce qu'il arrive en bas.

N'importe quoi pourvu que cela lui permette de rattraper le temps perdu. N'importe quoi pour la trouver avant que le mal ne s'abatte sur elle et William.

Après avoir emprunté la même voie, Hugh le rejoignit très vite sous la pluie battante.

— Quel est votre plan, Brandon ?

— Je n'en ai d'autre que de chercher vers la forêt et la frontière jusqu'à ce que nous les trouvions et les ramenions au château d'Argyll. Tout autre résultat est exclu.

Sur ces mots, il extirpa une dague de son ceinturon. Puis, après avoir débarrassé de nouveau son front de ses cheveux mouillés, il s'enfonça dans la nuit noire.

Ils avancèrent dans le sillage de la tempête, se battant contre la pluie que le vent faisait tomber latéralement et le tonnerre qui grondait entre les arbres. Bientôt, les rivières atteindraient leur maximum tandis que les pluies du début de printemps, en s'éternisant, commenceraient à les faire déborder.

Une chose était certaine : ils devaient maintenant poursuivre leur approche avec sagesse. Heureusement, l'obscurité était là pour les protéger. De la tempête aussi, ils pouvaient tirer avantage. Exactement comme l'avaient fait les MacDonald lors de la nuit où ils les avaient attaqués.

Brandon prêta l'oreille. Les éclats d'une bataille montaient jusqu'à lui : cliquetis d'épées, bruit de la chair rencontrant le métal, cris de terreur de femmes et d'enfants courant pour s'échapper.

Il secoua la tête en clignant des paupières pour évacuer aussi bien l'eau de ses yeux que les images de ses pensées. À présent, il devait se focaliser sur la tâche à accomplir. Inspirant et expirant profondément, il s'efforça de rassembler tous ses moyens.

Cette terre, il la connaissait comme si elle était sienne : les meilleures cachettes, les coins et les recoins dangereux, les endroits de la forêt à éviter.

Hugh le suivait en prenant soin de respecter plusieurs longueurs d'écart afin de créer un vrai vide entre eux, un vide susceptible de leurrer une sentinelle et d'induire en elle un faux sentiment de sécurité.

Tout ce dont ils avaient besoin était un idiot capable de tomber dans leur piège. À partir de là, ils pourraient obtenir toutes les réponses qu'il leur fallait. D'autant que Hugh était particulièrement doué dans l'art d'extirper les secrets de ceux qui en possédaient.

La nouvelle partie de bois dans laquelle ils pénétrèrent était bien plus dense. C'était intentionnellement que ce coin avait été maintenu en l'état et envahi par la nature : pour encourager les hommes à ne pas faire demi-tour. Ici les arbres grimpaient haut, créant une canopée splendide dans le ciel de nuit.

Très vite, un manteau de ténèbres les recouvrit. De plus, la densité des bois assourdissait tous les sons. Bientôt, tout ce que Brandon réussit à entendre ne fut plus que le tonnerre et la pluie. Même le cheminement de Hugh derrière lui ne lui parvenait plus.

Prenant une longue inspiration, il poursuivit son avancée en passant devant une pierre de la taille d'une table. Celle-ci lui rappela aussitôt les rendez-vous qu'ils se donnaient, avec Fiona, et qu'ils passaient, étendus, à contempler les étoiles.

Une branche craqua dans le noir. Il y eut ensuite un faible gémissement. Brandon retint sa respiration, guettant un autre son pour déterminer d'où il venait.

Nouveau gémissement suivi, cette fois, d'un déplacement de feuilles et de terre. Quant à la plainte, il n'aurait pu dire s'il s'agissait de celle d'une femme ou d'un homme. La seule chose dont il était sûr était qu'elle provenait de sa droite et était peu lointaine.

Il ouvrit la bouche pour appeler, puis hésita tant il était possible qu'il s'agît d'un piège pour les attaquer. Se ravisant, il se contenta donc d'avancer de deux pas. Avant de s'arrêter encore une fois et d'attendre un autre bruit qui lui permettrait de localiser avec plus de précision la personne qui se trouvait tout près.

Rien.

Son poignard à la main, Brandon eut alors l'idée de contourner le premier arbre qui se trouvait sur sa droite. Ce fut là qu'il tomba sur une silhouette étalée au sol, dans l'ombre.

La rage le submergea quand il reconnut le plaid des MacDonald qui enveloppait le soldat blessé.

— Où est mon fils ? Où est Fiona ?

Le soldat l'ignora et se pressa le ventre de ses doigts.

Ce fut seulement alors que Brandon vit le sang suintant du ventre et de la poitrine de l'homme. À l'évidence, sa plaie était grave et profonde.

— Racontez-moi ! cria-t-il en ignorant la souffrance du blessé.

— Ils les ont pris, répondit celui-ci, toussant et suffoquant en même temps.

Hugh, arrivé sur les lieux, lui posa la main sur le ventre pour contenir le flot de sang qui s'en échappait tout en murmurant à Brandon :

— My laird... il ne va plus vivre longtemps. Faites vite...

Brandon n'avait plus aucune gentillesse en réserve. Tout ce qu'il voulait était retrouver Fiona et son fils. Vivants.

— Qui ? Qui les a pris ? Et où ? cria-t-il à nouveau en sachant déjà quelle pouvait être la réponse.

Les yeux du soldat MacDonald s'ouvrirent en deux petites fentes. Il commençait à bafouiller une réponse quand il fut saisi d'une nouvelle quinte de toux. Pointant alors un doigt vers Glenhaven, il répondit avec un mauvais sourire sur les lèvres :

— Trop tard, my laird… Ils seront morts quand vous arriverez.

Au-delà du supplice sourd de ses membres, c'était le froid qui consumait le corps de Fiona. La pierre mouillée derrière elle la faisait trembler, elle devait lutter pour bouger dans l'obscurité, et ses poignets s'irritaient contre la corde qui les liait à sa taille. Son cœur s'accéléra. Elle essaya de s'asseoir sans y parvenir. Tout son corps lui faisait mal.

Où suis-je ?

Où est William ?

Que s'est-il passé ?

Cesse, s'ordonna-t-elle presque en même temps. *Et respire.*

Paniquer ne lui ferait aucun bien. À plusieurs reprises, elle inspira par le nez puis expira par la bouche, jusqu'à ce que son cœur recouvre un rythme plus normal. Lorsqu'elle put se concentrer sur ce qui l'entourait, elle reconnut un bruit d'eau qui coulait derrière elle et vit vaciller la lumière d'une torche dans un couloir qui lui sembla empli d'ombres. Devant elle, à hauteur de la torche, une fenêtre semblait lui faire signe, et les flammes éclairaient la pluie du dehors qui continuait à dégringoler du ciel.

Où qu'elle se trouvât, comment avait-elle atterri là ?

Fermant les paupières, Fiona se concentra sur le bruit de la pluie. La colère et un sentiment de spoliation l'envahissaient. Aucun autre bruit ne se faisait entendre. Elle avait l'impression d'être seule. Seule sans William. Et apparemment en prison. Il n'existait pas beaucoup d'autres explications possibles.

Mais pourquoi, dans ces conditions, son père, le laird, se souciait-il de la garder en vie ? Car le sentiment qu'elle avait eu le temps de lire dans ses petits yeux méchants, avant que cette brute de soldat ne la frappe et lui fasse perdre connaissance, était bien de la haine. Elle en avait suffisamment souffert pour la reconnaître tout de suite. Oui, son père voulait qu'elle meure.

À l'étage supérieur, elle entendit une porte s'entrouvrir avec douceur. La lumière d'une chandelle passa ensuite dans le couloir. Mais elle n'était hélas pas assez puissante pour éclairer le visage du grand guerrier qui la tenait et se dirigeait vers elle. Au moins put-elle reconnaître le plaid qu'il portait : un MacDonald.

Elle serra les mâchoires. Si son propre peuple la retenait prisonnière…

— Sœur ? murmura une jolie voix de baryton.

— Devlin ? chuchota Fiona en regardant l'homme approcher, l'émotion étouffant sa voix.

Depuis la dernière fois qu'elle l'avait vu, son frère cadet avait beaucoup grandi. Aujourd'hui, il ne ressemblait plus au jeune homme qu'elle avait quitté mais à un combattant aguerri. Fiona tenta de trouver de bons appuis pour réussir à se lever et à s'approcher des barreaux d'airain de sa prison, comme un pauvre poisson échoué sur le rivage, mais en vain. Aussi demeura-t-elle sans bouger tandis que, sortant de l'ombre, Devlin se penchait vers la lumière. Ses cheveux auburn lui arrivaient sous les épaules, et un tatouage de guerrier ornait ses avant-bras. Mais la douleur imprégnait son front plissé tandis que coupures diverses et vilains bleus soulignaient son œil droit et le dessus de sa lèvre.

— Que t'est-il arrivé ? s'enquit Fiona avec un regard inquiet vers l'œil et la lèvre de son frère.

Il lui sourit tout en refermant ses doigts sur les barreaux.

— C'est plutôt *moi* qui devrais te demander si *tu* vas bien, ma sœur. Je suis désolé… si désolé de tout ce qui t'est arrivé. Je n'ai pas pu intervenir du tout à ce moment-là. Mais tu as failli perdre ton enfant parce que je ne pouvais pas être là pour te protéger !

La phrase était sortie, presque étouffée, de sa gorge.

— À présent non plus, tu ne pourrais rien faire, remarqua Fiona en levant ses propres mains liées vers les barreaux pour toucher celles de son frère.

« Mon fils, William, ton neveu, est vivant… Il est fort et aussi beau que toi… »

Ses yeux s'emplirent de larmes.

— Mais on me l'a pris. Est-il toujours là ?

— Il est là, oui, et en sécurité pour le moment. Mais je voudrais, je voudrais tant qu'il ne soit pas ici, Fi. Tout comme je voudrais que *tu* ne sois pas là non plus. C'est père… Il a perdu toute sa raison. Et ce sont aussi ces nouveaux hommes, ces mercenaires dont il a acheté les services… Ils ne font qu'attiser sa concupiscence et sa fascination pour le pouvoir. Si cela continue ainsi, père va nous mener à la destruction.

Les yeux sombres de Devlin plongèrent dans les siens. Fiona déglutit avec peine. La peur contenue dans la voix de son frère l'atteignait et ne faisait qu'amplifier le froid qui consumait ses membres. Elle frissonnait, et ses dents claquaient.

Devlin se pencha davantage vers elle.

— Pourquoi, après t'être enfuie, as-tu pris le risque de revenir sur les terres mêmes dont tu t'étais évadée ? Pourquoi, Fi ? Ces soldats Campbell, que père a fait tuer, avec ces notes, épinglées sur leur poitrine pour que Brandon les découvre… tout cela aurait dû t'alarmer au lieu de te pousser à vouloir revenir dans notre clan.

Quelque chose, dans la voix de son frère, s'était brisé, lui rappelant le petit garçon effrayé de leur enfance.

— En fait, Devlin, c'était pour me rendre chez notre

cousine que je me trouvais tout près de nos terres. Elle vit à présent avec les MacNab tandis que, de son côté, Brandon se marie avec une autre et que je refuse de rester dans son château si je ne suis pas son épouse.

« Aujourd'hui, bien sûr, tout cela semble si fou... Dans son clan, William et moi étions en sécurité et sous sa protection. Mais j'ai renoncé à tout cela par orgueil autant que par égoïsme. Et maintenant, William est en danger. »

Elle fit basculer sa tête contre les barreaux.

— Qu'est-ce que père me veut ? Et qu'attend-il de William ? Pourquoi ne nous a-t-il pas encore tués ?

Penchant la tête en avant, Devlin la posa contre les barreaux, à hauteur de la sienne.

— Pour père, tu fais partie d'un plan plus vaste. William aussi. Un plan consistant à mettre fin au clan Campbell une fois pour toutes.

Devlin rouvrit les yeux et lui pressa les mains.

— Je ne sais pas comment te protéger, mais je ferai tout ce que je pourrai pour essayer. Je ne te décevrai plus, sœur. Tu as ma parole.

— Libère-moi, répondit Fiona en tirant de nouveau sans résultat sur ses liens.

Son frère secoua la tête.

— Ce serait une très mauvaise idée. Car, après t'avoir libérée, j'ignore comment je pourrais t'aider à t'évader et te garantir la vie sauve. Il y a, postés partout, des soldats ayant reçu l'ordre de te tuer si tu sors de l'enceinte de ce château. Pour ma part, si j'ai pu venir ici et si je peux échanger avec toi maintenant, je ne le dois qu'à Oric. Parce que c'est lui qui garde la porte d'en haut.

Oric. Fiona sourit. Le vieux soldat l'avait toujours soutenue. Et c'était déjà lui qui l'avait aidée, avec sa tante, à s'évader, alors que William n'était pas encore né.

Un sifflement traversa l'obscurité.

Devlin sursauta.

— C'est Oric qui m'envoie le signal. Je vais trouver le moyen de te sortir d'ici, ma sœur, je te le promets. Là, je dois partir, mais je reviendrai plus tard avec un plan.

Pendant que Devlin parlait, une telle lueur d'espoir scintillait au fond de ses yeux que Fiona fit la prière désespérée que son frère lui revienne vite avec un véritable plan d'évasion. Autrement, elle était pour ainsi dire morte. Et William aussi.

Elle pensa ensuite s'être endormie, car elle reprit conscience au bruit d'une porte qui s'ouvrait. Le soleil se déversait par la fenêtre devant elle, et elle cligna des yeux pour faire le point sur la silhouette qui s'approchait, qui serait près d'elle quelques secondes plus tard et qui créait une ombre imposante dans son sillage.

L'homme était là, à présent. Comme il s'arrêtait devant elle, Fiona se raidit à sa vue et ce furent à la fois la terreur et la rage qui se répandirent en elle. Comme toutes les fois.

— Père…, dit-elle, incapable de contenir le tremblement de sa voix.

Celui-ci fit signe à un garde. La brute déverrouilla la porte et arracha Fiona du sol. Une fois debout, elle trébucha et buta sur le guerrier robuste qui la tenait par le bras en la serrant si fort qu'elle sentit son sang pulser à l'intérieur de ses veines.

Laird Audric tendit la main vers elle et lui prit le menton avec gentillesse avant de lui tourner légèrement la tête. De la douceur passa dans ses yeux gris.

— Tu me fais beaucoup penser à ta mère…

Fiona eut même l'impression qu'un sourire lui touchait les lèvres, juste avant qu'il ne retire sa main.

— Nous allons attendre, déclara-t-il.

Enfin, il sourit.

— Mais il va venir. Alors, nous en aurons enfin fini avec tout cela.

— Qui va venir ? demanda Fiona. Qui ?

Son père rit, la laissant se débattre, sans intervenir, contre le garde qui refusait de la lâcher.

Mais, au fond d'elle-même, Fiona savait bien qui allait venir. Si on l'avait maintenue en vie, ainsi que William, ce n'était que pour servir un but plus grand : attirer le laird du clan Campbell dans un piège et faire en sorte que la rivalité entre les deux clans s'achève dans le chaos pour les Campbell.

Or, quand Brandon serait mort, elle mourrait aussi.

Et leur fils également.

Chapitre 25

— Brandon…, commença Hugh en chuchotant presque, une main posée sur son épaule, quel est notre plan ? Nous ne sommes que deux hommes de notre clan ici. Nous n'avons donc aucun espoir de prendre ce château d'assaut et pas davantage de venir en aide à Fiona et à William et de les sauver.

Brandon s'arrêta à la lisière de la forêt, les yeux rivés sur la forteresse de Glenhaven qui rougeoyait dans le lointain et lui causait tant de tourments. Comme d'habitude, Hugh avait raison : il leur aurait fallu beaucoup d'hommes pour s'assurer que le château était bien l'endroit où Fiona et William étaient retenus prisonniers, y entrer en force, les trouver tous les deux et les sortir de là vivants. Brandon le savait.

Et peu importait son impatience de voir Fiona et leur fils, et de les prendre tous les deux contre lui. Attaquer le château à deux serait tout simplement aussi irréfléchi que dangereux, se dit-il enfin. Et si c'était justement sur ce geste inconsidéré que comptaient les MacDonald pour les abattre, ce n'était précisément pas le cadeau qu'il avait l'intention de leur faire. Il allait au contraire agir à l'opposé de ce qu'ils attendaient.

— Nous faisons demi-tour.

Hugh écarquilla les yeux.

— Quoi ! Avez-vous bien dit que nous faisions demi-tour ?

— Tout à fait.

En attendant de découvrir en quoi consistait le jeu du

clan MacDonald, Brandon venait en effet de décider de ne plus engager de joueurs supplémentaires. Avec le léger recul qui était maintenant le sien, il trouvait même très imprudent de sa part de s'être précipité à la recherche de Fiona et de William en la seule compagnie de Hugh.

Car, si les MacDonald avaient capturé la mère et le fils au lieu de les tuer sur-le-champ, c'était forcément pour un motif dicté par un plan plus complexe. À lui, maintenant, de découvrir cette raison avant de s'aventurer plus loin sur leur territoire.

Après un long et dernier regard en direction de Glenhaven, Brandon pria pour que son raisonnement fût juste. Car, s'il s'était trompé, Fiona et son fils étaient pour ainsi dire déjà tous deux morts.

Plusieurs heures s'étaient écoulées depuis leur retour au château d'Argyll, et ils n'avaient reçu aucun message des MacDonald.

Brandon arpentait l'étude de long en large tout en regardant le soleil se lever derrière les fenêtres et en essayant de trouver à quel jeu jouait le clan adverse.

S'agissait-il d'une revanche sur des faits passés ? Il fronça les sourcils. Et si Laird Audric MacDonald essayait de l'attirer à Glenhaven pour le tuer afin d'absorber le clan Campbell comme il avait déjà tenté de le faire l'année précédente… ? C'était une des possibilités.

Brandon posa les mains sur son ceinturon de poignards et fixa le feu qui brûlait dans l'âtre. Au-dehors, Rowan et Hugh entraînaient les hommes à l'attaque, mais lui mourait d'envie de retourner à Glenhaven. Plus Fiona et William y étaient retenus longtemps, plus ils s'y trouvaient en danger. Pour sa part, il avait déjà fait un pari en renonçant à son projet initial de prendre le château d'assaut pour les sauver. Mais, alors qu'il était seul avec Hugh, leurs chances de succès auraient été tellement minces ! Et il ne voulait pas perdre Fiona et leur fils.

Pas maintenant. Ni jamais.

Comment avait-il pu être si imbécile ?

Un imbécile comme son père.

Il abattit son poing sur le bureau.

Tout ce contre quoi Fiona l'avait mis en garde.

Malgré ses avertissements et l'exemple de l'erreur de son propre père, il avait laissé la mère de William lui filer entre les doigts parce que son rôle de laird avait peu à peu occupé tout son espace. Pourtant, n'avait-il pas alors son rêve et ses espoirs déjà à portée de main ? L'amour, la famille et un avenir à inventer ?

Si, mais il avait eu trop peur pour y croire, trop peur pour saisir sa chance, pour profiter de cette unique et précieuse occasion. Et pour mieux se convaincre d'avoir raison, il s'était même raconté des mensonges en décrétant qu'en épouser une autre était son devoir de laird et que cet acte leur assurerait, à tous trois, Fiona, William et lui, de demeurer en sécurité.

En réalité, il n'avait fait que se protéger lui-même et se réfugier derrière son rôle et son devoir de laird pour mieux dissimuler sa hantise de souffrir encore s'il faisait de nouveau confiance à Fiona. Ensuite, il avait prévu de vivre la moitié de sa vie sans Fiona. Mais il réalisait maintenant qu'il désirait passer avec elle toute son existence, même en sachant à l'avance les complications qui résulteraient d'une telle union, et sans que lui importe l'avis des anciens ni d'aucun membre du clan.

On frappa une fois. Brandon sentit son cœur partir au galop tandis qu'il traversait la pièce en courant et ouvrait la porte d'un coup sec. Ses épaules s'affaissèrent. *Susanna Cameron.* Précisément ce qu'il ne lui fallait pas en cet instant : que sa fiancée fasse une enquête. Depuis son retour, il avait réussi à échapper à la confrontation, mais, cette fois, une nouvelle fuite en avant semblait impossible.

— Puis-je échanger un mot avec vous, my laird ? demanda-t-elle sur un ton doux et d'une voix de velours, mais avec des yeux pétillants de malice. Mes hommes m'ont appris votre… situation, et je crois que nous pourrions nous entraider.

Quelque chose, dans la bizarrerie du sourire de la jeune fille, piqua l'intérêt de Brandon et bouscula son hésitation. Susanna avait un plan, c'était évident. Mais lequel ? Il n'en avait pas la moindre idée.

Haussant les épaules, il ouvrit plus grand la porte en lui faisant signe d'entrer. Il retint un soupir. De toute façon, les choses n'auraient pas pu être pires… Alors pourquoi ne pas écouter les idées de Susanna ?

— Entrez ! Je suis surpris de vous voir déjà debout. À vrai dire, je vous croyais même retirée pour un moment dans vos quartiers.

Il ferma la porte et la regarda avancer dans la pièce. Ce fut seulement alors qu'il réalisa qu'elle portait exactement la même robe que la veille, ce qui piqua davantage sa curiosité.

— Je ne dors pas beaucoup, my laird, et avec tout ce qui s'est passé depuis mon arrivée je n'y ai même pas pensé… comme vous apparemment.

Sur ces mots, elle s'installa dans un large fauteuil devant l'âtre où scintillait un bon feu. Puis elle étendit ses jambes devant elle. Le geste de Susanna rappela à Brandon un chat noir que sa sœur Beatrice avait possédé pendant plusieurs années. Lui revint presque en même temps le souvenir du jour où l'animal lui avait mordu le doigt…

— Je serais désolé que votre visite ait pu vous paraître moins importante que ce que nous avions prévu, déclara-t-il.

Elle agita vaguement une main comme pour écarter à la fois la réflexion et l'excuse.

— Tout cela n'est pour moi d'aucune importance. Je crois que nous pouvons tirer bénéfice l'un de l'autre d'une façon tout à fait différente de celle dont nous avions convenu au début et qui pourrait nous plaire, à tous deux, bien davantage.

Du bout de l'index, Susanna traça un petit chemin le long du bras de son fauteuil tout en faisant signe à Brandon de s'asseoir dans celui d'à côté. Il hésita, puis s'exécuta finalement sans jamais cesser de la regarder.

— Vous n'en êtes peut-être pas conscient, reprit-elle, mais les Cameron sont plutôt méfiants.

Brandon se laissa aller en arrière dans les coussins de manière plus confortable tout en écoutant Susanna avec attention.

— Pas plus que la plupart des gens, j'imagine.

Elle eut un petit rire.

— Voyagez-vous aussi en emmenant en secret cinquante soldats de plus que prévu ?

Brandon hésita, conscient que ses nerfs sonnaient l'alarme.

— Non… Êtes-vous en train de m'apprendre que cinquante soldats Cameron se trouvent en ce moment cachés entre les murs de mon château ?

— Pas à l'intérieur des murs de votre *château*, mais à l'intérieur de vos *frontières*. C'est notre manière d'assurer notre sécurité lorsque nous rendons visite à d'autres clans, même à ceux que nous estimons amis.

Brandon se pencha en avant, gagné par un certain agacement. Décidément, ce face-à-face était bien la dernière chose dont il avait besoin ce matin-là.

— Me menacez-vous, my lady ?

— Non. Vous vous méprenez sur ce que je cherche à vous expliquer.

Susanna sourit, et son regard lança un éclair avant qu'elle ajoute :

— Si besoin est, je vous les offrirai, ces soldats, pour vous aider à exfiltrer votre fils et sa mère de Glenhaven. J'ai entendu dire que les MacDonald les avaient attrapés.

— Contre quoi en retour exactement ?

Brandon fronça les sourcils en croisant les bras sur son torse. Aucune proposition de ce genre ne se faisait sans compensation, et il redoutait celle que Susanna avait en tête.

Pendant un moment, elle tripatouilla le tissu froissé de sa robe. Avant de libérer un soupir… Et lorsqu'elle rencontra de nouveau les yeux de Brandon, elle avait le regard triste.

— Je sais ce qu'est une déception amoureuse. Voilà pourquoi je refuse qu'un homme me prenne comme épouse de second choix.

Brandon attendit, toujours aussi incertain de ce qu'elle allait exactement lui proposer.

— Je désire, continua Susanna, que vous me libériez de ce simulacre de fiançailles dont vous portez la faute et non moi. De cette manière, je n'aurai pas à endurer la colère de mon père et il ne me considérera pas comme un problème pour le clan. De plus, de votre côté comme du mien, nous serons ainsi libres de suivre les élans de notre cœur. Seulement alors, je pourrai vous promettre de mettre mes hommes à votre disposition…

Brandon secoua la tête et se frotta le visage du plat de la main. Sans doute avait-il mal entendu… Ce qu'il attendait et désirait même avec ardeur, à savoir être libéré de ses fiançailles, lui était proposé sur un plateau. Mais il ne parvenait pas y croire. Tout cela semblait trop beau et beaucoup trop facile.

— Où est le piège, my lady ? À vous entendre, l'arrangement que vous me proposez se ferait beaucoup plus à mon avantage. Que me réclamez-vous d'autre en échange de votre offre ?

Elle lui lança l'un de ses sourires éclatants.

— Vous êtes perspicace, my laird. J'ai en effet une faveur à vous réclamer. Une faveur que vous m'accorderez le jour où je déciderai d'y recourir. Sans qu'il y ait de questions posées.

— Si je comprends bien, vous voudriez que, le jour où bon vous semblera, je vous accorde la faveur que vous me demanderez sans que je connaisse quoi que ce soit de la nature ni de l'importance de cette faveur ?

— Oui.

Les lèvres de Susanna se serrèrent jusqu'à ne plus former qu'un trait. Puis elle ajouta :

— Ce sont en effet mes conditions.

Brandon soutint son regard, parfaitement conscient que ce serait là le plus grand risque qu'il prendrait de sa vie, mais sachant aussi qu'il était prêt à le courir s'il lui permettait de sauver son fils et la femme qu'il aimait.

— Je crois que nous sommes d'accord, my lady, dit-il sans hésiter avant de quitter son siège. Dès demain matin, je rédigerai une lettre que je ferai parvenir à votre père par messager.

Susanna se leva, le sourire aux lèvres.

— Magnifique. J'espérais bien que nous saurions parvenir à une entente qui se révélera aussi bénéfique pour vous que pour moi.

De façon inattendue, elle conclut sa phrase par un sifflement long et bas.

La porte s'ouvrit aussitôt sur deux gardes du clan Cameron qui entrèrent avec Hugh à leur côté.

Par leur taille et leur stature, Brandon trouva une certaine ressemblance entre les deux hommes et son ami. Mais la comparaison s'arrêtait là, car les deux hommes semblaient un peu agacés. À l'évidence, l'idée de devoir se mettre au service d'autrui ne leur plaisait pas. Mais en y regardant mieux, Brandon comprit qu'utiliser plus tard leur colère à son avantage ne serait pas du domaine de l'impossible.

— Lunn et Cynric, déclara Susanna, vous ferez, je vous prie, ce que vous commandera Laird Brandon. Tant que nous resterons ici, il aura le plein usage du service de nos hommes et aura accès à nos ressources. Comme vous le savez, son fils a été enlevé. Vous ferez tout ce qu'il y aura à faire pour assurer à l'enfant un retour chez lui sain et sauf… en compagnie de sa mère.

Là-dessus, Susanna Cameron les salua d'un signe de tête et prit congé. Brandon la vit disparaître de la pièce, se demandant s'il venait de conclure un marché avec un démon ou avec un ange.

— Ça y est, my laird, elle a fini par arriver ! déclara Hugh en apparaissant à la porte de l'étude avec Rowan dans son sillage.

Brandon s'arracha un instant au projet qu'il était en train d'établir avec Lunn et Cynric, et écarta les grandes cartes faites en peau d'animal qu'ils étudiaient ensemble depuis des heures. À présent qu'ils disposaient d'un plan de sauvetage – et même de plus d'un – et puisque la lettre des MacDonald était arrivée, ils allaient pouvoir passer à l'acte.

— Que réclament-ils ? demanda-t-il.

Rowan ouvrit le papier parchemin. Dans son geste, une mèche de cheveux s'échappa et tomba en voletant jusqu'au sol. Ces fils soyeux couleur de flamme appartenaient à Fiona. Brandon les reconnut dans l'instant.

Le contrôle qu'il avait exercé sur lui-même au cours de ces dernières heures se brisa. Il ramassa les cheveux au sol et les serra entre ses deux paumes.

— Qu'on me lise la lettre ! ordonna-t-il.

S'éclaircissant la gorge, Rowan s'exécuta :

Laird de Campbell,

Si vous voulez revoir votre fils et Fiona vivants, rendez-vous à Glenhaven avant la tombée de la nuit. Seul.

Laird Audric MacDonald

Lunn quitta la table pour regarder par la fenêtre et prit la parole :

— Vous ne pouvez pas y aller seul, Laird Brandon.

Posant les mains sur son ceinturon de dagues, il poursuivit :

— Vous vous feriez immédiatement éliminer. Vous devez discuter ce qu'il dit.

Brandon se frotta le cou.

— Avez-vous perdu toute raison ? On ne *discute* pas avec les MacDonald. Si je faisais cela, Fiona et William seraient aussitôt sacrifiés.

— Je suis d'accord, intervint Hugh. De plus, nous n'avons même pas la preuve qu'ils soient toujours en vie.

— C'est vrai, renchérit Cynric. De notre côté aussi, nous avons connu des problèmes avec les MacDonald. On ne peut jamais leur faire confiance. Pour gagner, ils trichent à chaque fois.

Rowan confirma d'un hochement de tête.

— Il dit la vérité, frère. Nous le savons tous. Si nous ne raisonnons pas de manière aussi impitoyable que les MacDonald, nous n'aurons pas la moindre chance de l'emporter. Même avec l'aide que nous apporte aujourd'hui le clan Cameron.

Une partie de Brandon savait que, s'il ne s'était pas agi de son fils et de Fiona, il aurait été d'accord avec tout ce qui venait d'être dit. Mais, en l'occurrence, il s'agissait de *son* fils, il s'agissait de *Fiona*. Il était impossible pour lui, donc, d'adopter la froideur et l'esprit calculateur d'un soldat. Face à cette bataille à venir, c'était seulement le père et l'homme amoureux qui parvenaient à s'exprimer en lui, l'être qui courait le danger de perdre son âme sœur, la femme qu'il avait toujours aimée et aimait plus que toute autre. Sans compter le fils qu'ils partageaient.

Et c'était exactement ce sur quoi ce salaud comptait.

Brandon leva les yeux au ciel et soupira. Il avait failli tomber directement dans le piège.

— Vous avez raison. La situation réclame que je me

comporte en laird et en soldat. Non en père. Laird Audric veut m'atteindre par le biais de mes émotions et me faire oublier les faits, mais il ne réussira pas. Donnez-moi votre avis, vous tous ; je vous écoute.

— Nous les controns et exigeons qu'ils nous amènent la mère et l'enfant ici, dit Lunn en premier.

— Et comme il refusera, ajouta Hugh, on se retrouvera en terrain neutre à la frontière.

— Or la frontière aussi comporte des défis, my laird, précisa Cynric. À part la lisière de la forêt, il existe en effet peu d'endroits susceptibles d'accueillir des personnes comme nous cherchant à cacher des soldats.

Pointant la carte déployée sur la table, il posa de minuscules cailloux sur les secteurs où ils pourraient dissimuler leurs hommes, et poursuivit :

— En conséquence, les MacDonald seront obligés de dissimuler leurs propres hommes encore plus profondément dans la forêt. Je veux dire dans les bosquets d'arbres se trouvant directement sur leur territoire. De fait, si, à un moment, les combattants sont amenés à charger, ce sont *nos* guerriers qui arriveront les premiers à la frontière.

— Ou alors…

Brandon venait de reprendre la parole et souriait, plein d'espoir :

— … nous ne leur envoyons rien du tout… Nous faisons une arrivée fracassante et perçons leur muraille. Dans le mouvement, nous allons délivrer Fiona et William à l'intérieur du château. Et tout cela avant même de pouvoir ouvrir le moindre débat.

— À présent, tu raisonnes comme un MacDonald, frère ! déclara Rowan en lui tapant sur l'épaule. Un effet surprise pareil serait sacrément parfait !

Toutes les personnes présentes dans la pièce en convinrent.

— Nous allons préparer nos hommes et partirons avant

le crépuscule, conclut Brandon. Ce qui donnera juste le temps aux membres du clan MacDonald de se demander si nous avons bien reçu leur message et si nous allons accepter leurs conditions.

Chapitre 26

Les heures avaient sonné les unes après les autres, et Fiona demeurait prisonnière, attendant que quelque chose – n'importe quoi – se passe. Elle avait compté les toiles d'araignée, essayé de se libérer de ses liens des dizaines de fois, sans y parvenir. Ils étaient bien trop serrés, c'était impossible. Elle avait même fini par retenir les horaires de relève des sentinelles, ce qui, elle le savait, pourrait lui être très utile quand elle s'enfuirait.

Car elle allait s'échapper ! Ne pas mourir au château de Glenhaven… Du moins pas sans s'être battue avant.

En attendant, seules quelques pensées positives pouvaient l'aider à survivre à sa situation présente. Car imaginer une autre issue que le succès de son évasion en compagnie de son fils ne la mènerait sûrement qu'aux portes de la folie. Or elle avait besoin de conserver tous ses esprits pour parvenir à améliorer sa condition.

Elle regarda à travers les barreaux de sa cellule. Le soleil se trouvait maintenant presque à son zénith. Midi approchait. Fiona s'installa au milieu des murs humides pour mieux étudier son environnement. Il fallait qu'elle sache de quelles armes elle pourrait s'emparer sans difficulté, quelles diversions elle pourrait créer et quelles prérogatives elle pourrait s'accorder. Trouver rapidement les réponses à ces trois questions était le seul moyen sûr pour elle d'être prête à s'enfuir au moment propice.

William, William, mon garçon chéri, tu me manques.

C'était la petite litanie qui lui revenait entre deux pensées d'évasion. Comme par un hasard extraordinaire, ce fut à cet instant que Fiona entendit des pleurs. *Ses* pleurs. Bondissant vers la fenêtre, elle pressa son oreille contre les barreaux et s'efforça de tout entendre. C'était bien William, et il avait faim, c'était clair. Cette pensée lui apporta un léger frisson de soulagement, car non seulement son enfant était vivant mais en plus il allait rendre tous les soldats sourds si on ne le nourrissait pas rapidement…

La situation l'emplit d'une fierté incommensurable. Son fils était fort ! Il avait déjà survécu à tant de choses ! Et il survivrait aussi à ce qui se passait maintenant. Tout comme elle.

Quelques minutes plus tard, Fiona perçut un nouveau bruit. Au niveau supérieur, la porte du donjon craquait et résistait un peu à la personne en train de l'ouvrir. Des pas lourds se dirigèrent ensuite vers son cachot.

Puis Oric, qui avait été autrefois le garde en qui Fiona avait le plus confiance et celui qui s'était toujours montré le plus gentil avec elle, fit son apparition derrière la porte avec William dans les bras.

Il lui adressa un sourire un peu bourru au milieu de sa barbe grise :

— Le bébé a faim, miss. On m'a envoyé vous le porter.

Dans la seconde, Fiona fit courir ses mains le long de sa robe sale, pressée de tenir son fils contre elle, de le respirer et de l'embrasser. Quand, après avoir ouvert, Oric lui tendit le bébé, des larmes de soulagement lui inondèrent les joues. Elle observa William sous tous les angles, heureuse de constater qu'il ne lui avait été fait aucun mal. Il était bien, il était en vie et elle allait le garder ainsi.

Oric se détourna quand elle ouvrit son corsage pour nourrir son enfant. Puis elle se couvrit elle-même du plaid qui enveloppait son fils. Le plaid MacDonald... Cela surprit Fiona. Jamais elle n'aurait pensé que son père aurait permis à ses gens d'emmailloter William dans ce plaid. Il avait tant haï le petit ! Et si tôt ! Bien avant sa naissance même, au prétexte que du sang Campbell coulait dans ses veines.

— Merci de m'avoir amené mon fils, Oric.

Le vieux guerrier lui fit face et la regarda. Elle vit les traits du visage ridé s'adoucir. Les longs cheveux gris brillèrent dans la lumière. Il lui sourit en les contemplant tous les deux.

— Votre mère aurait été heureuse de vous voir ainsi, dit-il, submergé par l'émotion et par quelque chose qui ressemblait, de manière étrange, à du regret.

— Vous croyez ? demanda Fiona en baissant la tête pour regarder son beau bébé tout en se demandant si ce que disait le garde pouvait être vrai.

Elle releva la tête.

— Oric... Ma mère nous a abandonnés, Devlin et moi. Elle nous a quittés en nous laissant juste un au revoir griffonné sur un morceau de parchemin. Elle ne nous a pas assez aimés pour rester ou pour essayer de nous protéger de notre père. Alors pour quelle raison, si elle était aujourd'hui en vie, se soucierait-elle de mon bonheur ou de celui de mon enfant ?

Fiona n'avait même pas songé à dissimuler l'amertume contenue dans sa voix. Les phrases avaient franchi ses lèvres avec naturel, sans qu'elle ait eu besoin de chercher ses mots. Du reste, le souvenir du départ de sa mère réveillait toujours en elle les trois mêmes sentiments : la colère, la tristesse et la honte. À égales proportions.

Quant à Oric, depuis le début, il avait été son ami. Même quand elle n'était encore qu'une gamine tentant de percer les coutumes des Highlands ou de comprendre les tâches qui lui incombaient et les droits qui lui revenaient en tant que fille du laird.

Maintenant, il paraissait hésiter et, la tête baissée, étudiait les paumes de ses mains.

— Bien que je ne puisse le certifier, je crois qu'elle a fait cela pour vous protéger.

— Ma mère m'a quittée pour me protéger ? répéta Fiona, rendue confuse par la phrase.

Comment la distance que sa mère avait établie entre elles deux aurait pu offrir une quelconque protection à la petite fille qu'elle était ? Surtout en la laissant aux soins du Laird Auric MacDonald ! Il y avait là quelque chose qui lui échappait complètement.

Au-dessus d'eux, la porte craqua. Oric fronça les sourcils.

— Je dois partir.

Pivotant sur ses talons, il s'apprêta à sortir.

— Me protéger ? murmura Fiona à son intention. Me protéger de quoi, Oric ?

Sans répondre, il s'éloigna et disparut au coin de l'étroit couloir.

Le bruit de pas irréguliers que Fiona entendit juste après lui indiqua que son père approchait. Elle recula autant qu'elle put, regagnant les confins de sa cellule pour que Laird Audric ne puisse les toucher avec l'horrible canne qu'il promenait partout. Celle-là même qu'elle avait appris de bonne heure à craindre et à surveiller du coin de l'œil pour l'éviter au mieux. Car, si elle n'oubliait jamais que son père pouvait exploser de colère sous n'importe quel prétexte, elle savait aussi qu'on ne devinait jamais exactement quand.

— Comment se portent ma fille et son petit bâtard de garçon ?

Les yeux gris de son père la chargeaient d'un regard furieux. Fiona le soutint, mais sans répondre pour autant.

— Il semble que le père de ton garçon vous accorde, à l'un comme à l'autre, bien peu d'importance. Il ne répond pas à ma proposition de nous rencontrer. Après tout, peut-être ne veut-il même pas se donner la peine de demander ta main ? Si c'est le cas, il faudra que je t'attribue une autre fonction.

Fiona le fixa tandis qu'il poursuivait :

— Tu as jusqu'à la tombée de la nuit pour qu'il se manifeste. C'est dans votre intérêt à tous les deux. À plus tard, fille.

La nuit arriva beaucoup trop vite. Oric fut la seule personne qui vint la voir pour récupérer William après sa tétée. Mais cette fois, contrairement à ce que le vieux soldat avait fait lors de sa première visite, il ne prononça pas un mot.

Où était Brandon ? Fiona savait qu'il ne l'abandonnerait pas. Pas après tout le mal qu'il s'était donné pour la garder alors même qu'il la détestait encore. Pas après tout ce qui s'était passé entre eux au cours des jours précédents. Oui, même si Brandon pensait que son devoir était d'épouser Susanna Cameron, Fiona était certaine qu'il l'aimait. C'était de plus un homme trop bon pour la laisser tomber ainsi, l'oublier dans cette geôle humide et froide sans se soucier de ce que l'on ferait d'elle. Mais elle savait aussi que, après qu'il l'aurait sauvée, ainsi que William, elle ne considérerait pas sa protection comme acquise comme elle le faisait auparavant.

En repoussant l'existence que Brandon leur avait offerte, à elle et à son fils, elle s'était comportée comme une stupide égoïste. Elle aurait pu s'installer tranquillement avec William dans un cottage du village, permettant ainsi à son garçon de s'intégrer complètement au clan auquel il appartenait. Un clan qui l'aurait aimé et chéri comme elle-même ne l'avait jamais été. Car son enfant méritait de connaître cette vie et de devenir un jour laird comme son père.

La porte principale de la prison s'ouvrit au-dessus de son cachot en grinçant. Un sentiment de soulagement parcourut Fiona. S'agrippant à ses barreaux, elle prêta l'oreille en s'efforçant d'écouter avec toute son attention comme elle le faisait chaque fois. Bientôt, des pas différents, ceux de deux hommes, se rapprochèrent. Un brin d'inquiétude la traversa alors. Lorsqu'ils tournèrent au coin du couloir, elle lâcha les barreaux de sa lucarne et plaqua sur son visage son meilleur masque de guerrière. Elle les avait reconnus tout de suite :

c'étaient les deux brutes de la forêt, les deux mercenaires qui l'avaient d'abord capturée avant de l'amener dans cet horrible endroit.

— Le laird voudrait vous dire un mot, déclara le plus grand, les yeux rivés sur elle tandis que l'autre tenait un morceau de corde.

— Je ne préfère pas, répondit-elle.

Il fronça durement les sourcils.

— Il ne s'agit pas d'une requête mais d'un ordre ! Vous allez venir avec nous, même si nous devons vous traîner de force.

Fiona les regarda, estimant avec discrétion leur rapidité et leur degré d'impulsivité. D'après ce qu'elle en avait vu, ces hommes semblaient enclins à la violence. Or elle devait rester en vie aussi longtemps que possible. Pour son fils.

Elle se dirigea vers la porte de sa cellule, attendant qu'ils l'ouvrent, et tendit ses poignets liés. Le fait de n'être qu'en partie attachée lui permettrait de courir. En prenant un air faible et en feignant de coopérer, elle pouvait même avoir une chance de les berner et de s'enfuir.

Le plus petit des deux lui passa la corde autour des poignets et tira soudain dessus avec une telle brutalité que Fiona tomba sur les genoux et sur les coudes, incapable d'amortir sa chute tant le geste l'avait prise de court.

— Ça, c'est pour nous avoir fait répéter ce qu'on avait à dire. Maintenant, debout !

Soufflant sur les mèches de cheveux qui la gênaient pour voir, Fiona leva les yeux vers les deux gardes et leur lança un regard assassin.

Salauds !

Ce fut entre eux deux qu'elle parvint quelques instants plus tard au niveau supérieur. Une table, deux chaises et des gardes en demi-cercle l'attendaient.

Mais Brandon demeurait invisible. Son petit William

également. Fiona sentit son cœur s'emballer dans sa poitrine. *Où étaient-ils ?*

Quand son père hocha la tête, le soldat le plus petit la poussa sur l'une des deux chaises en bois. Fiona dut s'accrocher au dossier au dernier moment pour ne pas tomber. S'asseyant le dos le plus droit possible, elle rencontra le regard mesuré de son père.

— Vous avez besoin de me parler, père ? demanda-t-elle en souriant un peu. Pour ma part…

Elle leva les avant-bras et montra ses poignets :

— … je trouve ces contraintes un peu superflues dans la mesure où vos hommes m'encerclent.

Son père se dirigea vers elle et la dévisagea pendant une longue minute… avant de la gifler si fort qu'elle tomba lourdement de sa chaise. Abasourdie, Fiona essuya le sang qui coulait de sa lèvre supérieure et demeura ainsi, haletante, sous le choc.

— Debout ! cria son père en se mettant à déambuler avec nervosité devant elle.

La fureur la saisit.

— Pour quoi faire ? Pour que vous puissiez me faire tomber de nouveau par terre avec un nouveau coup ?

Son père s'arrêta de marcher, revint jusqu'à elle et la saisit par les cheveux.

— J'ai dit debout !

Avec une grimace, Fiona tenta de se relever et, au prix d'un effort terrible, revint jusqu'à la chaise où elle cracha du sang aux pieds de son père. Elle ne se souciait plus de savoir si elle allait vivre. Mais son fils, *lui*, vivrait ! Aussi devait-elle découvrir où il se trouvait. Ensuite, elle saurait détourner assez longtemps l'attention de son père pour que William demeure en vie jusqu'à l'arrivée de Brandon. Après cela, si cela se révélait nécessaire, elle tuerait elle-même son père.

Examinant la salle avec circonspection, Fiona réalisa que son frère n'était pas là.

— Où est Devlin ?

— Ah, tu as envie de parler avec ton faible, ton inutile de frère ! s'écria son père. Nous allons arranger cela tout de suite. Amenez-le ici.

Fiona vit le soldat qui l'avait fait tomber exprès un peu plus tôt acquiescer d'un signe de tête avant de sortir.

Il revint un instant plus tard, avec Devlin. Celui-ci prenait appui sur lui, une main pesamment posée sur son épaule. Fiona déglutit avec peine. Ils avaient battu son frère. Avec violence. L'un de ses yeux, gonflé, ne s'ouvrait plus, et il traînait sa jambe droite derrière lui, luttant pour se maintenir debout dans un équilibre précaire.

— Frère ! s'écria-t-elle, effarée, en esquissant le geste de se lever.

Un soldat lui donna un coup de poing dans le ventre, et elle s'écroula à terre. Comme, le souffle coupé, elle cherchait de l'air pour respirer, elle entendit Devlin crier derrière elle. Puis elle perçut le bruit d'une bagarre avant que celui-ci n'atterrisse finalement sur le sol tout près d'elle, prêt à perdre connaissance.

Lui passant les doigts dans ses beaux cheveux roux, Fiona lui murmura à l'oreille :

— Ils vont arriver, Devlin. Reste vivant pour moi. Je t'aime, mon frère.

Un soldat l'attrapa alors par la taille et la tira vers le haut pour la relever. Il la maintint avec les bras étroitement serrés contre son propre corps.

— Tu vas m'apporter toutes les réponses aux questions que je vais te poser, ma fille. Ou tu mourras. Lentement, si je puis apporter cette précision.

— Je me fiche de ce que vous me faites, lança Fiona d'une voix tremblante de colère.

— C'est ce que je pensais… Amenez-le ! cria son père.

Une servante pénétra alors dans la pièce avec William.

Fiona se sentit envahie d'effroi, et des larmes lui montèrent aux yeux.

— Vous ne toucherez pas à mon fils ! cria-t-elle.

Puis elle ajouta plus doucement :

— Même vous, vous ne pourriez faire de mal à un bébé…

Alors même qu'elle prononçait ces mots, Fiona sut qu'ils étaient mensongers et qu'elle-même ne pensait pas ce qu'elle disait. Son père avait déjà essayé de la tuer et de tuer son bébé avant même qu'il soit né. Qu'est-ce qui l'empêcherait de recommencer ?

Le laird se mit à rire.

— Toi et moi savons très bien que ce n'est pas vrai.

— Mais pourquoi, père ? Pourquoi m'avez-vous toujours détestée ? Pourquoi détestez-vous mon fils ? C'est un être innocent. Il ne vous a rien fait. Rien !

Jaillissant enfin de ses yeux, les larmes roulèrent sur ses joues, son menton.

— C'est à cause de moi, miss.

Oric venait d'apparaître de derrière les soldats.

Fiona poussa un petit cri à sa vue.

— Que… que vous ont-ils fait, Oric ?

Des entailles au couteau marquaient la chair du visage du guerrier, ainsi que ses bras, tandis qu'une large blessure saignait à sa jambe droite.

Fiona cligna des paupières. Rien de tout cela n'avait de sens. Oric avait toujours été leur ami. Jamais il ne s'était montré déloyal envers elle, Devlin ou leur père… ni envers leur mère. Il s'était même montré d'une loyauté *sans faille* envers elle.

Fiona cessa de respirer. Elle chercha son souffle tandis que, stupéfaite, elle reconstituait tout.

— C'est parce que…, commença Oric d'une voix que l'émotion cassait, tu es ma fille.

— *Vot... Ta fille* ? répéta-t-elle dans un souffle.

— Oui. Et c'est pour moi un immense soulagement que

tu le saches enfin. Car c'est en tant que telle que je t'aime depuis tout ce temps.

Une foule de souvenirs d'enfance se précipita alors dans la mémoire de Fiona. C'était Oric qui lui avait appris à tirer. C'était lui aussi qui avait séché ses larmes quand elle s'empoignait avec son… *père*. C'était encore lui qui lui avait prodigué des conseils sur la façon dont elle pouvait rendre à sa mère son sourire.

Elle poussa un soupir tremblant. Après tant de temps, elle découvrait comme une évidence qu'Oric n'avait, en effet, jamais cessé de se conduire comme un père. Son véritable père.

Le germe de colère, qui était resté enfoui en elle, pendant d'interminables années, à force de se faire rejeter et haïr par… son *père* disparut d'un coup. Son père, son vrai père ne l'avait *pas* haïe. Il l'avait au contraire aimée sans retenue et de la seule façon qu'il avait pu. Fiona réalisait aussi que ses propres yeux vert pâle étaient le miroir de ceux d'Oric.

À l'intérieur de son âme, ces découvertes commençaient déjà à tisser une paix et une tranquillité aussi merveilleuses qu'inattendues.

— Et vous l'avez toujours su… ? demanda-t-elle au laird du clan MacDonald, l'homme qu'elle avait toujours cru être son père.

— Oui.

Il lui cracha au visage. Fiona sentit la salive lui couler sur la joue.

— J'ai toujours su que tu n'étais pas de moi… Que tu étais la bâtarde d'Oric.

Mais *elle* découvrait surtout qu'elle n'avait rien fait de mal. Que toutes ses tentatives pour mériter et gagner l'amour de son père n'avaient pas échoué par sa faute. Qu'il l'avait haïe depuis le début parce qu'elle était le fruit de l'amour de sa mère pour un autre homme.

À présent, les efforts qu'avait consentis Oric pour la protéger prenaient tout leur sens. Elle comprenait aussi pourquoi Oric avait risqué sa vie pour l'aider à s'échapper, avec tante Seana, lors de cette nuit fatidique : parce que Oric était son père. Et le grand-père de William.

— Pourquoi l'avez-vous autorisé à rester au château ? demanda-t-elle d'une voix sourde. Il est même l'un des gardes en qui vous semblez avoir le plus confiance.

Audric s'approcha d'elle en ricanant.

— Parce que je voulais que chaque jour lui rappelle que toi et ta mère ne seriez *jamais* à lui. Et que tu ne resterais en vie que si, *moi*, j'y consentais.

La saisissant soudain par le menton, Audric le lui tordit avec cruauté. Il avait maintenant les yeux à seulement quelques centimètres des siens. Et il respirait la haine quand il ajouta :

— Je ne trouve d'ailleurs plus cela nécessaire. Tout comme cela a cessé aussi de l'être un jour avec ta mère.

Fiona fronça profondément les sourcils avec l'impression que son sang gelait dans ses veines. L'espace d'un instant, elle ne parvint même plus à parler. Jusqu'à ce qu'elle puisse articuler d'une voix blanche :

— Avec ma mère ? Vous m'aviez dit qu'elle nous avait… abandonnés.

Audric desserra son emprise et lui sourit.

— Cela, c'est ce que je t'ai raconté. Mais elle réside en fait là où elle aurait toujours dû être.

Fiona se débattit contre le soldat qui la retenait en arrière.

— Quoi ? cria-t-elle, brûlante de colère. Expliquez-vous !

L'émotion dominait tout son corps, et les larmes menaçaient.

— Où est-elle ? *Où ?* hurla-t-elle en se débattant de plus belle.

— Au fond du marais. Là où je l'ai laissée… Elle menaçait de me quitter et de vous emmener, toi et ton frère. Pour partir avec *lui*. Mais *moi*… personne ne me quitte. À moins que *je* le permette !

Oric la fixa. Puis fixa Audric. Son regard était désespéré.

Deux soldats le retenaient. Il essaya de s'arracher à leurs doigts crochetés sur ses épaules.

— Bâtard ! lança-t-il sans quitter le laird du regard.

Un vide immense s'ouvrit devant Fiona. Elle haleta, parvenant à peine à respirer. Sa mère ne l'avait jamais abandonnée comme elle l'avait pensé parce qu'on le lui avait fait croire. Sa mère l'avait aimée. Elle avait essayé de partir pour leur offrir une vie meilleure, mais son père… non, pas son père, *Laird Audric* avait tué la mère qu'elle aimait tant.

Elle hurla de fureur :

— Je vous tuerai aussi !

Audric rit.

— Non, c'est moi qui te tuerai. Et ton fils avec.

— My laird, je vous en supplie, laissez-la partir, dit Oric en se débarrassant de l'un de ses gardes avant de recevoir un violent coup de poing au visage.

— Ou bien quoi ?

— Ou bien je vous tue à l'endroit même où vous êtes, répondit Brandon de sa voix grave aux accents chauds qui venait de monter derrière Fiona.

En la reconnaissant, elle sentit ses genoux devenir faibles. Elle se retourna, se demandant si elle rêvait ou non. Mais elle ne rêvait pas. Brandon et ses hommes venaient d'émerger, tous en même temps, comme des créatures immatérielles ayant traversé les murs de pierre. Leur vue lui coupa le souffle et fit monter en elle un long soupir de soulagement qu'elle libéra avec un bonheur indicible. Brandon était venu, exactement comme elle savait qu'il viendrait. À présent, William était en sécurité et rien d'autre ne comptait.

Elle croisa son regard. Ensemble, ils allaient sauver leur fils et s'extirperaient tous les trois de la situation où elle les avait plongés.

— Il semblerait que vous ayez finalement reçu mon message, Campbell…, lança Audric.

S'humectant les lèvres, il se mit à scruter la pièce sans

en dire plus. Entre les soldats MacDonald et les Campbell, la bataille se jouerait visiblement à parts égales. Déjà, ils s'observaient tous dans un silence de plus en plus relatif.

Pressée de passer à l'action, Fiona repoussa son garde d'un coup de pied qui l'envoya valdinguer et finir par terre. Une bagarre éclata entre deux soldats. De nouveaux guerriers arrivaient, se déversant en nombre depuis l'entrée du fond et celle du donjon. Fiona fronça les sourcils. Était-ce le plaid Cameron qu'elle apercevait sur certains ? Sûrement pas.

Elle secoua la tête, confuse. Comment avaient-ils réussi à entrer malgré les sentinelles ? Elle l'ignorait et ne s'en souciait pas. Tout ce qu'elle voulait, à présent, c'était trouver son fils et le soustraire au danger de la bataille qui s'amorçait. Pour quitter cette pièce au plus vite, elle se laissa glisser à terre et rampa jusqu'à l'endroit où elle avait vu, pour la dernière fois, la servante avec William. Mais cette dernière était partie, et le petit avait bien sûr disparu en même temps qu'elle. Sans doute étaient-ils sortis dès que l'agitation avait commencé.

Soudain, les hurlements aigus de son petit parvinrent aux oreilles de Fiona. Fermant les yeux, elle se concentra sur le son, s'efforçant d'isoler les cris de son fils du cliquetis des épées qui s'affrontaient, des cris des soldats et des grognements des premiers blessés. Elle se figea, sourcils froncés, avec la curieuse impression que William se trouvait au-dessus d'elle. Comment s'en assurer ?

Roulant sur le dos, elle leva les yeux et aperçut la servante qui grimpait l'escalier de pierre en colimaçon menant à la chambre du laird. Saisie de panique, Fiona se rétablit sur ses pieds et s'élança en courant. Elle se trouvait dans l'escalier quand elle sentit un poignard l'atteindre à l'épaule. La force de l'impact la fit tomber, mais elle se releva instantanément et reprit son ascension sans se faire de nouveau toucher.

— Fi ! cria Brandon d'une voix inquiète depuis l'autre côté de la pièce.

— Ça va, cria-t-elle en réponse. Je dois trouver notre fils !

Dans le vacarme ambiant, elle ne fut même pas sûre qu'il l'ait entendue. Mais elle poursuivit son chemin malgré le sang qui suintait de sa blessure. Tout en grimpant les marches quatre à quatre, elle desserra les nœuds des liens demeurés à ses poignets et laissa glisser les cordes à terre. En revanche, elle ne toucha pas au poignard fiché dans son épaule et le retira encore moins. Elle n'ignorait pas que, si elle faisait cela, elle perdrait beaucoup plus de sang.

Arrivée en haut des marches, elle dut s'arrêter pour recouvrer son souffle et prendre lourdement appui contre la rambarde. La servante se trouvait dans l'appartement du laird dont la porte était restée ouverte. Dos tourné, elle s'était immobilisée devant la large fenêtre, regardant vers l'ouest.

— Si vous me donnez mon fils, je ne vous ferai pas de mal, je le jure, lança Fiona en pénétrant à l'intérieur et en essayant de se repérer pour mieux résister à la sensation de vertige qui la prenait soudain.

Afin de mieux se stabiliser, elle dut finalement prendre appui contre le dossier d'une grande chaise sur sa gauche.

— Je ne peux pas faire cela, miss, remarqua la femme dans un sanglot. Sinon, le laird me tuera.

— Mais c'est moi qui vous tuerai si vous refusez. Je suis la mère du petit. Vous allez donc tout de suite me le rendre.

Son ton s'était fait plus dur et n'admettait pas de réplique.

Comme la femme ne bougeait pas, Fiona l'attrapa par le bras pour la forcer à lui faire face. Mais un cri lui échappa quand elle baissa les yeux : entre les bras de la servante ne se trouvait qu'un oreiller recouvert d'un plaid.

Puisant dans les forces qu'il lui restait, Fiona secoua la femme de ses deux mains.

— Où est-il ? J'ai reconnu ses pleurs. Je sais que vous l'avez monté ici !

— Non…, répondit la femme d'une voix tremblante en regardant tout autour d'elle.

Ce fut alors que William se mit à crier. Fiona dressa la

tête, à l'écoute. Les cris provenaient de derrière elle, cette fois. Elle pivota sur ses talons et traversa la pièce en titubant en direction du son. L'armoire... Elle l'ouvrit d'une main fébrile et vit son bébé à l'intérieur.

— William, mon garçon..., murmura-t-elle en serrant celui-ci contre son sein, en savourant sa douce odeur et en se délectant de la sensation du tout petit corps contre le sien.

— Alors, vous allez mourir tous les deux ! cria la servante.

Fiona se retourna juste à temps pour voir la femme charger dans sa direction avec un poignard dans la main droite. Mais, avant qu'elle ait pu l'atteindre, un autre poignard touchait la servante en plein cœur. Celle-ci tomba à genoux avant de s'écrouler complètement. Son arme lui échappa et tomba sur le sol où elle glissa plus loin.

Le souffle coupé, Fiona reconnut Brandon sur le seuil, pantelant. La seconde d'après, il se ruait vers elle et la serrait dans ses bras ainsi que leur fils, leur parsemant le visage et les cheveux de baisers.

— J'ai eu si peur de vous perdre tous les deux ! haleta-t-il d'une voix étouffée et que l'émotion rendait rauque. Mais vous êtes là. Vivants.

Fiona savourait la chaleur et la force de Brandon. Mais elle éprouvait de plus en plus de mal à garder les yeux ouverts et son corps tout entier s'engourdissait.

— Prends-le, murmura-t-elle en essayant de rester concentrée sur Brandon tout en lui tendant William.

Peu à peu, les traits de ce visage si beau se faisaient flous et devenaient gris devant elle. Elle se sentit glisser à terre, et sombra dans le néant.

Chapitre 27

— Fi ! Fi ? cria Brandon en tentant de la ranimer.

Il n'y arriva pas. Fiona reposait, presque sans vie, entre ses bras. Sa tête avait roulé sur le côté comme celle d'une poupée de chiffon. Un poignard était planté dans son épaule droite.

Dieu…

Brandon réalisa que du sang tachait le devant de sa robe ainsi que le plaid qui emmitouflait leur fils. Ce fils qui semblait le considérer avec tant d'amour et de confiance.

— Ne t'inquiète pas, mon garçon, ta maman restera en vie.

Sur ces mots, Brandon lui plaqua deux gros baisers sur le front et les joues avant de l'installer contre Fiona pour découper quelques morceaux du plaid et les appliquer ensuite contre la blessure. Cela ferait sécher le sang de Fi jusqu'à ce qu'il l'ait ramenée chez lui, au château d'Argyll.

Soudain, des pas se firent entendre. Quelqu'un montait l'escalier. En hâte, Brandon dissimula de nouveau William dans l'armoire et déplaça Fiona pour qu'elle aussi se trouve hors de vue. Puis, dégainant son dernier poignard, il se prépara à assassiner le prochain guerrier qui franchirait le seuil.

Les pas ralentirent. On poussa la porte.

Rowan.

Brandon poussa un soupir de soulagement.

— Je croyais vous avoir dit à tous de rester en bas…

— Oui, mais, comme tu ne revenais pas, j'ai voulu m'assurer que…

Son frère s'interrompit en apercevant Fiona, inerte, sur le sol, à quelques pas de lui. Brandon vit l'inquiétude le gagner.

— Elle est blessée, expliqua-t-il. William, de son côté, va bien. Il faut que je la ramène au château. Et vite ! Elle a déjà perdu beaucoup de sang.

— Et Audric ? demanda Rowan.

— Il s'est enfui.

— Est-ce que je me lance à sa poursuite ?

Une grande envie de le faire perçait dans le ton de la question autant que dans le regard de Rowan.

Et, en effet, Brandon n'ignorait pas que poursuivre Laird Audric était ce que son frère désirait le plus au monde. Pour venger sa femme et son fils, tous deux tués par ce salaud. Sauf que…

— J'ai besoin de toi pour poursuivre un autre objectif.

— Lequel ?

— Je voudrais que tu protèges mon fils. S'il te plaît. Je ne peux pas, à moi tout seul, garantir la sécurité de Fiona et de William. Mais je réalise aussi ce que je te réclame…

Brandon plongea les yeux dans ceux de son frère, incertain de la réponse qu'il allait recevoir.

Les traits du visage de Rowan se firent plus doux.

— Je le protégerai avec ma vie même. C'est mon neveu, mon sang. Sceller le destin d'Audric attendra bien encore une journée.

— Merci, répondit Brandon, surpris par la compassion dont son frère faisait preuve et par le désir évident qu'il avait de l'aider malgré tout ce qui s'était passé entre eux.

Il sortit William de sa cachette et le lui tendit avec beaucoup de soin.

Rowan mit tout de suite le bébé en sécurité en l'enveloppant dans son propre plaid, contre son corps.

— Je ne faillirai pas, Brandon.

— Je n'en doute pas, acquiesça Brandon, reconnaissant envers son frère pour son aide. Merci.

L'instant suivant, Rowan disparaissait dans l'escalier. En l'entendant descendre les marches très vite, Brandon fit le vœu de rencontrer aussi, de son côté, le succès quand il fuirait Glenhaven avec Fiona.

Il examina la pièce avec un soin tout particulier, cherchant à repérer des armes supplémentaires et à imaginer d'autres moyens de s'échapper. Pour commencer, il retira le poignard du cœur de la servante et le fit glisser dans l'un des étuis vides de son ceinturon. Vers la fenêtre ouverte de la pièce, il avisa ensuite l'extrémité d'une corde ancrée dans une entaille du sol en pierre. Celle-ci menait dehors. Était-ce par ce moyen que la femme avait prévu de fuir avec William ? Il bondit vers la fenêtre et regarda en bas. La grosse corde touchait presque le sol. Elle comportait aussi des nœuds placés sur toute sa longueur et à intervalles réguliers, pour faciliter la descente.

Brandon hocha la tête, à la fois ravi et stupéfait par cette bonne fortune inattendue. Cette fois, ce ne serait pas Audric, ce bâtard sournois et brutal, qui profiterait du plan de fuite qu'il avait mis, sans le vouloir, à leur disposition ; ce serait Fiona et lui-même !

En bas, les soldats continuaient à s'affronter. La corde paraissait donc le meilleur moyen pour s'enfuir quand le moment opportun se présenterait. Car choisir de partir en courant devant une mer d'hommes en armes dans le grand hall au rez-de-chaussée se révélerait forcément une stratégie beaucoup plus risquée. De plus, avec une Fiona toujours inconsciente, il ne pouvait pas attendre davantage. Le temps était une ressource dont il ne disposait plus.

Pâle et immobile, le corps de Fiona semblait lui envoyer des signaux d'alerte. Brandon fut aussitôt près d'elle et la couvrit de son propre plaid, dans une double tentative de la rendre moins reconnaissable et de la protéger.

Ôtant ensuite du mur un bouclier décoratif en bois, il le plaça devant eux dans le but de bloquer toute flèche, toute lame qu'on leur lancerait pendant leur descente. Puis il s'empara de la corde qui pendait à la fenêtre de la grande pièce et l'enroula autour de la taille de Fiona et de la sienne.

À présent, il ne pouvait qu'espérer que Fi ne se réveille pas pendant qu'il les ferait descendre. Le moindre geste de sa part risquerait en effet de rompre l'équilibre délicat requis pour qu'il réussisse à tenir à la fois Fiona, la corde elle-même et le bouclier en bois.

Sortant par la fenêtre, Brandon commença à se déplacer le plus silencieusement possible, les muscles de ses bras brûlant de l'énorme effort physique qu'ils fournissaient. Plus longtemps il pourrait rester ignoré des soldats qui se battaient en bas, mieux ce serait.

Pour gagner un peu de vitesse, il glissa le long de la corde en négligeant un nœud sur deux. De cette façon, ce fut la moitié de la distance séparant le haut du château du sol qu'ils eurent parcourue avant qu'un MacDonald les repère.

— Le laird s'enfuit !

Ce fut tout ce que le soldat eut le temps de crier avant que son ennemi du clan Cameron le réduise au silence d'un coup de poignard.

— On se tait…, grommela Brandon entre ses dents tout en rectifiant la position de leur bouclier.

Une flèche siffla alors à son oreille, mais il poursuivit sa descente sans marquer de pause. À présent, le sol n'était plus loin.

— Tiens bon, Fi ! lui chuchota-t-il en la serrant plus fort.

Ce fut alors un poignard qui perça le bois de leur bouclier, manquant de peu l'épaule de Brandon. Il y eut ensuite une autre flèche… qui l'atteignit à la cuisse et lui arracha un petit gémissement. Ses mains ripèrent légèrement sur la corde. Il s'efforça de serrer les doigts. Encore un dérapage comme celui-là, se dit-il, et ils atterriraient beaucoup moins en douceur que ce qu'il aurait voulu. Sa jambe blessée le lançait. Il poussa un grognement.

Quand Brandon osa enfin détacher son regard de son bouclier en bois, quelle ne fut pas sa satisfaction de constater que seuls deux soldats MacDonald étaient encore debout. Les Cameron tenaient bon, et il s'estima très heureux d'avoir bénéficié de leur aide.

Lunn acheva le MacDonald contre lequel il se battait et cria à Brandon :

— Un cheval vous attend, my laird. Dès que vous vous serez éloigné sur votre monture, nous nous replierons de notre côté.

— Bien, répondit-il en lâchant la corde avant de la dénouer en toute hâte de la taille de Fiona et de la sienne.

La distance qu'il lui restait à parcourir pour atteindre les monts derrière lesquels les chevaux étaient cachés, très près de la lisière de la forêt, n'était pas grande. Malheureusement, toute la partie séparant le château de Glenhaven de la forêt se trouvait à découvert. Cela ferait donc de Fiona et de lui deux cibles faciles pour tout ennemi qui les apercevrait. Mais il n'avait pas le choix, et son seul espoir restait que, de leur côté, Rowan et William se trouvent déjà à couvert des arbres, sur le chemin qui les ramènerait au château d'Argyll. De cette façon, il pourrait alors, de son côté, canaliser toute son attention sur Fiona et sur la meilleure façon de la porter jusqu'à leur arrivée.

Ce fut au moment précis où Brandon se faisait cette réflexion qu'il aperçut Rowan en train de courir à travers champs. Ciel ! Son frère n'avait donc pas encore atteint les monts ! Ce qui signifiait pour Brandon que son garçon était toujours en danger. Auprès de Rowan, deux soldats couraient, en essayant de dérouter les flèches ou les dagues qui le visaient. L'un des deux était Hugh. L'autre portait le plaid des MacDonald.

Brandon plissa les yeux. Qui était ce soldat ? Le frère de Fiona ? Non, il paraissait trop âgé pour être Devlin.

Craignant un piège, Brandon s'élança à découvert en criant pour avertir Rowan et Hugh. Pendant qu'il tâchait d'intervenir, il vit le soldat MacDonald se pencher vers Rowan et attraper une flèche au vol avant qu'elle lui atteigne l'épaule. À la suite de quoi, le MacDonald trébucha et tomba. Mais il se releva aussitôt et continua à courir autour de Rowan, pour couvrir sa fuite.

Brandon ne savait pas qui était cet homme, mais il éprouva pour lui une grande gratitude. Au bout du compte, le MacDonald inconnu venait, ni plus ni moins, de sauver la vie de son frère et de son fils…

Quand il vit que Rowan se retrouvait enfin à couvert sous les hauts conifères, Brandon poussa un long soupir de soulagement. Son enfant était en sécurité.

Mais lui-même et Fiona ne l'étaient pas encore.

À présent, c'était un groupe de soldats MacDonald qui le poursuivait. Et qui le rattrapait peu à peu. Repoussant la douleur que lui causait la flèche demeurée dans sa cuisse ainsi que la fatigue due à son effort supplémentaire pour porter Fiona, Brandon laissa échapper un grognement. Mais aucune douleur n'était trop grande à ses yeux s'il s'agissait de sauver Fi. Jamais il n'abandonnerait la partie, même si mille flèches supplémentaires l'atteignaient. Rien d'autre ne comptait que la survie de Fiona et de son fils.

Une bataille se déroulait non loin, et Brandon vit Lunn, à terre, qui s'empoignait avec un MacDonald. Derrière lui, deux nouveaux soldats ennemis, que Lunn n'avait pas vus, approchaient en catimini. Sans aide, celui-ci risquait très sûrement de mourir. Brandon s'arrêta et lança le poignard qu'il lui restait sur l'homme qui faisait déjà subir à son nouvel ami Lunn une clé d'étranglement. Ce salaud poussa un petit cri et s'écroula sur le sol, mort.

Se redressant aussitôt d'un bond, Lunn préleva en toute

hâte de son carquois deux flèches qu'il lança à la suite en direction des deux autres soldats MacDonald qui approchaient. Les hommes furent touchés en pleine poitrine et tombèrent à terre comme des arbres abattus.

— Partez ! cria Lunn à Brandon. Je vais maintenant retenir ceux qui passeront par ici !

Brandon acquiesça d'un signe de tête et continua, portant toujours Fiona. Ensemble, ils atteignirent le couvert de la forêt sans plus d'incident. Épuisé, Brandon tomba à genoux en apercevant Hugh en train de préparer une seconde monture.

— Et Rowan ? Et William ? haleta-t-il en serrant les mâchoires pour dépasser la douleur brûlante qui se propageait dans sa jambe.

— Ils se trouvent en chemin, répondit Hugh. J'ai envoyé des hommes les précéder. Afin de leur apporter une protection supplémentaire.

— Dieu merci…, murmura Brandon.

Soudain, il crut apercevoir du coin de l'œil les couleurs d'un plaid MacDonald. Dans la seconde, il avait extirpé une dague de sa ceinture pour protéger Fiona.

Le vieux soldat porteur du plaid leva les bras. Dans l'un d'eux, une flèche saillait.

— Je ne vous veux aucun mal, my laird, dit-il sans pouvoir retenir une grimace de souffrance.

— Ne craignez rien, déclara aussitôt Hugh à l'adresse de Brandon. C'est Oric. Il nous a aidés pendant notre fuite.

Brandon ne rangea pas son poignard pour autant.

— C'est un MacDonald. S'agit-il d'une supercherie ? Pourquoi vous a-t-il aidés, Rowan et toi ? Pourquoi nous aide-t-il maintenant ?

La grande douceur contenue dans le regard vert pâle de l'homme était indéniable. Il baissa les bras, le regard fixé sur Fiona. Le corps pâle et immobile de la jeune femme s'exposait dans le tartan lâche dont une partie entourait encore Brandon, comme une écharpe.

— C'est ma fille. Je ferais n'importe quoi pour elle.

Sa fille ?

Brandon n'arrivait pas à se persuader qu'il avait bien entendu.

Occupé à finir de préparer la seconde monture, Hugh, qui jetait de nombreux regards en direction de Glenhaven, déclara :

— Toute question obtiendra la réponse qu'elle mérite, mais pour le moment vous devez y aller. *Sans attendre !* D'autres hommes approchent.

Les mots se bousculaient dans sa bouche ; l'urgence pointait partout, entre la fatigue de Brandon et sa confusion. Il se leva en titubant, luttant encore contre le choc que lui avait causé la révélation du vieux guerrier MacDonald.

Oric vint l'aider alors qu'il se débattait contre sa jambe blessée pour se mettre en selle. Dès qu'il sentit que Fiona était installée bien en sécurité contre lui, Brandon s'empara des rênes et lança le cheval au grand galop pour qu'il s'enfonce dans la forêt profonde qui s'assombrissait.

De l'eau tombait de temps en temps sur lui, chaque fois qu'il rencontrait des branches encore mouillées après les pluies torrentielles de la tempête. Un peu d'air visqueux semblait s'accrocher à ses poumons. Pour protéger Fiona de toute blessure supplémentaire, il s'était penché en avant sur leur monture. De cette façon, il évitait autant qu'il le pouvait les nombreuses branches qui pendaient, à moitié cassées, au-dessus de leurs têtes. À chaque tournant, il sentait le corps de Fiona heurter le sien. Arriverait-il à temps pour la sauver ?

Enfonçant les talons dans les flancs de sa monture, Brandon poussa le cheval pour le faire accélérer malgré le sol qui glissait sous les sabots de l'animal. Bientôt, ils émergèrent, indemnes, des broussailles.

Au loin s'élevait le château d'Argyll.

— Tiens bon, Fiona, lui dit-il de nouveau. Nous sommes presque arrivés. S'il te plaît, reste avec moi !

Son ton était aussi désespéré qu'il l'était lui-même.

Rowan ne se trouvait pas très loin, sur la dernière colline, s'apprêtant à dépasser la grange et se dirigeant vers la protection de la forteresse. Le cœur de Brandon se gonfla de reconnaissance. Son enfant était maintenant presque en sécurité entre les murs du château.

Il avait réalisé un miracle : son garçon était sain et sauf.

À présent, il avait besoin d'en réaliser un second : faire en sorte que Fiona vive !

Chapitre 28

Trois jours s'étaient écoulés depuis le double sauvetage réussi de Fiona et de William, suivi de leur retour au château d'Argyll. Mais, alors que William était indemne, Fi restait plongée dans sa léthargie malgré tout ce que Miss Emma, Beatrice et Brandon avaient tenté. Pour la faire revenir à elle, ils lui avaient parlé, chanté des refrains et raconté des histoires. En vain.

Depuis qu'elle s'était évanouie dans cette tour, à Glenhaven, avec un poignard dans l'épaule, elle demeurait sans connaissance. Elle avait, de plus, perdu beaucoup de sang, et Brandon était rongé par la crainte qu'elle ne se réveille plus.

De leur côté, Susanna Cameron et ses hommes étaient partis depuis longtemps, et l'aide qu'ils lui avaient apportée était une bénédiction qu'il n'était pas près d'oublier. Sans l'assistance du clan Cameron, lui et ses hommes n'auraient pas été capables de prendre le château de Glenhaven d'assaut ni d'y récupérer Fiona et William.

Bien que Miss Emma ait lavé puis suturé la blessure de Fiona, et malgré plusieurs tasses de boisson aux vertus curatives, la jeune femme demeurait immobile et sans réaction. Brandon aurait voulu la secouer, la faire revenir parmi eux, mais il se savait impuissant à y parvenir. De plus, maintenant qu'il était tout à fait conscient de ce qu'il aurait dû faire à la fois en tant qu'homme et en tant que laird, il craignait qu'il fût trop tard pour arranger les choses.

Oui, Fiona lui avait menti. Elle avait gardé secrète l'existence des bijoux et avait pris la fuite en emmenant William. Mais lui ? Lui avait-il donné la moindre raison de ne pas préparer son évasion ? Pas vraiment.

Il lui avait promis de prendre soin d'elle et de William après qu'il se serait marié avec Susanna Cameron. Mais avait-il seulement réfléchi à la façon dont tout cela se serait agencé ? Et à quel prix ?

Si les rôles avaient été inversés, aurait-il pu supporter de voir Fiona construire son existence avec un autre homme tout en vivant sous le même toit qu'elle ?

La réponse était non. Et Brandon comprenait à présent tous les choix de Fiona autant que ses propres manquements et erreurs. S'il voulait arranger les choses à présent, c'était parce qu'il aimait Fi, qu'il avait besoin d'elle et brûlait de le lui dire. Mais il fallait qu'elle se réveille. Et, sur ce front, elle ne pouvait pas coopérer avec lui.

— Obstinée… Comme d'habitude, murmura-t-il avec tendresse en serrant la main chaude et inerte dans la sienne.

Fi respirait si faiblement que sa poitrine se soulevait à peine à chaque inspiration. Une fois encore, Brandon dut retenir son envie de la secouer pour lui faire reprendre conscience. Il aurait même accepté d'accueillir une Fi folle de colère, tant il était sûr de pouvoir ensuite se débrouiller avec elle. Mais cette créature pâle et vulnérable qui reposait dans un lit depuis des jours sans avoir donné le moindre signe de vie et sans que son état se soit un tant soit peu amélioré…

Il prit une inspiration profonde et inégale. La voir ainsi le déconcertait plus qu'il n'aurait pu le dire.

— Rien de nouveau ? s'enquit Oric qui arrivait, s'arrêtant à l'entrée de la chambre de Brandon où Fiona gisait, inconsciente.

Depuis trois jours, Brandon s'était installé sur une chaise, comme une sentinelle, à côté du lit de la femme qu'il aimait. Quant à Oric, il se montrait tout aussi assidu et venait voir Fiona plusieurs fois par jour dans l'espoir de la trouver enfin consciente.

— Non…, répondit Brandon avec un soupir.

— Vous savez, déclara Oric, depuis le début de sa vie, elle a affronté trop d'occasions d'avoir peur pour accepter de dépendre beaucoup de qui que ce soit. C'est sa famille qui l'a rendue comme cela. Laird Audric était un homme cruel – vous ne l'ignorez pas. Fiona sait maintenant que sa mère n'a, en fait, jamais quitté les siens et qu'elle est morte de la main de cet homme… Mais, pendant des années, elle a cru, tout comme moi, que sa mère nous avait quittés. Et quand on sait le sentiment terrible d'abandon que cela a fait naître en elle…

Oric franchit le seuil de la chambre en boitant comme il le faisait depuis la bataille, trois jours plus tôt. Une bataille dont Brandon avait pour sa part l'impression qu'elle s'était produite à une autre époque et avait concerné un autre homme.

— En effet…, repartit-il d'un air concerné en caressant la main de Fiona. Mais sous ses apparences parfois un peu rudes se trouve de la douceur.

— C'est vrai. Fiona en a beaucoup. Et cela, depuis qu'elle est toute petite…

Oric appuya ses mots d'un sourire tandis que son visage se mettait à rayonner comme chaque fois qu'il parlait de sa fille.

Car le soldat âgé adorait Fiona. Brandon le lisait sur ses traits et le percevait à la chaleur de sa voix.

Se penchant vers le côté du lit, Oric posa sa main burinée sur le pied de Fiona et reprit :

— En dépit de la méfiance que l'existence lui a enseignée bien malgré elle, Fiona vous a octroyé sa confiance et a accepté de prendre le risque de dépendre en partie de vous.

« La façon dont son regard s'éclairait quand elle parlait de vous, ou qu'elle évoquait l'existence qu'elle avait pensé que vous mèneriez ensemble, tous les deux... Tout cela explique pourquoi la trahison d'Audric et son attaque contre le château d'Argyll l'ont brisée à ce point, ainsi que votre rupture, à tous les deux, avant la naissance du petit William. Vous lui aviez appris qu'elle pouvait compter sur quelqu'un et puis vous... »

Il haussa les épaules et bifurqua :

— Fiona a pensé que vous l'aviez abandonnée, vous aussi, comme l'avait fait sa mère. Mais tout, en fait, était la faute d'Audric. Il m'a dit un jour avoir ordonné à Éloïse de brûler toutes les lettres qu'elle vous avait adressées. Jamais ces missives n'ont passé les murs du château. Voilà pourquoi vous ne les avez jamais reçues. Si j'avais su, je vous les aurais apportées moi-même. Au lieu de quoi, moi aussi j'ai cru que vous l'aviez abandonnée.

Les épaules du soldat s'affaissèrent tandis que Brandon percevait les regrets contenus dans son ton. Et il eut l'impression que ces regrets s'accordaient exactement aux siens.

— Vous avez raison, Oric. Je n'étais pas au courant pour le bébé. Mais même... Cela n'aurait pas dû jouer. Car je savais quel homme était Audric et de quoi il était capable. Jamais je n'aurais dû céder aussi facilement. Mais, de mon côté aussi, j'étais réticent à l'idée de dépendre d'elle... ou de n'importe qui en général. Oui, tout comme Fiona, je trouve difficile de faire complètement confiance à quelqu'un.

— Il n'est jamais trop tard, vous savez, pour recommencer de zéro. En ce qui me concerne, il a fallu de nombreuses années avant que les choses se fassent, mais j'ai aujourd'hui ma fille. Et elle sait qu'aucun des mauvais traitements dont elle a été victime dans son enfance n'a été sa faute. Jamais. Quant à vous deux, il n'est pas trop tard pour retrouver le chemin qui vous avait menés l'un vers l'autre. D'autant que vous avez maintenant ce bel enfant pour vous servir de guide.

Brandon vit Oric tourner le regard vers le berceau où le bébé dormait profondément, et sourire.

— C'est vrai, Oric, acquiesça-t-il. Espérons que nous pourrons réussir à faire cela. Je sais aussi que j'ai déjà eu l'occasion de vous remercier, mais je désire le faire de nouveau. Sans votre aide, William et mon frère ne seraient pas sortis vivants de leur fuite. Ma dette envers vous est importante.

— Et moi, je vous dois de pouvoir vivre aujourd'hui avec ma fille et mon petit-fils, chose que je n'aurais jamais pensée possible un jour. Considérez donc votre dette comme pleinement remboursée, my laird.

Brandon sourit à son tour.

— Très bien.

Les deux hommes se regardèrent en silence. Oric hocha la tête et partit.

Brandon posa alors son front sur la peau délicate et douce du bras de Fiona en regrettant encore de s'être comporté comme un idiot fini. À présent, il n'avait pas la moindre idée de la manière dont réparer ses torts. Il ne pouvait même pas intervenir sur la guérison de Fi. Pourtant, il aurait tant voulu le faire !

Pour la première fois depuis longtemps, cessant de vouloir garder le contrôle, il fit mentalement appel à un pouvoir supérieur au sien capable de lui venir en aide.

— Fi, chuchota-t-il, s'il te plaît, *s'il te plaît*, réveille-toi…

— Ce n'est pas la peine de me supplier comme ça, tu sais, répondit Fiona d'une voix faible en bougeant la main à l'intérieur de la sienne.

Brandon leva la tête. Cette réponse de Fiona était-elle le fruit de son imagination ?

Sa rencontre avec le regard vert un peu brumeux l'assura que non. Aussitôt, la joie le recouvrit comme une grande vague. En même temps, le petit sourire de Fiona le surprit et le fit rire.

— Étais-tu réveillée pendant qu'Oric et moi parlions ?

Elle inclina légèrement la tête sur le côté.

— Disons, juste en partie. Pendant les moments intéressants… Comme celui où j'ai entendu qu'Éloïse avait brûlé les lettres que je t'avais adressées, ou quand tu as remercié Oric – mon véritable père – pour son aide, ou encore quand j'ai compris que tu lui avais offert asile ici, en ton château. Je te suis reconnaissante pour ta gentillesse à son égard. Il a pris de gros risques en me secourant et en nous aidant à nous échapper.

— En effet. Je lui en suis redevable aussi… et mon bonheur est grand de te voir revenue à la vie ! Tu nous as fait si peur à tous !

Brandon eut un petit rire et lui déposa un baiser sur le front avant de le dégager des petits cheveux couleur de flamme qui s'y trouvaient.

— Même à Rowan ?

— Oui, même à lui.

— Bon sang… ! Dans ce cas, c'est que cela a dû être sérieux.

Brandon se sentit d'un coup dégrisé.

— Oui. Mais maintenant que tu es réveillée…

Il s'interrompit, follement impatient de commencer à lui narrer les très nombreux événements qui s'étaient produits au cours des derniers jours. Les mots se pressaient à ses lèvres, brûlant de les franchir.

— William… ? l'interrogea-t-elle soudain en détournant les yeux pour regarder le berceau.

— Il dort. Il va bien. Tu lui as manqué.

Comme tu m'as manqué.

Souriant de soulagement, Fi retira doucement la main de la sienne et voulut s'asseoir. Mais il lui fallut faire appel à toute sa volonté et son courage pour se redresser. L'effort la faisait grimacer. Brandon lui ajouta un oreiller derrière le dos, et elle se laissa aller en arrière avec un soupir.

— Et Devlin ? demanda-t-elle, de nouveau tendue. Est-ce qu'il est vivant ? Audric ne l'a pas tué !

— Non, ne t'inquiète pas. Ton frère aussi est en mon

château et en voie de guérison. Il est venu chaque jour te voir et rendre visite à son neveu.

Les traits de Fiona se détendirent. Elle hocha la tête.

— Merci pour ta bienveillance envers lui. Devlin aussi a été maltraité par notre père.

— Il a aidé Oric au moment de notre fuite après que tu avais perdu connaissance. Comment aurais-je pu ignorer tant d'héroïsme ? Mais, Fi…

Brandon interrompit brusquement son récit des événements récents, tant la hâte d'exprimer son ressenti le consumait : déclarer à Fiona sans retenue tout l'amour qu'il lui portait, reconnaître les nombreuses fautes qu'il avait pu commettre, lui confier à quel point il avait envie de construire avec elle un avenir différent de ce qu'ils avaient partagé jusqu'à ce jour, convenir qu'il s'était conduit comme un idiot et…

Mais Fiona s'engouffra dans ce silence inattendu pour prendre elle-même la parole :

— Je suis désolée, déclara-t-elle, le regard fixe, sans paraître rien voir en particulier.

— Fi, tu ne…

— Chut… Laisse-moi finir ce que j'ai commencé, le pria-t-elle en prenant une grande inspiration et en plantant, cette fois, le regard dans le sien.

Brandon demeura muet, attendant qu'elle finisse.

— Je veux que tu saches que je ne t'ennuierai plus, reprit-elle. Je vais aller vivre au village avec William ainsi que tu me l'avais demandé. À présent, je comprends et, même, j'apprécie cette proposition. Je comprends également que j'ai été stupide de la mettre de côté à cause de mon orgueil. William mérite d'être élevé ici par toi et toutes les personnes qui l'aiment. Je veux qu'il connaisse cette joie, ce bonheur que je n'ai personnellement jamais éprouvé.

Quoi ?

— Je ne pense pas que tu aies bien compris, Fi, bredouilla-t-il en secouant la tête.

— Si c'est à cause des bijoux, repartit-elle en cherchant son souffle, je reconnais que j'aurais dû t'en parler au moment où je les ai trouvés. Je suis désolée. Ce n'est pas à proprement parler un mensonge mais, en ne te disant rien, je n'ignore pas que j'ai…

— Je sais, Fi, je…

La façon qu'elle eut de lui presser la main l'intima au silence.

— J'en ai gardé un, ajouta-t-elle très vite. Et je n'aurais peut-être pas dû. Mais c'était pour conserver quelque chose de toi à donner à notre garçon quand il serait plus âgé. En l'occurrence, il s'agit d'une émeraude.

Elle baissa les yeux. Par peur de ses réprimandes ?

— Oui, je sais, dit-il alors avec douceur. Miss Emma l'a trouvée alors qu'elle te prodiguait ses soins. Je suis au courant et je comprends.

— Et tu n'es pas fâché contre moi ? s'enquit Fiona en se risquant, cette fois, à le regarder.

— Non.

Il laissa échapper un soupir.

— Comme j'essayais de te l'expliquer, je suis simplement heureux que toi et William soyez en vie. Rien d'autre ne…

Un coup frappé à la porte l'interrompit.

Hugh pénétra presque aussitôt dans la chambre. Il sourit à Fiona :

— Je suis heureux de vous voir sortie de votre léthargie.

Puis se tournant vers Brandon, il ajouta :

— Les anciens sont arrivés ainsi que vous l'aviez demandé, my laird. Ils vous attendent à l'étude.

Même si ce n'était pas le meilleur moment pour cela, Brandon voulait absolument en finir avec eux. Plus vite il s'exprimerait avec clarté sur le chemin qu'il avait décidé d'emprunter, plus tôt il pourrait commencer sa nouvelle vie avec sa famille : avec Fiona et leur fils.

Quand Brandon eut quitté la chambre et fermé la porte derrière lui, Fiona dut se battre contre son envie irrépressible de fondre en larmes. Elle ne doutait pas d'avoir fait le bon choix en laissant Brandon partir et en acceptant d'élever William ici, dans un village plein de gens qui finiraient par aimer et même adorer cet enfant. Et cela, même si personne, en revanche, n'acceptait jamais de prendre soin d'elle. Pas même de l'apprécier.

Pour autant, laisser Brandon s'éloigner en emportant leur amour l'avait obligée à mobiliser toutes les forces qu'il lui restait. Et à présent, elle se demandait comment elle réussirait à ne pas mourir sur place quand elle le verrait au côté de Susanna Cameron, tous deux laird et lady du clan. Mais, jour après jour, elle apprendrait à y parvenir.

Si Oric, son père, avait pu endurer pendant des années le fait de vivre au château et d'aimer en silence la femme qui lui était interdite et celle qu'il savait être sa fille, alors Fiona ne doutait pas qu'elle-même pourrait édifier, au sein du clan, une existence qui leur apporterait, à William et à elle, le bien-être, la sécurité et, au bout du compte, à condition de s'y prendre bien, le sentiment d'être adoptée par ses membres, à défaut d'en être aimée.

C'était quelque chose qu'elle n'avait jamais connu dans son enfance. Mais, au moins, elle savait maintenant pourquoi. William, en revanche, n'avait aucune raison de souffrir d'une destinée pareille, et c'était pour cela qu'elle n'avait pas hésité à s'excuser auprès de Brandon avant d'accepter ses conditions. Mais, d'après ce qu'elle avait vu, ce n'était guère réussi. Le beau visage de Brandon et son altruisme lui avaient presque donné envie d'en obtenir davantage. Comme avant…

En fin de compte, l'interruption de Hugh était tombée à point nommé pour l'empêcher de devenir stupide en confessant à Brandon son amour ainsi que sa gratitude d'avoir pris tant de risques pour elle et pour William après son évasion insensée. Car, à cause d'elle, son fils avait failli être tué et elle avait fait prendre des risques mortels à presque tout le monde. Oui, même si elle ne se rappelait plus tout, elle se souvenait très bien des conséquences de son absurde fierté et de son manque de confiance. Mais elle saurait en tirer les bonnes leçons.

Incapable de garder les yeux ouverts plus longtemps, Fiona bascula dans le sommeil, sachant qu'avec William ils étaient saufs et vraiment en sécurité pour la première fois depuis le premier jour de la toute jeune existence de son fils.

Depuis qu'il avait été nommé laird, c'était la première fois que Brandon se sentait totalement sûr d'avoir pris la bonne décision. Au point même de se sentir impatient de la partager avec les aînés. Il parcourut le couloir avec Hugh qui, comme d'habitude, le suivait de très près, et pénétra dans l'étude, les épaules redressées, en toute confiance. Finalement, songea-t-il, c'était le jour où il s'apprêtait à renoncer à son titre qu'il se sentait plus laird que jamais. Le ridicule de la situation ne lui échappait pas, ni le fait que, de nouveau, la destinée s'acharnait sur lui mais que, pour une fois, il ne se souciait pas de sa brutalité.

— Rowan et Beatrice, commença-t-il, ravi de voir son frère et sa sœur présents, comme il l'avait demandé, ainsi que son beau-frère, Daniel. Aînés…

Tournant la tête vers les trois doyens, Brandon les salua d'un hochement de tête déférent.

Au lieu de s'asseoir au milieu d'eux, il resta debout et, prenant un appui solide sur le manteau de la cheminée, regarda autour de lui tout en savourant ses derniers moments en tant que laird.

— J'apprécie que vous m'ayez rejoint cet après-midi, déclara-t-il.

— Votre invitation nous a à la fois surpris et plu, intervint Anson. Sachant que votre projet de mariage avec Susanna

Cameron ne se réalisera pas, nous avions hâte de vous rencontrer pour discuter de… des options additionnelles.

Ce disant, Anson posa ses doigts noueux autour de ses genoux et le chercha du regard.

— Comme vous, répondit Brandon, je suis également impatient de discuter de mes plans d'avenir. Le tout premier concerne mon intention d'épouser Fiona MacDonald. Dès que celle-ci sera tout à fait remise, cela va de soi. À ce propos, je suis heureux de vous annoncer que son état s'est amélioré de manière tangible.

Son sourire ne s'accordait pas du tout avec l'air choqué qui s'était inscrit sur les visages autour de lui. Le pauvre Douglass était celui qui s'en sortait le plus mal, semblant s'étouffer avec l'air qui entrait dans ses poumons affaiblis. Anson tapa son frère dans le dos jusqu'à ce que celui-ci se remette un peu.

— Ce n'est pas exactement ce que j'entendais par *options additionnelles* à votre rôle de laird, remarqua le vieil homme.

— Et c'est précisément là que vous êtes mal informé, repartit Brandon. J'en démissionne et j'abandonne, en cet instant, les devoirs y afférents. On n'a plus besoin de moi et, de mon côté, je ne souhaite plus continuer à en assumer les responsabilités. Mon frère a récupéré autant qu'il le fallait pour reprendre ce titre qui était le sien, et j'ai moi-même pu réaliser à quel point il avait recouvré toute sa clarté de raisonnement.

Rowan émit un petit son étranglé.

— Je ne comprends pas, frère, ce n'est pas ce dont nous avions discuté, toi et moi…

Brandon quitta sa place contre la cheminée et rejoignit Rowan.

— Tu es fait pour être laird, Rowan. Tu l'as toujours été. Et, si le chagrin a pu te faire dévier de ta route pendant un certain temps, tu as maintenant récupéré toute ta raison. Je l'ai vu. Au cours de notre sauvetage chez les MacDonald, je t'ai demandé de mettre mon fils en sécurité. Au lieu de te lancer à la poursuite d'Audric pour te venger du drame qu'il vous a fait subir, à toi et à ta famille, tu n'as pas hésité. Ton choix a tout de suite été fait : t'occuper de William, ton neveu. Seul un homme sain et altruiste pouvait écarter un désir de revanche aussi profond afin de mettre un petit garçon à l'abri pour son frère, sa famille et son peuple. Aussi longtemps que je vivrai, je n'oublierai pas ton acte si généreux et désintéressé.

Brandon s'éclaircit la gorge :

— Tu as sauvé la vie de mon fils.

L'émotion lui serrait la poitrine. Il se mordit la lèvre.

Son frère hocha la tête avec lenteur, le regard plus doux et empli de compréhension.

— Je ne puis savoir ni comprendre ce que ce choix et ce sacrifice t'ont coûté en aval, frère, reprit Brandon, et j'espère ne jamais devoir accéder à cette connaissance.

Ému, il dut marquer une nouvelle pause avant de poursuivre :

— Mais je prie pour pouvoir un jour te rembourser cette dette immense.

Portant la main devant sa bouche, Beatrice se pencha alors vers Rowan et posa un instant la tête sur son épaule tout en lui glissant doucement la main sous le bras.

Pas plus que les autres, elle n'avait su que Brandon avait mis leur frère aîné devant un choix aussi déchirant. Mais Brandon tenait fortement à ce que tout le monde sache quel dirigeant solide et désintéressé pouvait être son frère, loin de l'homme enragé, déchiré par le chagrin et écrasé de tristesse qu'il avait pu être à une période.

— Nous avons beaucoup de choses dont discuter ensemble, répliqua Anson en croisant les mains.

— Peut-être pourrons-nous vous communiquer notre décision demain, my laird ? intervint Douglass.

— Oh ! vous m'aurez mal compris, riposta aussitôt Brandon. Il ne s'agit pas de ma part d'une requête visant à obtenir une quelconque permission. Ma décision est déjà prise. En fait, j'étais simplement venu vous la communiquer avant de la faire connaître demain au clan tout entier. D'ici là…

Sur cette déclaration, Brandon quitta la pièce sans laisser à quiconque la possibilité de répliquer.

De toute façon, toutes les tentatives des aînés pour essayer de le persuader de rester se révéleraient parfaitement inutiles. Jamais il ne s'était senti plus certain de quoi que ce soit au cours de son existence.

À présent, tout ce dont il avait besoin était de planifier son mariage.

Et avant, bien sûr, de convaincre sa future femme de bien vouloir l'épouser…

Chapitre 29

— Brandon, je n'ai pas envie de regarder les chalets aujourd'hui. Bien que je me sente mieux qu'hier, je suis tout de même un peu lasse, cet après-midi.

Fiona fit aller sa tête contre l'épaule de Brandon et se laissa envahir par la force qui s'en dégageait. L'étalon qui bougeait sous elle et la chaleur du corps de Brandon contre le sien sous le chaud soleil l'alanguissaient. La journée et le temps étaient aussi parfaits l'une que l'autre. D'ailleurs, elle ne se sentait pas lasse du tout. Cette affirmation n'avait été qu'un mensonge. À la vérité, elle se sentait plutôt désolée pour elle-même… ce qui était ridicule.

Si seulement cette promenade à cheval avait pu se faire comme celles d'avant, quand ils exploraient ensemble le vallon et les lochs de la côte… Mais ce qu'ils étaient partis découvrir ce jour-là n'avait rien à voir avec ce qui jalonnait leurs équipées à cheval de l'époque. Aujourd'hui, Fiona devait choisir le cottage dans lequel elle irait vivre avec William : un endroit qui se trouverait loin du château, loin de la chambre de Brandon et loin de Brandon lui-même.

Elle soupira. Bien sûr, cette possibilité lui faisait plaisir, vraiment plaisir, mais la blessure de devoir le perdre pour qu'il en épouse une autre était toujours là. Et Fiona savait qu'il lui faudrait du temps pour s'en remettre. Oui, elle en était certaine, malgré la gravité de sa blessure, son épaule se rétablirait beaucoup plus vite que son cœur… Malgré cela, elle s'était promis de ne jamais laisser quoi que ce soit l'empêcher d'offrir à William tout le bonheur du monde. Même si c'était sa propre fierté en miettes qui devait en pâtir.

Pour ne rien simplifier, Brandon était particulièrement troublant cet après-midi. Il avait pris un bain contenant une pointe d'ambre un peu épicé, délicieusement odorant, et revêtu un magnifique manteau gris acier sur sa tunique. Il arborait aussi un pantalon couleur charbon de bois que Fiona n'avait encore jamais vu. Et elle se surprit à envier Susanna Cameron, la femme qui pourrait bientôt profiter de tout cela.

— As-tu arrêté la date de ton mariage ? demanda-t-elle dans un effort pour essayer d'évoquer l'événement avec simplicité et de se familiariser avec lui.

Il eut un petit rire.

— Bientôt.

Cette réponse vague surprit Fiona. Elle avait simplement essayé de se montrer courtoise, mais lui se montrait difficile.

— Ta fiancée était-elle satisfaite des termes choisis pour parvenir à un accord ?

— Elle a réclamé quelques petits changements mais, au bout du compte, nous avons tous deux été satisfaits du résultat.

Encore une réponse sans intérêt. Fiona s'agita un peu sur la monture tout en sentant que son agitation faisait aussi bouger Brandon malgré lui. Peut-être ne désirait-il pas parler de cela avec elle… Ce qui était tout à fait son droit.

La première rangée de cottages apparut un peu plus loin. Fiona saisit l'occasion de changer de sujet :

— Je les trouve très jolis.

C'était vrai. Les environs avaient été balayés et rangés. Quant aux jardins, chacun promettait une croissance prochaine et des floraisons à venir.

Ce fut alors que quelque chose l'étonna :

— Mais… où sont-ils donc, tous ? C'est si calme.

Comment se fait-il qu'il n'y ait personne dehors par une si belle journée ? C'est étrange, tu ne trouves pas ?

Le silence de Brandon lui fit froncer les sourcils, mais elle ne dit rien.

Ils poursuivirent leur route vers une petite colline qu'ils grimpèrent pour regarder, tout en bas, le centre du village proprement dit.

À peine Brandon eut-il immobilisé leur monture que Fiona regarda autour d'elle, bouche bée : une nuée d'acclamations venait de s'élever tandis qu'apparaissait ce qui lui parut être le clan au grand complet, à savoir toute une foule entourant une petite charpente en bois. Celle-ci était décorée de dentelles, de tartans et de pétales de fleurs multicolores.

Les yeux ronds, Fiona demeura interdite. Jusqu'à ce que lui vienne une inspiration.

Finalement, toute cette scène ressemblait à celle d'un mariage... Sauf qu'elle se déroulait dehors et non à l'intérieur d'une chapelle.

Brandon l'avait-il emmenée à son mariage avec Susanna ? Fiona fut prise de nausée. Elle saisit la main qui tenait les rênes. Il lui était impossible d'assister à cette cérémonie.

— Brandon, je t'en prie, dis-moi que tu ne m'as pas amenée ici pour assister à ton mariage avec Susanna Cameron...

— Non, lui chuchota-t-il à l'oreille, avec une note malicieuse dans la voix.

— Alors, par tous les saints, que se passe-t-il ? Tout cela ressemble néanmoins à un mariage...

Avec douceur, Brandon lui releva le menton entre son pouce et ses doigts repliés jusqu'à ce qu'elle le regarde bien en face.

— C'en est un, Fi. Et je voudrais qu'il soit *notre* mariage.

Totalement déconcertée, Fiona chercha la vérité dans ses yeux et l'y trouva, dansant dans de chaudes profondeurs brunes.

— Quoi ? Est-ce que tu plaisantes ? demanda-t-elle pourtant. Tu dis que nous allons nous marier aujourd'hui ? Maintenant ?

— Oui.

Il sourit, laissant traîner son pouce avec douceur et sensualité sur le haut de la lèvre supérieure de Fiona. Elle se sentit trembler contre lui.

— Veux-tu de moi ? murmura-t-il. Veux-tu m'épouser, ma Fi ?

L'espace d'un instant, le choc paralysa Fiona jusqu'à ce que son esprit tente de la sortir de toute cette confusion.

— Mais... et Susanna ? interrogea-t-elle. Et l'accord que vous avez conclu ? À moins que j'aie tout rêvé, vous étiez fiancés, non... ?

— Nous avons finalement décidé de ne pas nous marier.

Brandon sourit à nouveau.

— Susanna Cameron m'a offert l'assistance de ses hommes pour vous venir en aide, à toi et à William, en échange de quoi je la libérais de ses fiançailles et j'écartais les foudres que son père aurait pu jeter contre elle.

— Et... ?

— Et, à mon tour, je lui offrais mon aide plus tard, si elle en avait besoin.

Fiona fit une petite moue.

— Et les aînés ? Ils ne te soutiendront pas dans ton choix, tu sais. Ils m'abhorrent.

— J'ai renoncé à être laird.

Remarquant qu'un petit muscle se mettait à trembler près des yeux de Brandon, Fiona sentit sa gorge se serrer.

— Quoi ! Pour quelle raison ? Je ne t'ai jamais demandé cela. Je n'ai jamais voulu que tu renonces.

— Je sais, Fi. C'est ce que *je* désire. Pour moi. Pour nous. Pour notre fils.

— Tu as renoncé à tout cela pour nous ? repartit-elle, la gorge serrée, tandis que ses yeux s'emplissaient de larmes.

Ce n'était pas ce qu'elle voulait. Du moins pas vraiment. Le sacrifice de Brandon était trop grand.

— Et si je refuse de t'épouser ?

— Ma décision ne changera pas pour autant, répliqua-t-il sans hésiter. Je ne veux plus être laird.

La pomme d'Adam de Brandon monta et descendit dans sa gorge tandis qu'il ne la quittait pas des yeux.

— Tu es sérieux, n'est-ce pas ?

— Oui, répondit-il tandis que la brise lui soulevait un peu les cheveux.

Fiona tourna de nouveau les yeux vers la foule.

— Et eux, sont-ils ici en toute connaissance de cause ? Je veux dire, sont-ils bien conscients que c'est moi que tu as l'intention d'épouser et non Susanna Cameron ?

Brandon lui replaça une petite mèche de cheveux derrière l'oreille.

— Oui, ils le savent. Ils sont tous là pour nous honorer. Pour t'honorer toi.

Des larmes emplirent les yeux de Fiona. Devenue complètement silencieuse, la foule les regardait d'en bas.

— Mais pourquoi ? Ils me détestaient il y a encore huit jours, et je n'ai rien fait depuis pour mériter qu'ils me reconnaissent comme l'une des leurs.

— Oh ! non ? Tu as risqué ta vie pour sauver notre fils, puis, malgré le poignard que tu avais reçu dans l'épaule, tu as continué à le protéger jusqu'à l'extrême limite de tes forces.

— Mais je l'ai mis en danger en commençant par fuir. Oui, j'ai commis cette faute.

— Tu t'es battue contre ton propre clan et contre Audric pour secourir notre fils. Toutes les personnes réunies ici respectent ce que tu as fait. À présent, elles savent que tu n'es pas à blâmer pour ce qui est arrivé il y a un an. Elles connaissent aussi la vérité sur Oric et ta mère… De même qu'elles sont conscientes que ton frère et Oric aussi ont défendu William.

— Vraiment ?

— Oui. Regarde…

Brandon leva la main. Les femmes et les hommes du clan poussèrent aussitôt de joyeuses acclamations.

— À ton tour d'essayer, à présent, proposa-t-il en la poussant légèrement devant lui après avoir baissé sa propre main.

Le doute s'empara de Fiona. S'agissait-il d'un mauvais tour ? D'un stratagème pour la ridiculiser ?

D'une manière ou d'une autre, il fallait pourtant qu'elle apprenne à octroyer sa confiance à quelqu'un. Et surtout à Brandon. Alors, autant commencer tout de suite. Elle se mordilla la lèvre, ferma les yeux, et souleva doucement la main dans un geste maladroit et hésitant.

Les cris de la foule montèrent de toutes parts. Toujours incapable d'y croire, Fiona ne put s'empêcher d'ouvrir les yeux dans un clignement furtif de paupières pour vérifier que c'était bien à elle que cette liesse était dévolue. Les personnes mêmes qui l'avaient huée et maudite quelques semaines plus tôt au moment de son arrivée l'acclamaient aujourd'hui, elle, ainsi que le couple qu'elle formait avec Brandon. Son cœur s'emplissait d'espoir. Une larme roula sur sa joue. De toutes les choses dont elle avait pu rêver un jour, celle-ci n'avait jamais eu sa place. Parce qu'elle dépassait son imagination.

Brandon sortit une bague de la poche de son beau manteau gris acier. Le simple anneau d'argent que Fiona aperçut était serti d'une émeraude qu'elle reconnut tout de suite : la pierre qu'elle avait prélevée parmi les bijoux de la mère de Brandon pour la donner un jour à William.

— L'émeraude…, murmura-t-elle dans un souffle.

— En effet. Elle nous rappellera l'instant où nous avons failli nous perdre l'un l'autre et la chance que cela n'arrive pas que nous avons eue ensuite.

Il tenait le bijou devant elle.

— De plus, je crois que ma mère aurait voulu que tu la portes. Cette bague est aussi brillante, ardente et éblouissante que toi, et sa pierre précieuse du même vert inouï que celui de nos collines, de nos forêts et de tes yeux. Je t'aime, ma Fi.

Tendant la main avec lenteur vers le bijou, Fiona le prit dans ses doigts tremblants. Se trouvait-elle au milieu d'un rêve ?

— Fi… veux-tu bien être ma femme ?

La voix de Brandon était devenue rauque, et il avait posé la main contre sa joue, rappelant à Fiona qu'il était bien réel et que l'instant l'était tout autant.

— Oui, Brandon Campbell, je le veux.

Il combla le petit espace qui les séparait encore, la prit dans ses bras et l'embrassa. Vivats et bravos jaillirent des membres du clan, exprimant la même liesse que Fiona éprouvait maintenant en son cœur.

— Es-tu prête ? lui demanda-t-il lorsqu'ils se furent détachés.

— À me marier ? Maintenant ? Ici ? Devant tout le monde ?

Son sang bouillonnait dans ses veines, se mêlant à son exaltation et à son désir de devenir la femme de cet homme.

— Oui.

Le regard brun était habité d'une impatience et d'une félicité qui rivalisaient avec les siennes.

— Plus prête que je ne le serai jamais.

Brandon sourit et fit bifurquer leur monture pour commencer un lent, un doux galop vers le bas de la colline verdoyante et peuplée de ceux qui les avaient acclamés. Tout le monde souriait sur leur passage et poussait des vivats. Des pétales de fleurs volaient, étincelaient dans la lumière dorée du soleil.

Fiona rit tout haut.

— Ils me couvraient de malédictions, ceux qui me couvrent aujourd'hui de fleurs…

— Tant de choses ont changé depuis le jour de ton arrivée ! À commencer par moi. Oui, je sais que j'ai changé. Tout cela grâce à toi et à ton amour, Fiona. Je te suis si reconnaissant de cela… De toi.

Il lui effleura l'oreille de ses lèvres, et elle se sentit parcourue d'un long frisson.

— Moi aussi j'ai changé. Comme eux et comme toi.

Nous nous sommes battus tous les deux, puis avons trouvé et emprunté le chemin qui nous ramenait l'un vers l'autre. N'est-ce pas ? Ce ne fut pas chose facile, mais nous y sommes parvenus.

Elle attrapa entre ses deux mains des pétales qui voletaient autour d'elle, avant de les frotter entre ses paumes, dégageant ainsi un doux parfum de fleurs.

Regardant alentour, elle aperçut Oric et son frère Devlin, debout l'un près de l'autre et entourés de Rowan, de Beatrice, de Daniel et de Miss Emma qui tenait le petit William dans ses bras.

Fiona prit une profonde inspiration.

— Aurais-tu pu imaginer un seul moment qu'une chose pareille arriverait un jour ? Regarde…

Elle fit un geste en direction des familles installées côte à côte, en cercle sur la terrasse où Brandon et elle allaient se marier.

— Non. Je reconnais que c'est un miracle.

— À l'évidence, confirma Fiona avec un petit sourire malicieux tout en agitant la main à l'adresse des familles, de toutes les femmes et de tous les hommes du clan qui se trouvaient présents. C'est *un miracle parmi bien d'autres*, oserais-je même ajouter…

Épilogue

Le crépuscule chuchotait au-delà du soleil couchant. Disparaissant peu à peu, celui-ci laissait derrière lui de douces traces de rose, de violet et d'orange qui longeaient la chaîne des Three Sisters of Glencoe dont les pics semblaient partir à l'assaut du ciel.

Brandon se plaisait à imaginer que les montagnes lui souriaient, ravies de le voir marcher main dans la main avec Fiona en direction du loch, uni à elle par les liens du mariage. Oui, ils étaient maintenant officiellement mari et femme, et approchaient du quai recouvert d'herbe, celui-là même où il l'avait surprise, quelques semaines plus tôt, et prise pour un voleur.

Il faillit rire tout haut. Quelle incroyable aventure avait commencé, ce matin-là ! Et comme il s'était enrichi depuis ! À présent, il avait une femme, un fils et un avenir. Il avait aussi restauré sa relation en lambeaux avec son propre frère, renoncé à être laird tandis que Fiona avait trouvé, en Oric, un père qui l'aimait et la respectait. Elle avait aussi découvert la vérité sur sa mère et comprenait maintenant que celle-ci ne l'avait pas abandonnée comme elle l'avait trop longtemps cru. Tout cela, ainsi qu'elle l'avait dit elle-même, tenait bien du miracle.

Cet après-midi-là, à leur mariage, ni les fleurs ni les festivités n'avaient manqué. Comme Fiona l'avait remarqué aussi, les hommes et les femmes qui avaient commencé par la haïr lorsqu'elle était arrivée avaient un peu plus tôt chanté ses louanges, la couvrant de fleurs et reconnaissant enfin la femme et la guerrière pleine de ressources qu'elle était et avait toujours été.

Et à présent, c'était avec cette femme qu'il était marié !

— Tu me coupes le souffle, Fiona MacDonald, murmura-t-il, empli d'orgueil et d'amour pour celle qui n'avait pas renoncé à protéger la vie de leur fils ni l'amour qu'ils se portaient mutuellement depuis longtemps.

— Tu me fais le même effet, Brandon Campbell ! repartit-elle sur un ton de réprimande amusée, en lui attrapant la main et en la pressant contre sa propre joue jusqu'à ce qu'il lui prenne le visage en coupe entre ses paumes. Je crains aussi que tu doives m'appeler *Fiona Campbell*, maintenant. Car je suis tienne...

Tandis qu'elle prononçait ces mots, un sourire lumineux avait éclairé ses traits encore davantage.

— Et je suis si fier de te voir porter mon plaid, reprit Brandon.

Au contraire de ce premier matin, au bord du loch, quand il le lui avait juste lancé sans façon pour qu'elle couvre sa nudité, tout en la trouvant intérieurement indigne d'arborer ses couleurs. Quel insupportable idiot il avait été !

Ils firent halte au bord du même loch Leven et écoutèrent le doux clapotis des vagues contre les petits rochers lisses du rivage se répéter encore et encore. Oui, aujourd'hui enfin, Fiona était sienne comme il avait toujours espéré qu'elle le deviendrait. La chaleur et le désir lui inondaient le corps. Et *l'amour*. Oui, l'amour s'accumulait au fond de son ventre. Et cela venait de Fiona. À la fois de l'ancienne et de la nouvelle Fiona, la femme qu'il suivrait jusqu'au centre du soleil et jusqu'au cœur de la bataille sans se soucier de savoir où l'un et l'autre pouvaient mener...

Il lui caressa le visage et se pencha doucement pour

l'embrasser. Alors, elle entrouvrit les lèvres, et le souffle chaud qui se faufila jusqu'à lui fut comme du miel pénétrant à l'intérieur de ses veines. Il l'embrassa encore. Et encore. Jusqu'à ce qu'il pût à peine respirer tant son besoin devenait pressant de consumer à la fois le corps et l'âme de Fiona jusqu'à ce qu'elle devienne sienne dans tous les sens du terme.

Un sourire plana sur ses lèvres roses et un peu gonflées qu'il désirait tant.

— Si nous nous baignions, mon cher mari ? J'ai beaucoup trop chaud.

Il rit.

— Oui, ma chère femme. Excellente idée. La chaleur m'a vidé également.

Fiona entama alors une marche lente et séduisante vers l'eau tout en laissant sa robe s'ouvrir et glisser lentement le long de son corps, au rythme de ses pas. Saisi, Brandon vit le soleil luire sur la peau blanche. Et quand, pas à pas, Fi pénétra tout doucement dans l'eau, elle devint à ses yeux la sirène qu'il avait autrefois imaginée.

Elle disparut dans le loch, puis réapparut, l'eau ruisselant de ses épaules et de ses seins. Dieu du ciel, elle était belle ! Et *sienne*…

Brandon se dirigea avec empressement vers le loch tout en se débarrassant au fur et à mesure de ses bottes, de son pantalon, puis de sa veste. Avant de terminer en retirant avec impatience sa tunique par la tête. L'eau rafraîchit son sang brûlant.

Le rejoignant aussitôt, Fiona lui passa les bras autour du cou et lui entoura la taille de ses jambes.

Il gémit contre les longs cheveux couleur de flamme.

— Peut-être qu'il est temps de te revendiquer vraiment et de faire de toi ma femme de toutes les façons.

Le plaisir s'enroulait autour de lui tandis qu'il lui murmurait sa phrase dans le cou.

Se laissant glisser le long de son corps vers le bas, elle répondit :

— Oui, mon cher mari, tu es lié à moi pour le restant de tes jours.

— Tout à fait, jeune fille. Jusqu'à ce que le soleil rattrape la lune…

Elle lui prit les lèvres avec une telle fièvre qu'il gémit. L'invitation était claire et n'avait pas besoin de s'exprimer davantage. Fiona serait à lui et à lui seul. Comme il serait à elle et à elle seule.

Pour toujours.

Les Historiques

HARLEQUIN

Retrouvez prochainement, dans votre collection

Les Historiques

Un Viking pour geôlier, de Caitlin Crews - N°936

Angleterre, royaume de Wessex

La princesse Aelfwynn n'en revient pas. Après tant d'efforts pour s'enfuir du château familial de Mercie, loin de la politique royale, des guerres et d'une cour hypocrite, la voici de nouveau sous entrave. En effet, un redoutable guerrier viking se dresse face à elle, sommé par son roi de l'enlever. Thorbrand lui laisse le choix : tenter sa chance au milieu de la forêt inhospitalière qu'elle a entrepris de traverser et se retrouver traquée par les loups… ou partir avec lui. Livrée à elle-même, Aelfwynn accepte de le suivre, intensément troublée. Car, bien au-delà de la peur, c'est un désir dévorant qu'elle ressent déjà pour son geôlier…

L'Écossaise insoumise, de Terri Brisbin - N°937

Écosse, an de grâce 1377

« J'épouserai Sheena MacLerie. »

En prononçant ces mots, Robbie sent une fureur infinie le parcourir. Héritier du clan Cameron, il n'a d'autre choix que de se lier à la fille du puissant Connor MacLerie. Mais Sheena est bien la dernière demoiselle avec laquelle il souhaite s'unir, elle qui l'a trahi des années plus tôt. Depuis cette terrible querelle, Robbie lui voue une haine sans limites, et sa fiancée, visiblement résolue à rompre leur engagement, le lui rend bien ! Que lui cache-t-elle donc ? Après toutes ces années de mépris réciproque, Robbie s'en fait la promesse : il découvrira le secret de sa belle ennemie…

La renaissance d'un chevalier, de Melissa Oliver - N°938

SÉRIE : ILLUSTRES CHEVALIERS - TOME 3

Château de Pulverbatch, Angleterre, 1221

Il y a bien longtemps que Lady Gwenllian de Clwyd a renoncé à l'amour. Comment pourrait-elle encore y songer, et même y croire, alors que son cœur appartient toujours à Ralph de Kinnerton, l'homme qu'elle a dû repousser des années plus tôt ? Mais voici qu'après six années d'exil il est de retour en Angleterre, en chevalier accompli, marqué par les cicatrices d'une attaque meurtrière à Poitiers. Alors que Ralph participe à un tournoi royal afin de retrouver son rang ainsi que les terres de ses ancêtres, Gwenllian est gagnée par un fol espoir. Leur union, qu'ils avaient autrefois souhaitée avec tant d'ardeur, serait-elle de nouveau possible ?

Un comte en disgrâce, de Virginia Heath - N°939

SÉRIE : SCANDALEUSES LIAISONS - TOME 1

Manoir de Markham, Angleterre, décembre 1813

Lorsque Violet, riche héritière des Dunston, échappe à un enlèvement, elle tombe immédiatement sous le charme de son courageux sauveur. Jack est l'homme le plus séduisant qu'elle ait jamais vu, et elle accepte la protection qu'il lui offre dans son manoir. Tandis qu'elle s'attache à lui chaque jour davantage, Violet a l'impression qu'il lui cache quelque chose. Et c'est avec horreur qu'elle découvre bientôt qu'il est un Warriner, autrement dit un membre d'une des familles les plus controversées d'Angleterre ! Parce qu'elle se doit de garder son image intacte, il ne serait en aucun cas recommandable pour une jeune femme de son rang de fréquenter Jack. Encore moins d'en tomber amoureuse...

Le secret d'un guerrier, de Harper St. George - N°940

SÉRIE : GUERRIERS D'IRLANDE - TOME 1

Irlande, XIIe siècle

Raine tremble de rage. Si ses sœurs n'étaient pas retenues en otage par le roi d'Angleterre, il ne serait pas obligé de suivre les ordres de ce souverain odieux ! Pour les sauver d'un sort funeste, le voilà contraint d'assassiner le roi d'Irlande. Alors qu'il réfléchit à la meilleure stratégie à adopter, il croise la route de la belle Lady Carice, la fiancée de son ennemi. À bout de forces, elle lui demande de l'accompagner vers l'ouest, où elle espère fuir son mariage forcé. Raine tient là sa chance : il lui serait facile de se servir d'elle pour atteindre sa cible. Mais, contre toute attente, quelque chose chez cette jeune femme fragile et déterminée l'incite à vouloir la protéger...

La maîtresse du Highlander, de Suzanne Barclay - N°941

Allisun est sur le qui-vive. Depuis l'attaque des hommes de Jock Carmichael, elle a fait le serment de protéger le clan Murray, dont elle est la cheffe. Fuyant la forteresse familiale en flammes, elle trouve refuge avec les siens dans des grottes, en pleine montagne. Bien que Jock la traque sans relâche, Allisun refuse de céder à la peur. Courageuse et passionnée, elle est prête à se battre comme une lionne pour assurer l'avenir de ses vassaux et protéger sa petite sœur, Carina. Et ce n'est pas Hunter Carmichael, le séduisant neveu de Jock, qui l'empêchera de mener à bien sa vengeance...